KB063245

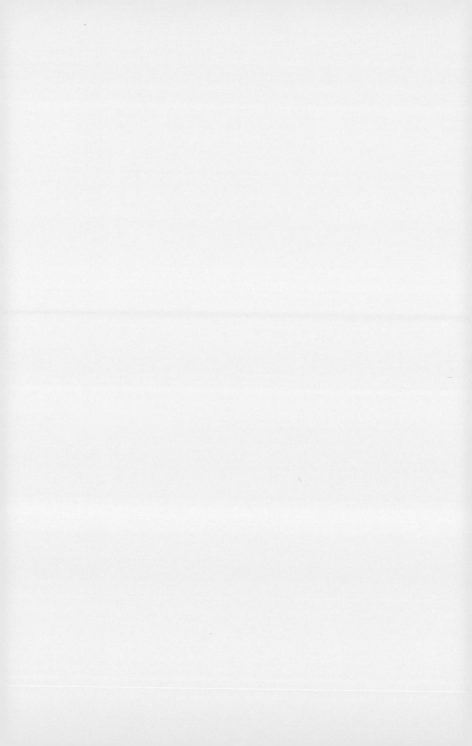

토끼와

해파리

토끼와

해파리

*

전삼혜
소설집

아작

안드로이드 고양이 수애

✦ 2015년 웹진 〈거울〉 발표

✦ 2019년 《아직은 끝이 아니야》(아작) 수록

명절날 내가 외갓집에 처음 들어서자마자 본 것은 휴대폰 신발을 신은 크툴루였다. 눈을 비비고 다시 보니, 그건 4구와 4구가 병렬로 연결된 멀티탭에 주렁주렁 매달린 일가친척의 휴대폰들이었다. 이러다간 뭐가 폭발해도 누구 건지 모르겠군. 엄마, 저 왔어요! 소리를 질러봤지만 아무도 대답하지 않았다. 외할머니는 1년 전에 돌아가셨고, 외갓집은 제사를 지내지 않았다. 그러면 뻔하지, 뭐. 나는 외할머니가 쓰시던 큰방의 문을 벌컥 열었다.

"났다!"

이럴 줄 알았지.

엄마와 여섯 명의 이모, 그리고 내 사촌동생 하나가 친정 안방을 고스톱의 성전으로 만들고 있었다. 그것도 4대 4 두

판으로. 미치겠구만. 나는 절레절레 고개를 저으며 엄마의 어깨를 툭툭 쳤다.

"나 왔다고요."

"어, 그래."

"1년에 두 번 보는 자식한테 거참 다정도 하시네."

"손이 없냐, 발이 없냐. 저녁은 7시에 먹을 거니까 나가서 티브이라도 봐."

사촌동생이 패라도 돌리겠냐며 손을 흔들어 보였지만 나는 거절했다. 온종일 숫자와 싸우는 건 직장에서만으로도 충분했다. 나는 마루 소파에 앉아 텔레비전을 켰다. 어디서 왔는지도 모를 외국인 신부들이 송편을 빚는 장면이 나왔다. 저게 뭔 짓이야. 제사상을 다문화 하는 게 낫지. 다른 프로 없나, 채널을 돌리던 순간 크툴루의 신발 중 하나가 징징징 울기 시작했다. 어휴. 나는 텔레비전 볼륨을 줄이고 크툴루의 형상을 한 멀티탭에 다가갔다. 아, 근데 다 똑같이 생겼네. 대체 누구 거야? 고개를 숙인 그때, 이상하게 재채기가 났다.

"에헤치이이!"

아, 이거 감기 재채기가 아닌데.

킁, 콧물을 들이마시며 나는 누구의 것인지 모를 휴대폰을 들었다. 그리고 그 순간 또 재채기가 나와 휴대폰을 떨어뜨렸다. 휴대폰은 액정을 위로 한 채 떨어져서는 어쩐지 익숙하게 들리는 소리를 냈다.

"냐아아악!"

응?

어?

$$*$$

류은 고양이를 키웠다. 겨우 1개월간의 짧은 보호였다. 류은 내 하우스메이트였고, 대학원에 다니고 있었다. 논문 심사에서 떨어졌다는 문자를 류에게서 받은 날 치킨을 사 갈까 물었더니 고양이 캔사료를 사 오라고 했다. 이 미친 새끼가 안주 입맛이 변했나. 나는 투덜거리며 캔사료를 하나 샀고, 현관문 비밀번호를 누른 순간 벌게진 얼굴의 류이 나와서 나를 떠밀었다.

"야, 나가. 나가."

"미친놈아, 이 집의 명의자는 나야."

"나가서어어! 어디서 모래 좀 퍼 와. 놀이터. 놀이터."

미쳤나. 야. 요즘 모래 있는 놀이터 드물어.

류은 나에게 휘이휘이 삿대질을 하다가 내가 문을 확 열자 미끄러졌다. 그리고 나는 방구석에 숨어 항의하듯 울고 있는 주먹만 한 새끼고양이를 발견했다. 내가 신발을 벗고 방으로 들어가자 고양이는 또 항의하듯 울었다. 냐아아아악. 그리고 캑캑 기침하더니 뭔가를 토해 냈다. 나는 맥주캔과 캔사료가 든 봉지로 엎어진 류의 등짝을 내리쳤다.

"야, 이 정신 나간 새끼야! 너랑 나랑 둘 다 고양이 알레르기인데 지금 뭘 주워 온 거야!"

류이 엉금엉금 기어서 소파로 가 드러누웠다. 그리고 세상 포기한 얼굴로 말했다.

"쟤가 내 신발 위로 올라왔단 말이야. 그걸 어떻게 해."

"쟤가 캔을 먹을 수나 있겠냐? 그리고 모래는 또 뭐야?"

"우리 논문이 화장실 만들어줘야지이이."

그리고 류은 방바닥에 토했다.

이 새끼 이거, 이거.

고양이 이름이 '논문이'라니 제대로 미쳤네.

논문이는 한 달 정도 지나 탈장으로 세상을 떠났다. 우리 집에 올 때는 주먹만 했고, 유골함도 주먹만 했다. 삼가 논문의 명복을 빕니다. 그렇게 적힌 함을 끌어안고 류은 밤새 울었고 나는 밤새 청소를 했다. 아무리 청소를 해도 고양이 털은 사라지지 않았다. 고작 한 달이었는데.

그렇게 냐아아아악, 울던 조그만 논문이.

✳

나는 조심스럽게 휴대폰에 대고 이름을 불렀다.

"노, 논문아?"

냐아아아.

그리고 휴대폰이 꺼져버렸다.

나는 황망히 서 있다가 도망치듯 집을 나왔다. 엄마는 전이라도 먹고 가라며 뒤늦게 전화로 잔소리를 해댔지만, 중요한 건 그게 아니었다. 나는 이제 류도 취직해서 떠난 집에서

'휴대폰'과 '고양이'에 대해 검색을 했다.

그 결과 새로 탑재된 최신 안드로이드 버전의 이스터에그가 고양이라는 걸 알았다.

이스터에그라고 하면 거창해 보이지만 개발자가 숨겨놓은 깜짝 장난 기능 같은 거였다. 프로그램에 큰 영향을 줄 만한 장난을 치면 안 되니까. 하지만 고양이라니. 이것은 사용자의 멘탈에는 큰 영향을 줄 수 있지 않은가.

그래서 뭐, 이런 미친. 당장에라도 이스터에그를 직접 확인하고 싶었지만 나는 동해물과 백두산이 마르고 닳도록 잡스님이 보우하사 사과농장 만세를 부르짖는 젠장할 애플빠였다. 아이패드, 아이폰, 맥북. 나는 큰 한숨을 쉬고 책상 위에 엎어졌다. 냐아아아악. 논문이의 울음소리가 자꾸 들렸다.

며칠 동안 검색을 했다.

'휴대폰에서 고양이 소리가 나요.'
'남친 휴대폰에 고양이 털이 붙어 있는데 저는 고양이를 안 키워요.
이거 바람피우는 걸까요?'
'고양이가 휴대폰을 변기에 빠뜨렸어요.'
'판사님 이 게시물은 고양이가 휴대폰으로 작성했습니다.'
'휴대폰에 비트윈을 깔았는데 고양이 발자국이 나타나요.'

나는 마지막 게시물을 클릭했다. 비트윈이 뭔지는 모르겠지만, 고양이랑 대화하는 프로그램은 아니겠지.

내가 비트윈을 모를 만도 했다. 비트윈은 커플 앱이었다. 엄지손가락 키스라는 메뉴가 있어서 서로가 액정의 동일한 부분을 누르면 손가락끼리 키스하는 그래픽이 뜨고 진동이 울린다고. 가지가지 한다, 커플들이여. 결국 꽃잎은 떨어지지 니네도 떨어져라. 봄이 오려면 반년도 넘게 남았지만 10CM의 〈봄이 좋냐??〉 가사가 절로 나왔다. 그나저나 여기서 왜 고양이 발자국이 나온다는 거야. 나는 게시물 아래 달린 댓글까지 읽어보았다. 안드로이드에서 최신 버전 업데이트 후 이상 현상이 나타난다, 라. 흐응.

고양이에게도 영혼이 있을까? 그렇다면 어디로 갈까?

교황이 '걔들은 천국에서 주인을 기다리고 있단다'라고 소년에게 말했다지만, 고양이들의 천국에도 사람이 있을까. 그렇다면 길에서 태어난 고양이들은 주인 없는 천국에 있을까. 무지개다리 너머는 어딜까.

결국 나는 '고양이를 보낸 사람들 모임'에 게시물을 올렸다.

안드로이드 업데이트와 관련해서 블라블라, 라는 건 당연히 올리지 않았고 '새로운 고양이 육성 게임 앱을 만들었는데 아직 클로즈베타 중이다. 안드로이드용인데 혹 만나서 큐에 이를 해주실 수 있느냐…'라는 내용이었다. 나도 인간으로서의 양심 내지는 체면 그런 게 있지 초면에 '실례합니다만 그쪽 폰에 제 고양이가 있는 거 같네요.'라는 말을 할 수 있겠어? 게다가 우리 논문이는 외삼촌 폰에 들어 있다고.

나는 류에게도 연락을 해서 만났다. 자초지종을 다 털어놓왔고, 논문 심사 통과 후 잠깐 놀고 있던 륜은 당장 외삼촌 휴대폰을 가져오지 그랬냐며 내 멱살을 잡았다.

"아, 이 미친 새끼야. 왜 내가 외삼촌 폰 절도를 해야 돼."

"우리 논문이가 거기 있는데!"

"거참, 한 달 맡았다고 애묘심 쩔어."

"한 달 맡은 애 울음소리를 알아들은 너는 어떻고."

그야 뭐.

논문이는 한 달 중 일주일 정도를 병원에 있었다. 탈장이 심했지만 우리가 가면 알아보는 듯 냐냐거리며 귀여운 척을 했다. 우리는 마스크에 장갑을 끼고 논문이 면회를 갔고 수술이 잘되면 어떻게 할 거냐는 말에는 서로 대답을 피했다. 어찌 됐든 논문이가 건강해지기만 한다면 아무래도 좋았다. 집 안에 고양이 털이 굴러다녀도, 논문이가 '이의 있습니다. 판사님!' 급의 항의하는 소리를 내도, 어느 날 내 아이패드로 트위터를 하기 시작해도. 논문이가 건강해지기만 하면.

하지만 수술을 하기도 전 어느 새벽에 논문이는 떠나버렸다. 논문이의 병원비 청구서를 받아 들고 우리는 3개월 할부 결제를 하며 서로의 어깨를 토닥였다. 이제 고양이 같은 거키우지 말자. 줍지도 말자. 묘권 후원 센터에 정기적으로 기부나 하고, 〈네코아츠메〉나 열심히 하자. 그런 이야기를 하면서 밤새도록 소주를 마셨다. 석 달 후 륜은 방을 뺐다. 륜이 방을 뺐는데도 곳곳에 고양이 털이 날렸다.

＊

류과 나는 노트북을 가지고 모임 장소인 카페에 도착했다. 다섯 명 정도의 회원이 모였다. 자기들끼린 다 안면이 있는 사이였다. 특정 사람들에게만 기능을 공개한다는 평계로 모은 베타 테스트의 특성상, 혹은 자기 폰의 보안 특성상 아무나 데려오기는 힘든 자리였다. 나는 어떻게 이야기를 꺼낼까 고민하고 싶었는데 불쑥 류이 선수를 쳤다.

"혹시 비트원 까신 분 계세요?"

두 명이 손을 들었다. 서로 커플이었다. 나머지 세 명은 고양이 키우기 앱에 비트원이 왜 필요한 거냐며, 지금 솔로는 베타 테스트 금지냐며 뜨악한 반응을 보였다. 류이 이미 사고를 쳤으니 내가 어찌하랴. 나는 추석에 있던 일들을 줄줄줄 회원들 앞에서 털어놓았다.

겁나게 쪽팔렸다.

회원들의 반응은… 뭐, 다섯 명밖에 안 되었으니 가지각색이랄 것도 없었고, 한마음 한뜻으로 죽은 고양이의 혼을 불러온다는 강령술사가 카페에 글을 올렸을 때와 비슷한 반응을 보였다. 폰에 캣닙 가져다 대면 오류 뜨냐, 우리 애처럼 공중 2회전 하는 폰이 생기냐. 나는 멍청하게 '아, 폰에 캣닙도 좀 문질러볼걸'이라는 생각을 했고 류은 후다닥 자신의 안드로이드 태블릿을 꺼냈다.

"2회전!"

"뭐?"

"너, 외삼촌 폰이 액정을 위로 하고 떨어졌댔잖아! 고양이가 회전해서 착지하는 것처럼 이것도 되지 않을까?"

관둬라, 제발.

그래서 지금 탁자에서 일부러 태블릿을

떨

…어뜨렸어?

"…허?"

"물리학적으로 말이 안 되는 거 같은데…?"

"저게 돼?"

"스핀 주셨어요?"

류은 일어선 높이에서 태블릿 액정이 바닥으로 가게 한 뒤 바닥으로 자유 낙하를 시켰고, 태블릿은 우아하게 반 바퀴를 빙글 회전해 액정을 위로 하며 바닥에 착지했다.

"미친놈아! 그래도 내부 충격 먹어!"

"야, 봤어? 봤어?"

"봤으니까 두 번 하지 마!"

어찌 되었든 류의 태블릿 묘기에 감명을 받은 건지, 충격을 받은 건지, 회원 셋은 말없이 비트윈을 깔았다. 류도 마찬가지고. 하아. 머피의 법칙을 쌈 싸먹는 고양이의 법칙인가.

"다 깔았어요."

"그래요, 그럼 이제 비트윈을 켜시고."

아, 참. 깜박했다. 여기 있는 안드로이드 기기라고 해봐야

총 여섯 대인데, 이 안에 세상의 모든 이름이 있는 고양이 중 우리가 아는 고양이가 들어 있을 확률이 얼마나 될까. 끽해야 여섯 마리….

"저, 어릴 때부터 키우던 고양이 이름, 옆집 고양이, 동네 고양이 이름 다 불러주세요. 솔직히 여기 기기가 너무 적어서 확률이 낮으니까…. 그리고 여러분 고양이가 대답하지 않아도 너무 실망하지 마시고요."

여섯 마리는 넘는구나.

모두가 비트윈을 켜놓고, 카페 구석 자리에서 소곤소곤 자기가 아는 고양이 이름을 부르는 진풍경이 연출되었다. 신종 고양이 분신사바 감이군.

"모리야."

"솔아."

"블라디미르?"

"냐오야."

"수령님?"

"제이비!"

"마르크스."

"천수관음?"

"봄아."

"개새야."

"시로."

고양이 이름으로 쓸 만한 게 아닌 이름이 여럿 들렸다. 저기, 그런 걸로 부르시면 고양이의 묘권이 좀 상실되지 않을까 요. 삼십 개쯤 이름을 불렀을 때 어느 휴대폰에서 빨갛게, 신 호가 떴다.

비트원 화면에 빨간 고양이 발바닥 젤리가 나타났다.

"……."

"…와."

"…방금 우리가 부른 애가 누구였죠?"

한 회원이 조심스럽게 손을 들었다. 목소리를 큼큼, 가다 듬더니 반응이 온 휴대폰에 대고 다시 고양이 이름을 불렀다.

"나츠미 쨩?"

고양이 이름 맞겠지?

그러자 다시 한 번 빨갛게 고양이 젤리가 반짝했다.

다 같이, 어른들이, 우와아아아아아 탄성을 질렀다.

"이 휴대폰 안에 지금 우리 나츠미가 들어 있는 거예요?"

희망에 찬 그 회원의 눈을 보자 나는 온 힘을 다해 그렇다 고 말해주고 싶었지만, 류이 먼저 입을 열었다.

"사실은 잘 몰라요. 우리가 확인하고 싶었던 건 고양이의 이름에 반응하는 것뿐이라, 이 나츠미가 회원님이 기르던 그 나츠미인지는… 아니면 나츠미라는 이름을 지닌 다른 고양이 인지는."

"그래도 이 안에 고양이가 들어 있는 거예요? 나츠미라는 이름의?"

"그건… 네. 아마도요."

그 사실 하나만으로도 회원은 충분히 기뻐 보였다. 문제는.

"근데 이건 제 휴대폰이 아닌걸요….".

남의 휴대폰이었다는 거지.

'나츠미'에 반응한 휴대폰의 주인은 난감한 반응을 보였다. 이걸 드릴 수도 없고 어째야 하나… 라는 반응. 하지만 '나츠미'의 주인이었던 회원은 의외로 씩씩하게, 휴대폰 주인의 손을 잡았다.

"우리 나츠미, 잘 부탁드려요!"

"네? 네….".

"가끔 이름도 불러주시고, 저랑 연락도 자주 하시고, 만나기도 하시고…. 음….".

'나츠미'의 주인이 적극적인 대시를 하자 휴대폰의 주인은 당황한 듯하면서도 연신 고개를 끄덕였다. 저러다 썸이라도 타는 거 아닐까. 그러면 안드로이드 고양이가 이루어준 사랑이 될 텐데.

그 외 다른 소득은 없이, 모임은 끝났다.

"휴대폰을 바꿀까요. 다른 기기면 우리 애가 들어와 있을 수도 있잖아요."

"그러면 대리점 가서 고양이 이름부터 불러보고 폰 수령해야 하나요….".

"아니면 될 때까지 리셋을 하거나….".

"…저는 졸지에 다른 고양이 집사가 됐네요."

본투비 애플빠인 나도 안드로이드 휴대폰을 하나 살까 고민되는 시점이었다.

저녁이나 먹고 헤어지기로 하여, 우리는 천천히 골목길을 걸었다.

"근데 왜 하필 휴대폰이었을까요."

"그건 안드로이드 누가에 이스터에그 만든 사람에게 물어 봐야죠."

"고양이야 워낙 박스만 보면 뛰쳐 들어가는 애들이니까. 고양이의 영혼에겐 휴대폰이 박스로 보일지도 모르겠네요."

"소개팅을 열심히 해야겠어요. 안드로이드 휴대폰 쓰는 사람이랑…."

각양각색의 반응.

"…우리 고양이도 누군가의 휴대폰에 들어 있을지도 모르는 거네요."

그 말에 다들 걸음을 멈췄다.

"우리 고양이는 물 싫어하니까, 침수되려고 하면 뛰쳐 나오겠네…."

"우리 고양이 식탐 심한데 배터리 방전되면 짜증 낼 텐데."

"우리 고양이는 물만 보면 환장하는 미친 고양이인데 어쩌죠."

전 세계 사람들이 한날한시에 비트윈을 켜고 각자의 고양이 이름을 크게 외치면 여기저기서 고양이 젤리가 빨갛게 반짝반짝할지도 모르지.

"다음에는 모임 더 크게 해요."

"그래 봤자 끝나고 그 사람 휴대폰을 가져갈 수는 없는데요?"

내 말에 그 회원은 쓸쓸하게 웃었다.

"그래도 우리 애가… 내 목소리를 알아듣고 꾹꾹, 해주면 좋겠어요."

죽으면 해주지 못한 말만 자꾸 생각나는데, 한 번이라도 말해줄 기회가 있었으면 좋겠어요.

멀리 식당 불빛이 보였다.

식당 앞에서 고양이 인형이 까닥까닥, 손을 흔들며 우리를 반겼다.

튼기와 헌파리

✦ 2021년 《별 별 사이》(우리학교) 수록

우리에겐 다들 그렇게 말한다. 뭐가 문제냐고. 태어나면서부터 모두에게 축복을 받았고, 쌍둥이 하나 태어나면 지자체에서 모든 의료비를 지원할 정도로 신경 쓴 세대라고. 신생아 통계 한가운데가 뻥 뚫려버린 구멍 세대. 단 한 명도 잃지 않으려 노심초사한 세대. 너희는 아무것도 걱정할 필요가 없는데 대체 아쉬울 게 뭐가 있냐고, 어른들은 늘 그렇게 말한다.

"토끼가 말하기를, '말을 하라니 하오리다. 용왕님 몸에 비늘이 있고 저의 몸에는 털이 있듯 수궁과 지상 동물이 서로 다르오니, 저에게는 간을 빼고 들이는 구멍이 있나이다. 여기 하나는 소변 보고 여기 하나는 대변 보고 여기 하나로 간을 빼서 아침 안개 저녁 이슬에 적셔서 만병 회춘 명약으로 만드는데, 별주부가 말을 안 해서 바위 위에 간을 널어놓고 빈손으로 왔나이다.' 토끼가 원통하다 눈물을 보이니 누군가 속삭였습니다. '정말로 토끼 배 속에 간이 없나 봐!' 그러자 용궁 안의 모두가 술렁거렸습니다. '정말로 간이 없나 봐.' '간이 없대!' 토끼의 귀가 쫑긋해졌습니다."

내가 태어난 해는 '구멍'의 끝자락이었다. '구멍'은 연도별 신생아 수 그래프가 푹 내려앉은 모양에서 따온 말이다. 신생아 수가 가파르게 줄어들다가, 구멍 기간인 5년 동안은 아이가 거의 태어나지 않았다. 그 원인은 아직도 밝혀지지 않았다. 오래전에 돌던 바이러스 후유증이다, 출산 기피다, 백신 부작용이다, 신의 진노다 등등 말이 많았다고 한다.

저출산을 막기 위한 대대적인 출산 장려 정책이 시행되자 구멍은 5년 만에 끝났다. 내가 태어난 이듬해에는 신생아 수가 몇 배로 늘었고, 내가 태어난 지 10년이 지나자 신생아 수는 감소 이전 수준까지 회복되었다. 그러니 사실상 우리만 또래 없이 붕 뜬 셈이다.

하마터면 인류가 멸종하는 줄 알았단다. 우리는 자라는 내내 그런 말을 들었다.

"자, 과연 누가 속삭였을까요? 한번 상상해서 정리해보세요. 다음 주는 발표 수업이라 지역구 교실에서 모입니다. 발표 자료를 일요일 아침 10시까지 선생님에게 메일로 먼저 보내주세요. 단, 실제로 물속이나 물가에 살았던 동물이어야 합니다. 그룹 발표도 좋습니다."

통신 종료.

선생님의 수업 창이 사라지자 우리 시의 '친구' 3백 명이 전부 들어찬 '대기실'은 순식간에 웅성거렸다.

'친구'는 나이가 같은 구명 세대 아이들을 일컫는 정부 공식 용어다.

우리는 초등학교와 중학교 수업을 모두 온라인으로 받았다. 아마 고등학교에 가서도 그러지 않을까. 한 달에 한 번 있는 발표 수업을 제외하면 서로 얼굴을 마주치기조차 어려운 '친구'들. 가장 가까운 '친구'네 집까지도 버스로 20분이 넘게 걸린다. 한 번에 3백 명이 함께 수업을 받는 시 단위 온라인 클래스의 학생 중 우리 지역구에 사는 아이들은 나를 포함해서 겨우 네 명이다. 아니, 네 명이었다. 얼마 전까지는. 1학기가 시작되기 직전에 '신지우'라는 이름 하나가 우리 지역구에 추가되었다.

나는 인상을 찌푸린 채 아이들의 원성이 자자한 대기실을 노려보았다. 모니터 앞에 엎드리다시피 한 내 눈앞에서 대화가 바쁘게 떠오르고 있었다.

— 사이버 강의 숙제는 족보가 다 있다며? 족보 공유 좀.

— 발표 수업 족보는 없지 않아?

— 근데 왜 동물에 제한이 붙냐.

— 검색해보니까 2년 전에 드래곤이랑 샤탄이 속삭인 거라고 발표한
  애들이 있었대.

— 〈수궁가〉에 무슨 동물이 나오는데?

— 그냥 조사하지 말고 발표 수업 때 다 같이 아무 말이나 하자.

말은 저렇게들 하지만, 저마다 기발한 발표를 하려고 기를 쓰고 준비할 게 안 봐도 훤했다. 우리는 그렇게 자랐으니까.

어른들이 우리를 그렇게 키웠다.

단체 대기실에서는 얻을 만한 정보가 없었다. 나는 지역구 채팅방으로 들어갔다. 서현 3지구 채팅방에는 나까지 다섯 명이 모두 접속해 있었다. 늘 튀려고 안달복달하는 김완, 오프라인 수업이 많았다면 틀림없이 반장이었을 모범생 조다연, "맨 처음 나오는 게 방게인데… 방게가 뭐야?"라고 자기 손가락이 얼마나 고귀하신지 꼭 검색도 안 해보고 묻기부터 하는 핑거 프린세스 한새롬(자기가 알아볼 생각은 하지 않고 꼭 물어보기만 한다)까지. 그리고 신지우라는 이름.

나는 검색창을 띄워 '방게'를 입력했다. 웩! 집게발 좀 봐. 나머지 다리도 되게 징그럽게 생겼다. 멸종해서 다행이라는 생각이 들었다.

완 거의 다 멸종한 동물 같은데…. 자라가 〈수궁가〉에 나와? 얼마 전에 자라 인공 번식에 성공했다던데.

"별주부가 자라야, 멍청아."

짜증을 담아 이렇게 메시지를 보내려다가 관뒀다. 발표 수업은 질색이다. 얼마 없는 또래끼리 친하게 지내는 게 당연하지 않으냐고, 범생이 조다연이라면 그렇게 말하겠지. 나는 대화 창을 닫고 방문을 열었다.

아빠와 엄마가 점심을 준비하고 있었다. 환하게 웃는 얼굴이었다. "오늘은 뭘 배웠니? 슬슬 발표 준비를 해야 하지?"라는 말이 나오기 전에 내가 먼저 입을 열었다.

"저 내일 밖에 좀 나갔다 올게요. 해양생물체험관에 가야 해요."

"거긴 왜? 숙제야?"

"음, 네."

"열심이구나. 혼자 갈 수 있겠어?"

정말이지 과보호였다. 나는 "네."라고 공손하게 대답했다. 열 살만 돼도 혼자 버스를 타는 세상인데, 열다섯 살이 혼자 못 갈 이유가 없었다.

열다섯 살부터 열아홉 살까지의 사람들은 '구멍' 세대다. 스무 살과 열네 살짜리들이 밖에서 뛰고 싸우고 친구들과 어울리며 자라는 동안, 대부분의 시간을 집 안에서 보낸 세대.

다시 방에 들어가 인터넷으로 해양생물체험관까지 가는 길을 검색했다. 지도를 태블릿 피시로 전송하고 정부 지급품인 모니터의 종료 버튼을 눌렀다. 그러자 모니터에 우리 세대의 교육 모토가 우아한 캘리그래피로 떴다가 사라졌다.

'모두가 다른 향기로 피어나는 꽃처럼.'

그것이 어른들이 우리를 교육하는, 아니 교육한다고 믿는 방식이었다.

✳

　교육 모토가 만들어지기까지 모든 과정을 우리는 사회 시간에 배웠다. 우리가 태어나기 전, 출생률은 이미 바닥을 향해 곤두박질치고 있었다. 부모가 될 나이의 사람들 열 명 중 일곱 명이 "이 사회에서는 아이를 낳고 기를 수 없다."라고 말했다. 세상은 경쟁으로 가득 찼고, 경쟁에서 한 번이라도 지면 낭떠러지에서 굴러떨어지며, 실패할 기회는 주어지지 않았다.

　고등 교육 기관의 신입생 정원이 자꾸만 미달되자, 마침내 국가 차원에서 원대한 대책이 세워졌다. 성적순 줄 세우기 폐지, 등수로 사람을 정렬하지 않는 사회 만들기, 서열 없는 세대로 키우기….

　사회는 여러 시행착오를 거쳤다. 많은 개선 또한 뒤따랐다. 우리는 그런 개선의 정점이자 출생률의 바닥에서 태어났다.

　"너희는 아름답고 귀한 꽃이야."

　우리에게는 '백분율'이나 '평균'이라는 잣대를 절대 들이대지 않겠다고 어른들은 말했다. 사회 시간에 이 내용을 배울 때 나는 어이가 없어서 코웃음을 쳤다. 평균을 낼 만큼 표본이 많아야 평균을 내고, 표본이 백 개쯤은 되어야 백분율을 계산하는 거지, 애초에 표본 자체가 턱없이 줄어들어 비교하기도 힘들면서 그걸 가지고 생색내기는. 사춘기 특유의 삐딱한 생각일 수도 있겠지만, 어쨌든 내 생각은 그랬다.

나는 태어나서 한 번도 달리기 시합을 한 적이 없다. 시합할 만큼 사람을 모으기 어렵다는 것과 별개로, 체력장 기록을 잴 때도 한 사람씩 따로따로 재고 당사자에게만 결과를 알려주었기 때문이다. 등수를 매기지 않고 경쟁이 되지 않게 하기 위해서였다.

그렇지만 그게 말이 되나. "달리기 몇 등 했니?"가 아니라 "달리기 기록이 얼마나 나왔니?"로 질문이 바뀌었을 뿐이었다. 데이터가 양육자들의 입을 통해 하나씩 모이면 결국 등수가 매겨졌다. 국가가 아무리 애를 써도 "너는 다른 애들보다 달리기가 느려서 큰일이야."라며 내쉬는 부모님의 한숨을 막지는 못했다는 얘기다.

순진한 어른들은 부모님이야 경쟁 세대에 태어나서 어쩔 수 없다지만 너희는 다르지 않으냐고 묻는다. 대답은 "아니요."다. 우리는 '제각기 특별한 꽃'으로 대접받았지만, '한 군데도 특별한 구석이 없으면 어떻게 될까?'라는 깊은 고민을 등 뒤에 감추고 살았다. "너는 이걸 잘하고 쟤는 저걸 잘해."라고 호들갑스러운 칭찬을 받으며 자랐지만, 우리는 알고 있다. "저마다 향기가 다른 꽃이다."라는 교육 모토는 결국 "너와 쟤가 같은 꽃이면 안 돼. 의견이 같으면 안 돼!"라는 강요에 가깝다는 것을.

'자기만의 의견'을 가지는 게 얼마나 힘든 일인지 어른들은 모른다. 모두들 저마다 독특한 의견을 가지라는 건 결국 남의 의견에 쉽사리 '찬성'을 외쳐서는 안 되며, 서로 싸워야 한다는 선언과 같다는 것도. 〈수궁가〉에 나오는 토끼처럼 말이라도 번지르르하게 해야 어른들이 파놓은 함정에 빠지지 않을 수 있다.

'이런 세대로 태어나고 싶진 않았어.'

나는 해양생물체험관으로 가는 버스를 검색하며 생각했다. 그리고 체험 부스 대기 줄에서 신지우를 본 순간, 다른 생각을 했다.

'쟤는 그런 생각을 안 하겠지.'

✳

신지우라는 이름만으로는 알아채지 못했다. 내가 블록 쌓기를 하며 놀던 나이에 혼자 3개 국어를 마스터하고, 대학 과정에서나 쓰는 수학과 과학 공식을 자유롭게 활용해 '구멍 세대의 천재'로 불리던 아이. 그 아이가 바로 신지우일 줄이야. 헐렁한 트레이닝복을 입고 있었지만, 손등에 도드라진 커다란 점은 감출 수 없었다. 온갖 방송에 나와 어려운 수식을 계산하고 외국어를 끄적이던 그 손.

체험 부스 앞에서 한껏 주눅이 든 모습으로 손을 꼼지락대는 신지우를 본 나는 울컥 짜증이 치밀었다. 대학도 가고 연구원인가 뭔가도 했다면서, 왜 우리 중학 그룹 QR 코드가 달린 학생증을 목에 걸고 해양생물체험관에 서 있는 걸까?

신지우는 바닥을 보며 손톱을 물어뜯다가, 이리저리 주변을 빠르게 살피고는 다시 고개를 푹 숙였다. 마치 멸종 동물

영상에서 본 미어캣 같았다.

체험 부스가 아직 세팅되지 않아서 더 기다려야 했다. 주위 사람들이 신지우와 나를 번갈아 가며 빠르게 힐끔거렸다. 아무리 봐도 또래겠지. 남들이 보기엔 모두 다 친하게 지내도 부족할 아이들이자 몇 안 되는 구멍 세대의 또래. 이렇게 멀뚱히 서서 체험 부스가 열리기만 기다리다가는 누가 내 등을 찌르며 "너희 '친구' 아니니?"라고 물을 것만 같았다. 그건 정말 귀찮은 일이다.

나는 신지우에게 먼저 사근사근하게 말을 걸었다.

"안녕. 너 서현 3지구 중학생이지?"

"어? 어, 어."

신지우의 볼살 통통한 얼굴에 멋쩍은 웃음이 돌았다. 우리를 힐끔거리던 주변의 시선도 서서히 흩어졌다. 이제야 배우들이 움직이기 시작한 연극 무대처럼 저마다 갈 길을 갔다. 나는 신지우에게 목에 건 학생증을 흔들어 보였다.

"나도야. 내 이름은 김은유. 너는?"

"신지우…."

기어들어가는 듯한 목소리였다. 나는 미소를 잃지 않고 고개를 끄덕였다.

이만하면 내가 할 몫은 다한 거 아닐까. 친한 척 인사를 했고, 통성명까지 했다. 그러면 이제 연극을 끝내도 되겠지. 나는 다른 부스를 둘러보려는 척 몸을 돌렸다.

"기, 김은유!"

신지우가 내 이름을 불렀다. 뭐지?

예상하지 못한 전개에 사람들의 시선이 다시 우리에게로 모였다.

"수, 숙제 같이하면 안 돼?"

싫은데.

나는 마음속에 떠오른 대로 대답하고 싶었다. 그러나 싫다고 대답했다간 지역 인터넷 카페에 얘기가 쫙 퍼질 거다. 무정한 구멍 세대 중학생이 어쩌고저쩌고….

'특별한 꽃'으로 태어나고 싶지도 않았는데, 일거수일투족이 주변 사람들 눈에 띄는 일상이라니. 정말 너무하다.

나는 억지웃음을 지으며 대답했다.

"당연히 되지! 체험 끝나고 2층 카페에서 만나."

이럴 계획은 없었는데….

신지우에게 인사하고 서둘러 '어류 감각 체험' 부스로 간 나는 온몸에 센서를 붙였다. 센서를 착용하고 프로그램에 접속하자 양쪽 옆구리에서 쓱 하고 간질거림이 느껴졌다. 얼결에 몸을 틀자 안내 메시지가 흘러나왔다.

"어류는 옆줄로 외부 자극을 감지했습니다. 포식자가 다가오면 옆줄에 느껴지는 파동으로 먼저 알아챘지요. 온몸에 퍼진 촉각은 사람과 비슷합니다. 또 수염에 사람의 혀처럼 미각이 퍼진 종도 있었지요. 하지만 어류는 눈꺼풀이 없었습니다. 작은 물고기는 큰 포식자를 속이기 위해 수백 마리가 몰려다니기도 했습니다."

이어서 잔잔한 바닷속 영상이 보이다가 갑자기 옆구리에 강한 진동이 느껴졌다. 배경 음악이 긴박한 분위기로 바뀌더니 심각한 톤의 안내 메시지가 나왔다.

"포식자가 다가온 모양이군요. 과연 어떻게 빠져나가야 할까요?"

나는 센서를 붙인 두 손을 지느러미처럼 진동의 반대 방향으로 휘저었다. 그러자 배경 음악이 다시 잔잔해졌다.

"잡아먹히지 않고 살아남았어요. 축하합니다!"

박수 소리와 함께 안내 메시지가 끝났다.

'시시하네. 사실 대부분의 어류는 내가 태어나기 20년도 전에 해수 온도 급상승으로 멸종했잖아.'

나는 센서를 떼서 반납하고 2층 카페로 갔다. 약속은 약속이니까. 주변 사람들은 여전히 나를 힐긋댔다. 피곤해. 늘 신경을 곤두세워야 했던 어류의 심정을 알 것 같았다.

'그래도 걔네는 좋았겠다. 무리 지어 다닐 수 있어서.'

✳

신지우는 먼저 와서 음료를 마시며 기다리고 있었다. 나를 보자 신지우는 밝은 표정으로 엉거주춤 손을 들어 올렸다. 나는 신지우 앞에 놓인 의자에 가방을 놓고 음료를 가져왔다. 탁자 위에는 신지우의 노트가 펼쳐져 있었다.

"무슨 체험 했어?"

일부러 그 노트를 보지 않으며 내가 물었다. 신지우는 잠시 머뭇거리다 '보름달물해파리의 생활'이라고 대답했다. 보름달물해파리. 희한한 이름이다. 〈수궁가〉에 해파리가 나오던가? 나오는지 아닌지는 별 상관이 없다. 누군가가 토끼 배 속에 간이 없다고 속삭였다는 이야기는 어차피 일어나지도 않은 일인걸. 어떻게든 우리에게 자기 생각을 말할 기회를 주려고 과거에서 끄집어낸 이야기다. 그리고 사실 자라는 용궁에 갈 수도 없다. 바다에서 헤엄칠 수 있는 건 바다거북이지 자라가 아니다.

자기 생각을 말할 기회라…. 나는 그게 싫었다.

우리 나이대를 통틀어 이르는 공식 명칭, 친구. 친구니까 사이좋게 지내라고 하면서, 친구끼리 서로 다른 생각을 나누라고 한다. 서로 다른 의견을 내는 걸 두려워하지 말라고 한다. 서로 다른 상상을 할 줄 알아야 한다면서, 보이지 않는 싸움을 부추긴다. 다른 사람을 믿고 동의해주라는 말을 어쩌다 한 번 듣는다면, 각자 개성을 살려 스스로를 차별화해야 한다는 말은 열다섯 번쯤 듣는다.

그리고 내가 가장 싫은 건, 어른들의 말이 싫으면서도 어떻게 하면 다른 애들을 이길 만한 기발한 아이디어가 떠오를까 고민하는 나 자신이다.

어떻게 해야 이 난관을 뚫고 나갈 수 있을까. 특별한 꽃이 되기 위해 나는 뭘 해야 할까.

"신, 아니, 지우 넌 범인이 해파리라고 생각해?"

내 말에 신지우가 고개를 갸웃거렸다.

"난 모르겠어…. 그 말을 한 동물이 뭔지가 아니라, 어떤 역할을 맡은 동물이 그랬는지를 알고 싶어."

흠칫, 컵을 쥔 내 손이 떨렸다. 나도 똑같은 생각을 했기 때문이다. 멍게든 해삼이든 문어든 뭐든, 동물의 종류는 중요하지 않다고. 중요한 건, 그 말을 할 만한 '역할'이 무엇이냐는 것이다. 어중이떠중이가 토끼 배 속에 간이 없다는 말을 해봤자 용왕이 그 말을 귀담아듣지는 않았을 것 같다. 그러니까 발언권이 있는, 적어도 어떤 벼슬이 있는 동물이 그랬어야 모두가 수긍했겠지.

그렇다면 그게 어떤 벼슬이냐 하는 건데….

"나도 그렇게 생각해."

태연한 척, 너만 그런 생각을 할 줄 아는 게 아니라는 신호를 던지자 신지우는 얼굴이 환해졌다. 이건 뭐지? 너무 튀기는 싫다는 건가? 그렇다면 다른 수를 던져야 한다.

"분명히 이유가 있었을 거야. 토끼 배 속에 간이 없다고 해야 했던 이유. 그럴 만한 이유가 있는 동물은 뭘까? 용왕 앞에서 말할 수 있었으니 벼슬을 한 동물일 거야. 어쩌면 그냥 자라를 골탕 먹이고 싶었을 수도 있고."

거기까지만 말하고 나는 신지우의 눈을 빤히 바라보았다. 하지만 자라를 골탕 먹이려 했다는 건 내가 생각한 '진짜' 목적이 아니었다. 겨우 그 정도 목적 때문에 용왕의 병을 낫지 못하게 하는 건 말이 안 되잖아. 왕의 목숨을 두고 장난할 리가 없어. 만약 신지우가 내 의견에 수긍한다면, 내 생각을 밝히지 않을 작정이었다.

"〈수궁가〉 첫 부분에서 여러 동물이 용왕의 병을 낫게 하겠다며 서로 자기가 육지에 간다고 하거든. 그러니까 단순히 자라를 골탕 먹이려던 건 아닐 거야. 오히려 용왕을 꼭 낫게 하고 싶었겠지…?"

흘끔, 나를 올려다보는 눈길. 차분한 말투와 달리 신지우는 겁을 먹은 것 같았다. 골탕에 집중하진 않는구나. 나는 초조해졌지만 겉으로는 흥미를 느끼는 척했다.

"그렇지? 그럼 우리, 한번 동시에 말해보자. 그런 말을 할 만한 역할을 말이야."

연극적인 내 말투가 스스로 조금 가증스러웠다. 뭐 어쩌라고. 친구들이랑 얼굴을 맞대고 직접 대화해본 적이 거의 없으니까 그렇지. 그리고 모두 나를 무대에 오른 배우 보듯이 대놓고 힐끔거리는걸. 신지우만 속아 넘어가면 될 일이다. 그러면 둘이 같이 발표할 수도 있지 않을까? 천재랑 한 팀이 되면 엄마 아빠도 좋아할 거다. 그런데 신지우가 정말 나랑 같은 답을 낼까?

신지우는 고개를 끄덕였다. 우리는 하나, 둘, 셋을 세고 입을 열었다.

"의사."

똑같은 답이 튀어나왔다.

내 얼굴이 일그러졌다. 하지만 신지우의 얼굴은 아까보다 더 환하게 반짝였다.

"와, 나랑 생각이 똑같아! 그렇지? 토끼 간을 빼냈는데 용왕이 낫지 않으면 가장 손해를 볼 역할이 누굴까 고민해봤어. 자라가 토끼를 진짜 데려올 거라고 누가 상상이나 했겠어? 의사가 그냥 막 던진 말일 수도 있잖아. 아무튼 자라가 정말로 토끼를 데려왔는데, 토끼 간을 먹고도 용왕이 낫지 않으면 어떡해. 그러면 의사가 다 책임져야지. 그러니까 그 상황에서 토끼 간을 빼면 안 된다고 간절하게 바란 동물은 의사였을 거야! 아, 〈수궁가〉도 여러 버전이 있는데, 그중에는 의사가 아니라 신선이 와서 병을 진단하는 내용도 있긴 해. 그렇지만 선생님이 거기까지 조건을 걸진 않았잖아."

논리 정연한 말이 신지우의 입에서 빠르게 튀어나왔다. 말 진짜 잘하네. 다양하고 수준 높은 사람들과 말을 많이 해봐서 그런가 보다. 신지우는 구멍 세대에 속하지 않는 사람들이나 어른들과 이야기를 자주 나눴을 테니까.

이런 과제를 하면서도 뒤처지는 느낌을 받아야 하나. 하지만 나는 신선이 병을 진단해주는 내용이 또 있다는 얘기는 들어보지 못했다. 이렇게 되면 팀으로 발표를 해야 할까? 나는 신지우가 논리를 더 늘어놓기 전에 말을 돌려야겠다고 생각했다.

"그렇지? 그럼 지우 넌 어떤 동물이 의사였을 것 같아?"

비록 논리로는 졌지만, 아직 기회는 남아 있었다. 나는 신지우가 무슨 동물을 말하든 반대할 생각이었다. 내가 고른 동물이 의사였을 거라고 우기면 팀 발표에서 어느 정도는 내 몫을 주장할 수 있을 거다. 신지우가 말하는 동물이 그럴싸하면 그때는 신지우가 자료를 찾고 발표는 내가 하겠다고 나설 수도 있고. 채팅방에서도 말을 안 하던 아이니까 왠지 내 제안을 받아들일 것 같았다. 그 정도 이익은 챙겨도 되겠지.

그런데 예상이 빗나갔다.

"거기까진 생각 안 해봤는데."

신지우가 태평스럽게 대답했다.

"그, 그렇구나."

뭐야, 생각을 안 해? 나도 생각 안 했단 말이야. 일단 신지우에게 반대하고 적당히 아무 동물이나 말할 생각이었다. 아까 옆줄 체험을 할 때 옆줄이 여러 개인 물고기도 있다는 설명을 들어서, 가장 예민한 물고기가 의사였을 거라고 주장하고 나중에 자료를 찾아볼 생각 정도만 했지.

이제 어쩐다? 아무래도 같은 팀이 되어야 할 것 같은데. 따로 발표하자고 했다간 범생이나 핑거 프린세스가 신지우를 채 갈 수도 있다는 생각이 뒤늦게 들었다.

"그럼 우리 같이 발표할래? 동물은 내가 생각해볼게."

이 정도가 내가 할 수 있는 최선이었다. 동맹을 맺는 것.

〈수궁가〉에서는 누가 토끼 편을 들며 간이 없다고 거들어 주었는데, 나는 편들어줄 사람이 없어서 이렇게 혼자 밀고 당기기를 해야 하다니. 조금은 서글펐다. 하긴 〈수궁가〉도 누가 지어낸 작품일 뿐, 현실이었다면 토끼 편을 들어준 동물은 아무도 없었을 거다.

고작 발표 수업 하나에 누구를 이용하니 마니 하는 게 너무 거창하다는 것쯤은 나도 안다. 하지만 어쩌라고. 솔직히 다들 튀지 못해 안달이잖아. 저마다의 개성 넘치는 생각을 존중한다지만, 그건 그냥 듣기 좋은 말일 뿐이잖아. "다른 의견 없나요?"라는 말에 손을 번쩍 들고 자기주장을 하지 못하면 "쟤는 개성이 없어."라고 말하잖아. 그리고 그렇게 된 건, 신지우 바로 너 때문이잖아.

신지우는 2월생이다. 우리 또래 중에서 일찍 태어난 편이다. 그런 애가 옹알이 대신에 사자성어를 읊고, 진흙 대신에 프로그래밍 코드를 가지고 놀았다. 그 모습을 본 모든 부모는 '혹시 우리 애도 천재는 아닐까?'라는 헛된 희망을 품었다. 우리 집엔 아직도 《지우는 이렇게 키웠어요》, 《내 아이도 천재일 수 있다》, 《포스트 신지우 키우기》 같은 육아 서적들이 책장에 꽂혀 있다.

너는 누구와 비교당하거나 튀어보겠다고 애쓴 경험이 한 번도 없겠지. 처음부터 특별했으니까.

나는 치솟는 짜증을 누르며 신지우의 대답을 기다렸다. 나와 한편이 되겠다는 대답을.

그런데 신지우가 또 내 예상을 뒤엎었다.

"아니야. 은유 너 혼자 발표해."

신지우는 여전히 생글생글 웃는 얼굴이었다. 뭐야, 은혜라도 베푸는 듯한 그 태도는?

주먹을 꼭 쥔 손에 땀이 맺혔다. 신지우는 얼음만 남은 컵을 빨대로 휘저으며 정말로 기분 좋은 듯이 콧노래를 흥얼거렸다.

"왜 내가 해? 넌 다른 거 하게?"

나도 모르게 말이 뾰족하게 나왔다. 혹시 더 나은 아이디어가 떠오른 걸까? 나는 머리를 쥐어짜서 생각해낸 건데, 너한테는 아무것도 아니야? 이 정도는 내가 가져도 된다는 거야?

또 우리를 보는 주변의 시선이 느껴졌다. 신지우도 날이 선 분위기를 느꼈는지 몸을 뒤로 뺐다. 손에는 여전히 빨대를 쥔 채로.

"그런 거 아니야. 그게… 나는 참관 학습 중이라 발표하지 않아. 아마 발표 수업에 참여도 안 할걸? 그냥 중학교 생활을 체험하러 수업에 들어간 거거든."

아! 뒤통수를 강하게 맞은 기분이었다.

울컥, 뜨겁게 목으로 올라온 화가 부끄러움으로 변해 얼굴로 번졌다.

"대학 졸업자는 중학교에 다시 못 들어가."

자랑처럼 말할 수도 있는 사실인데, 표정이 왜 저렇게 우울할까?

신지우는 물이 뚝뚝 떨어지는 빨대를 탁자 위에 놓았다. 그러고는 나를 슬쩍 올려다보았다. 어느새 우울함은 사라지고 반짝이는 호기심이 담긴 얼굴이었다.

"그 대신, 부탁 하나만 할게."

"…해봐."

나는 기세가 한풀 꺾이는 걸 느끼며, 의자에 깊숙이 기대앉았다. 신지우는 단어를 고르는 듯 한참 만에야 입을 열었다.

"우리 엄마한테 자랑해도 될까? 나랑 똑같은 생각을 하는… 친구를 만났다고."

"그게 왜 자랑할 일이야? 난 중학생이지만, 넌 대학까지 졸업했는데."

고민할 새도 없이 툭 튀어 나간 내 본심에 신지우가 슬쩍 웃었다.

"나, 나랑 똑같이 생각하는 친구를 한 번도 만난 적이 없어. 중학교랑 고등학교는 다 검정고시로 통과했거든. 게다가 우리 세대에는 아이가 많이 태어나지도 않았잖아. 아니, 나는… 사실 또래 친구가 있었던 적이 없어."

신지우의 손에 컵에서 옮아간 물방울이 맺혔다. 내 컵 안의 얼음도 다 녹아 있었다. 아까 그 또랑또랑한 말투는 다 어디로 갔는지, 우물대고 주춤거리며 신지우가 천천히 말을 이었다.

"그래서 연구소를 그만두고… 교육청에 부탁했어. 중학교 수업을 들어보고 싶다고. 특별하고 대단하다는 칭찬은 많이 들었지만, 내가 원하는 건 그런 칭찬이 아니야. 나는… 나랑 나이가 같은 애들하고 지내보고 싶었어."

어쩌지. 단단히 세워둔 내 마음의 벽이 얼음처럼 녹아버릴 것 같았다.

손등에 점이 있는 통통한 여자애가 천재도 무엇도 아닌,

그냥 열다섯 살로 보여서.

약해지고 싶지 않은데….

많이 힘들었겠다고 위로를 해야 할까, 대단하다고 칭찬을 해야 할까. 그것도 아니면… 어떤 반응을 보여야 가장 적절하고 상냥해 보일까. 알 수 없었다. 대신 신지우에게 물었다.

"왜 해파리 생활 체험을 했어?"

그냥 궁금해서였다. 떠보거나 우위를 정하기 위한 질문이 아니었다. 의사가 무슨 동물일지는 생각하지 않았다면서 왜 하필 해파리 체험을 했을까.

신지우는 내 질문에 얼굴이 새빨개졌다. 그러더니 손가락을 꼼질거리다 대답했다.

"그거, '보름달물해파리의 생활 체험' 말이야, 내가 만든 거야."

점점 더 이 애를 모르겠다는 생각이 들었다.

나는 피곤해져서 어깨의 힘을 풀어버렸다. 이제는 누가 흘끔거리든 말든 상관없었다.

"자기가 만든 걸 굳이 체험하고 싶었던 이유가 뭔데?"

"그러게. 아마 내가 만든 마지막 프로그램이라 그랬을 거야."

신지우가 쓸쓸한 표정으로 웃었다. 그러더니 자신의 이야기를 시작했다.

열 살에 연구소에 들어가 첫 프로젝트를 맡았을 때, 다들 신지우가 박사 과정을 거쳐 교수가 될 거라 예상했다고 한다. 그런데 6개월에 한 번씩 실시하는 능력 테스트에서 신지우의 능력은 상승 폭이 너무 낮았다.

"다들 나에게 실망했을 거야."

열 살의 신지우는 대학생 이상, 석사 과정 대학원생 정도의 지적 능력이 있다고 보도되었다. 그 기사는 아직도 인터넷 어딘가를 떠돌고 있을 것이다. 그런데 딱 거기까지였다고 신지우는 말했다.

"박사 과정은 무리였어. 열두 살까지 연구소에 있었는데, 소장님이 나한테 원하는 생물을 하나 골라서 체험 시뮬레이션 프로그램을 만들어보라고 하더라. 물에 떠다니는 보름달물해파리는 꼭 꽃잎 같거든. 군집 이동을 하니까 친구도 많고. 나랑 정반대인 것 같아서, 그래서 그걸 골랐어. 그런데 내가 주제를 골라 갔더니 소장님이 그랬어. 이것까지만 하고 쉬자고. 이제 연구소에 오지 않아도 된다고."

말을 마친 신지우는 입을 다물었다. 시선은 탁자 위 자신의 손등을 향해 있었다.

열두 살에 자신의 한계를 알아버린다면 대체 어떤 기분일까. 도저히 알 수가 없는 나는 아무 말도 못 했다. 일 등부터 꼴찌까지 줄을 세우지는 않지만, 너는 여기까지라고 말하는 세상이라니. 열두 살이면 키가 다 자라지도 않은 나이인데….

'자신의 의견을 꽃처럼 피우세요. 제각각의 색과 크기로 피어나는 꽃이 되세요.'

어디를 가나 걸려 있는 표어. 각자 자신의 위치를 찾아 발버둥 치는 우리는, 꽃이 피면 시들듯 언젠가 성장을 멈출 것이다. 그때부터는 어떻게 살아야 할까.

알고 싶지 않았다. 절대 알고 싶지 않아서 발버둥 치고 있는데, 신지우는 이미 겪어버렸다.

"그만하고 네 자리로 돌아가서 평범하게 살라는데, 그게 너무 슬펐어."

평범하게 살기. 그게 뭔지 우리는 배운 적이 없는데. 열다섯 살이란 원래 이런 걸까. 또래가 아무리 많아도 마찬가지일까. 우리보다 먼저 열다섯 살을 거친 사람들은 전혀 다른 경험을 했고, 우리 뒤로 '구멍 세대'가 아닌 아이들이 열다섯 살이 되어 가고 있다. 구멍 세대인 우리는 평생 답을 찾을 수 없겠지.

"미안해."

나는 신지우에게 사과했다. 신지우의 삶을 함부로 판단했던 행동에 대해서. 비록 그 이유는 마음속에만 남겨 두어 신지우에게 보이지 않더라도 말하고 싶었다. 그리고 어쩌면 단한 사람도 신지우에게 미안하다는 말을 하지 않았을지 모른다는 생각이 들었다.

줄을 세우지는 않지만 각자의 역량을 매섭게 측정하는 이세계에서 우리의 성장은 언젠가 끝날 텐데. 자신의 끝을 받아들이는 방법은 아무도 가르쳐주지 않는다. 그저, 피어나라고만 할 뿐.

나는 우리에게 한계가 있다는 사실을 부정하지 않는다. 그건 이미 나보다 훨씬 머리가 좋은, 경쟁 세대를 거친 어른들이 한 말이다. 그렇지만 신지우는 지금껏 특별하게 살았으니 이런 허탈함을 모를 거라고 생각했는데….

"보름달물해파리를 보러 자주 왔어."

신지우는 처음과 같이, 벽을 세우지 않은 채로 내게 말했다.

"천재 신지우가 만든 마지막 프로그램을, 이제 천재가 아니어서 괴로울 때마다 봤어."

'천재'라는 단어를 말할 때 신지우의 목소리에도 조금은 날이 섰다. 괴로웠나 보다. 천재가 아닌 신지우가 아니라 천재였던 신지우도, 두려웠을지 모른다.

"체험관을 나설 때마다 다신 보고 싶지 않다고 생각했는데, 거의 매주 다시 여기에 왔어. 보름달물해파리가 이 세계에 어떻게 왔는지부터 어떻게 멸종했는지까지 계속 봤어."

나는 혼자서 버스를 타고, 입장권을 사고, 부스 체험 줄에서서 차례를 기다리는 신지우를 상상해보려고 애썼다. 점이 박힌 손으로 해 왔을 일들을.

그러다 나도 모르게 인상을 썼던 모양이다. 신지우가 내 미간을 뚫어져라 보고 있었다.

"그랬으니까, 네가 나랑 똑같은 생각을 했다는 게 너무너무 기뻤어. 중학교 그룹 채팅방에 들어가서도 아무 말 못 했거든. 아무한테라도 말을 걸고 싶었지만, 튄다고 싫어할까 봐 그러지도 못했지."

나는 상상의 끝자락에서 집에 앉아 키보드에 손을 올려놓은 신지우를 보았다. 미동도 하지 않는 손가락과, 흘러가는 대화를 들여다보기만 하는 눈동자.

상상을 끝낸 나는 내 앞에서 음료 컵을 만지작거리는 신지우를 바라보았다. 통통한 얼굴에 헐렁한 트레이닝복으로 몸을 가린 신지우. 천재가 아니게 된 신지우. 15분 전까지만 해도 내가 적의를 품고 대했던 신지우. 어떻게 이용할지 열심히 고민하던 상대를 연민이 담긴 눈빛으로 차분히 바라보았다.

고작 15분 만에 사람 생각이 이렇게까지 달라질 수 있다니, 스스로도 의아했다.

나는 신지우가 꽃이 아니라 새가 아닐까 생각했다. 훨훨 날아다니는 자유로운 새. 땅에 뿌리박지 않아도 되는 새. 그래서 신지우는 괴로웠나 보다.

겨우 15분 동안 이야기 나눈 것만으로 사람을 전부 이해할 순 없겠지만, 어쩐지 신지우는 차라리 고만고만한 꽃이고 싶지 않았을까 하는 생각이 들었다.

채팅방에서 신지우가 누구에게라도 말을 걸었다면 어땠을까. 완이는 툭툭대면서도 대답해주었을 거다. 범생이는 당연히 친구끼리 잘 지내야 한다며 나서서 말을 걸었을 테고. 핑거 프린세스는 신지우가 말하는 것마다 설명해달라고 채근했겠지만 그래도 말을 이어 갔겠지. 하지만 나는, 신지우가 말을 걸었다면 경계부터 했을 것이다.

얄팍하고 솔직하지 못한 나는 신지우에게 손을 내미는 대신 말했다.

"역시 해파리가 좋겠다."

신지우의 눈동자가 커다래졌다.

"너는 해파리에 관해 잘 알잖아. 해파리도 바다에 살았으니까 용궁 의사는 해파리였을 수도 있지. 발표 수업에서 아무도 해파리는 고르지 않을 것 같기도 하고. 맞다, 해파리는 독이 있지? 독을 약으로 쓸 수도 있겠네."

횡설수설하는 나를 바라보며 신지우는 점점 표정이 밝아졌다.

"내가 발표할 테니까 너도 발표 수업에 와. 혹시 내가 실수하면 좀 거들어달라고."

신지우가 튀어 오르듯 자리에서 벌떡 일어나더니 내 손을 덥석 잡았다.

"가도 돼? 나도 가고, 우리 엄마도 같이 가도 돼?"

"아니. 중학생 발표 수업에 엄마가 따라오는 애는 없어. 실시간으로 방송되니까 그걸 보시라고 해."

"진짜? 진짜지? 그럼 나 자랑해도 되지?"

그러시든가.

"그 대신 나랑 한 얘기, 애들한테는 비밀이야."

나도 자존심을 세울 여지를 조금은 남겨두고 싶었다. 신지우는 고개를 끄덕였다. 정확히는 머리카락이 나풀거릴 정도로 신나게 끄덕였다.

나는 해파리를 자주 보지는 않지만, 해파리에게 팔랑팔랑 나부끼는 뭐가 달려 있다는 건 알았다. 신난 해파리가 저런 느낌이려나. 해파리를 떠올리던 내 입에서 웃음이 새어 나온 모양이다. 신지우가 내 얼굴을 바라보며 웃는 걸 보면.

메신저에 신지우의 아이디를 등록하면서 신지우의 이름을 몰래 '해파리'로 바꿔놓았다. 꽃은 아니지만 꽃잎을 닮은 팔랑 팔랑한 생물. 그러고 보니 통통한 손등이 갓을 부풀려 올린 해파리 같기도 했다.

언젠가 신지우를 해파리라고 불러 보고 싶다. 조금 더 친해지면.

조금만 더.

"어떤 안 돼"에 대해 말보아요

✦ 2019년 〈릿터〉 21호 수록

"울면 안 돼"라는 가사로 시작하는 크리스마스 노래는 1934년 11월에 에디 캔터의 라디오 쇼에서 처음 방송되었다. 이 노래의 정식 명칭은 〈Santa Claus Is Coming to Town〉이지만 한국에는 〈울면 안 돼〉라는 이름으로 더 널리 알려져 있다. 한국에서는 '울면 산타 할아버지가 선물을 안 준다.'라는 내용으로 요약되나, 이 노래의 원본 가사에는 일견 섬뜩한 측면이 엿보인다. 아래는 나의 인터뷰에서 일부 발췌하였다.

　　저는 그 노래를 싫어해요. 그건 우리 할아버지가 들려주신 이야기 때문이에요. 할아버지는 산타클로스 노래가 생기기도 전에 태어나셨어요. 소수민족 이민자 출신이죠. 동유럽? 북유럽? 그쪽 어딘가에 선조 때부터 살았다고 들었어요. 그 마을에는 '12월 24일의 방'이라는 게 있대요. 그건 오래된 성의 홀인데, 12월 24일 밤에 아이들은 실컷 먹고 떠들고 놀다가 자정 전에는 잠들어야 해요. 그날 밤에 우는 아이는 틀림없이 벌을 받아요. 매해 한두 명의 아이가 12월 25일 아침이면 사라졌대요. 홀 안에 모든 아이가 모여 있고, 어른들이 밖에서 횃불을 들고 지키고 있는데도요. 그런 얘기를 듣고 자랐는데 '산타클로스가 마을로 온다. 목록을 만든다. 체크한다.'라는 노래가 즐겁게 들리겠어요?

인터뷰 대상자는 매우 신경질적인 반응을 보였으며 이 이후 대답을 거부하였다. 나는 몇 가지 더 자료를 찾을 수 있었다. 단편적인 민담이었지만 그 사료들은 '크리스마스'라는 명칭을 사용하지 않았으며 '어두운 밤의 방'이나 '동지의 밤'이라는 단어를 사용했다. 고성이 아닌 경우도 있었지만 큰 집이나 방에 마을의 아이들을 데려다놓고 어른들이 밖을 지킨다는 이야기는 동일했다. 아이들의 수는 집단의 크기에 따라 달랐으나 서른 명을 넘지 않았다.

성 니콜라우스 축일은 12월 6일이며 크리스마스와는 상당한 거리가 있다. 크리스마스가 12월 25일로 자리 잡은 것은 4세기 후반이다. 만약, 성 니콜라우스가 산타클로스이며 '선물을 주러 왔다'면 어른들이 아이들을 한 방에 가둬놓고 지킬 필요가 있었을까?

나는 지금 북유럽에 있다. 이곳의 밤은 빠르고 어둡다. 고대 로마의 동지절이 가까운 것을 알리기라도 하듯 낮은 시시각각 짧아진다. 그러나 동지가 지나면 다시 낮이 길어질 것이다. 고대 로마의 동지절은 12월 24일에서 1월 6일 사이라는 설이 유력하다. 한국의 동지와는 날짜가 약간 다르다. 동지가 가까워지면 창밖에서 바람이 점점 강하게 불고 키 큰 전나무의 가지들은 바람을 따라 짐승처럼 운다.

산타는 굴뚝으로 들어온다. 어른들이 창밖을 지켜도 산타가 하늘을 날아다닌다면 산타를 막는 것은 소용이 없을 것이다. 어른들은 아이들을 지키고자 했다. 그것만은 분명하다. 적은 양의 자료 안에서나마 아이들은 12월 24일을 최대한 행복하게 보내게 해주려는 어른들의 노력을 기억하고 있었다. 그럼에도 불구하고 우는 아이는 벌을 받았다. 벌을 받은 아이들은 사라졌으며 마을에 다시는 나타나지 않았다고 되어 있다. 다시 추론해보자. 어른들은 밖을 지켰고 아이들은 울지 않도록 당부를 받았다. 그리고 우는 아이는 사라졌다. 밀실 트릭이 아닌 이상, 우는 아이는 스스로 나갔거나 혹은 어른들이 데리고 나갔을 것이다. 그렇게 보는 것이 타당하다.

아이들을 잡아가는 존재는 많다. 숲 속에 사는 바바 야가, 인간 아이와 요정 아이를 바꿔치기하는 체인질링, 한국의 망태 영감 등등. '나쁜 아이'를 잡아가는 존재는 많은 문화권의 민담 속에 나타나 있으며 이 중 '우는 아이'를 타깃으로 하는 민담도 다수 있다. 아이들은 이 이야기를 들으면 '놀라서' 울음을 그친다고 되어 있다.

이곳의 겨울밤은 춥고 어둡다. 전나무들은 귀신처럼 울고,

전나무가 아니더라도 많은 것들이 운다. 참, 미슬토우를 사는 걸 깜박했다. 창문 앞에 미슬토우를 달아둬야 하는데. 뭐 어딘가에서 팔겠지. 사 오면 된다. 아직 동지까지는 며칠 남아 있으니까. 짐승들이 운다. 겨울에는 먹을 것이 없어 마을까지 내려온다고 한다. 그렇겠지. 아무튼 나는 미슬토우를 사야 한다. 집주인이 미슬토우 사진을 찍어 보내라고 했으니까. 이상한 집주인이지만 그럴 수도 있다. 이 공간은 매우 싸게 빌렸으니 그 정도는 감내할 수 있다.

다만 귀찮은 것은 밤마다 잠을 설친다는 사실이다. 귀마개를 하고 안대를 쓰고 잠들어도 시끄럽다. 밤마다 개가 짖는다. 가장 가까운 집은 걸어서 15분은 가야 하는데 그 집에서 키우는 개 소리가 여기까지 들린다. 개를 풀어놓기라도 했나. 모를 일이다. 밤 9시 이후에는 음악도 크게 틀면 안 된다고 해놓고. 개가 짖는 소리 때문에 음악을 틀어도 안 들리겠다.

우는 아이들은 때때로 끔찍하다. 쌍둥이 조카를 돌보던 언니는 한 명이 울면 또 한 명이 따라 울고, 가끔은 온 아파트의 애들이 같이 울어서 먼저 운 애 부모가 죄인이 된다고 한숨을 쉬었다. 울음의 전파력이라는 것은 그런 의미에서 끔찍하다. 여기가 서른 명의 아이들이 모인 밤중의 홀이라고 하자. 한 명이 울기 시작하면 못해도 다섯 명은 따라 울 것이다. 어쩐지 어른들이 맨 처음 우는 아이를 끌고 나갔다고 해도 이해가 간다. 아니, 그럴 거면 애초에 모아놓지 않는 게 좋을 텐데.

동지에 팥죽 먹으러 와? 메시지가 왔다. 언니, 나 1월까지 북유럽에 있다니까. 그리고 팥죽을 요새 누가 먹어. 답장을 보내려다 관뒀다. 동지에 팥죽을 먹는 건 한국 풍습이다. 동지는 해가 짧고 밤이 길며 음기가 강해서 귀신들이 좋아한다. 귀신이 붉은 팥을 싫어한다고 팥죽을 만들어 먹었다. 내 생각에는 귀신이 붉은색을 싫어한다면 애초에 인간의 몸 안에 빨간 피가 흐르는 걸 아는 시점부터 인간에게 다가오지 않을 것 같은데. 나도 붉은색은 싫다. 게다가 팥죽이 솔직히 뭐가 붉은색이야. 갈색이지. 또 메시지가 왔다. 집주인이다. 미슬토우 파는 가게를 적어서 보내 왔다. 이 집주인도 어지간하다. 그냥 한국에서 하나 들고 올 걸 그랬다. 방울도 달리고 리본도 달린 걸로. 짤랑짤랑거리는 걸로. 렌트비도 들어올 때 다 줬는데 이 집주인은 대체 왜 이러나.

그러고 보니 조카들에게 크리스마스 선물은 사주고 올 걸 그랬다. 여기서 인터넷 결제 하면 되겠지. 이제 다섯 살이 된 조카들은 11월 중순부터 산타, 산타, 하고 타령을 했다. 산타가 안 온다고 하면 겁을 먹는다. 성 니콜라우스여, 당신은 축일도 아닌 날에 고생하시는군요. 산타가 협박의 수단이 될 줄은 빨간 옷을 입힌 콜라 회사도 몰랐을 거다. 아주 울면 산타가 잡아간다고 해라. 잡아가서 애들이 싫어하는 마늘 양파 먹이고 초콜릿은 안 줄 거라고 해라.

애들은 잡혀가면 산타랑 사는 거냐고 좋아할지도 모르니 그건 안 되겠군.

어쨌거나 북유럽으로 피신하길 잘했다. 한국은 시끄럽다.

가게마다 시즌제 캐럴이 나오고, 길거리에서도 나온다. 제발 그러지 말라고. 왜 마주 보고 있는 가게에서 똑같은 캐럴을 엇박자로 트는 건데. 여기는 개가 짖지만 캐럴은 안 들려서 좋다.

방금 재미있는 자료를 찾았다. 어느 마을에서 '동지의 긴 밤'에 사라진 아이들의 부모가 그다음 해 크리스마스에 마을을 떠났다고 했다. 인터넷 게시판 썰 정도의 신뢰도라서 연구에 쓰기야 어렵지만. 1년간 자기 자식이 사라진 마을에서 사는 것도 슬픈 일이겠지. 그래도 1년이라니 꽤 긴 시간인데. 왜 1년이지? 추적해보려 했지만 출처가 불분명하다. 과잉 정보 시대에 정보값은 없고. 그리고 여기는 인터넷이 정말 느리다. 동물들이 전신주를 들이받아서 정전되는 땅인데 내가 너무 많은 걸 바라는 것 같긴 해. 웹페이지 열려다 인내심 다 쓰겠다.

아. 어쨌거나 12월 중순이니까 캐럴이나 틀까. 집착증 산타할아버지 안 나오는 캐럴이면 좋겠다. 5시인데 창밖이 어둡다. 또 개가 짖기 시작했다. 대체 뭘 보고 짖는 건지 알 수가 없다. 사람이면 물러가고 귀신이어도 물러가라. 커피나 내리러 가야겠다.

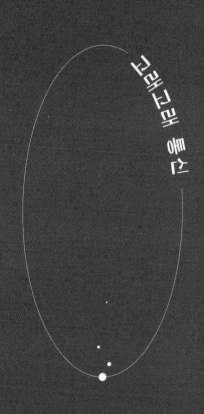

그레그래 예스

✦ 2019년 〈문장 웹진〉 발표

✦ 2020년 제7회 한국 SF 어워드 중단편 부문 우수상 수상

✦ 2021년 《인어의 걸음마》(서해문집) 수록

여름방학 막바지에 발등을 다쳤다. 바닥에 떨어진 핸드폰을 발을 휘저어 찾다가 벌어진 일이었다. 책장을 걷어찬 거로 끝났으면 기껏해야 발가락 좀 아프고 말았을 텐데, 걷어찬 책장에 대충 쌓아둔 책들이 발등 위에 떨어졌다. 그러니까 평소에 책 정리 잘하랬잖아! 엄마의 잔소리를 들으며 택시를 타고 정형외과에 갔다. 발등에 금이 갔다니. 일주일 정도는 돌아다니지 말라는 말에 침대에 누운 채 개학을 맞이할 뻔했다. 다행히 반깁스나마 할 수 있게 되어 늦여름의 막바지에 절뚝거리며 나는 2학기를 시작했다.

"쌤, 저 왔어요."

"발등은 괜찮아?"

이미 사고 소식을 알고 있던 담임이 나를 맞아주었다.

"죽겠는데요. 교무실까지 계단 오르다 오늘 끝나는 줄."

"입은 멀쩡하네."

담임은 내 손에서 진단서를 받아 들었다. 진단서를 전산에 입력하던 담임은 잠시 얼굴을 찡그리더니 내게 손짓했다. 나는 모니터 쪽으로 고개를 쭉 뺐다. 아, 이건 뭔가 귀찮은 일이 생길 예감인데. 모니터에는 '봉사활동 시간을 입력하세요'라는 문구가 떠 있었다.

"봉사 시간요? 그런 숙제가 있었나?"

"20시간. 통지문에 적혀 있었잖아. 마지막 주에 봉사활동 다 같이 간다고."

그랬나. 그랬나 보네. 못 간 건 아쉽지 않았지만 나는 일부러 아쉬운 척을 했다.

"아이고, 어쩌죠. 제가 몸이 이래서 깜박했네요. 아쉬워라."

가당찮은 소리라는 듯 담임이 헛웃음을 지었다. 연기력을 좀 더 갈고 닦아야 할 것 같았다. 음. 이대로 순순히 넘어가주면 참 고마울 텐데. 나는 간절한 눈빛으로 담임을 보았지만 담임은 이내 사이트 몇 곳을 찾아보더니 나에게 프린트 몇 장을 출력해 내밀었다.

"다녀오렴, 금토일 2박 3일 봉사활동."

"쌤, 저는 지금 저를 도와줄 자원봉사자가 필요한 것 같은데요…."

구시렁거리면서도 나는 프린트를 받아 읽었다. 20시간 날로 먹기는 텄네. 교육청에선 언제나 '대체'를 준비해준다며 담임이 뭐라 말했지만 그건 건성으로 들어 넘겼다. 금요일 병결 처리는 된다 치고 이게… 이쪽에 연수원이라는 게 있었나? 학력경진대회라는 타이틀과 장소, 날짜가 적힌 첫 장을 넘기고 나는 눈을 껌벅거렸다. '본 대회는 여성 장애학생들의 학력경진과 장애-비장애 학생의 합동연구과제를 도모하는 경연의 장으로서 기능하며 비장애 학생에게는 봉사정신, 장애학생에게는 도전정신을 함양할 기회로…'. 네?

"그러니까, 지금 이 발로, 장애인을 도우러 가라는 말씀?"

"산 타는 거로 바꿔줄까? 토요일에 청계산 쓰레기 줍기 8시간 콜?"

"아, 매너가 없으시다. 정말… 쌤이 장애인이면 지금 나한테 도움을 받고 싶어요?"

담임은 헛소리하지 말라며 내가 들고 있는 프린트에 인가 도장을 찍었다.

"도움이 필요한지 아닌지는 받는 사람이 판단하는 거야."

결국, 나는 울며 겨자 먹기로 신청 시스템에 내 개인정보를 입력했다.

"그래도 수련원 시설이 좋아서 다니는 데 불편하지는 않을 거다."

담임은 원래 다 조 짜서 오는 대회인데 가끔 이렇게 티오가 나서 너 같은 어린 양을 도와주는 거라며 생색도 좀 냈다. 뭔 상관입니까. 장애인이 다 거기서 거기지. 공부 잘하는 애들이 모여 봤자 다 똑같지. 파트너가 누가 걸리든 중간에 팽

개치고 오면 정말 청계산으로 보내겠다는 담임의 으름장을
뒤로 흘리며 교무실을 나섰다.

그렇지만 자기를 외계인이라고 주장하는 파트너가 걸릴
줄은 몰랐지.

*

담임 말대로 연수원에는 거의 문턱이 없었다. 계단 옆에는
어김없이 경사로와 엘리베이터가 설치되어 있었다. 덥고 다
리를 다쳤다는 것만 빼면 이런 데서 봉사활동이라니 운이 좋
다고 생각할 수도 있을 것 같았다. 그사이 반깁스는 풀었지만
운동화 안에 플라스틱 고정보호대를 차고 있어서 발에 땀이
찼다. 나는 접수대에 가서 내 이름과 학교를 댔다.

"강솔 학생. 추가 접수 학생이네요? 그러면 파트너가…."

접수대에 앉아 있던 사람은 한숨을 한 번 쉬더니 일어서서
큰 소리로 말했다.

"이원 학생! 일어나서 2시 방향으로 직진, 열다섯 걸음 정
도요."

왜 저렇게 부르지, 라고 생각하며 뒤를 돈 나는 바로 연수
원에 온 것을 후회했다. 흰색 지팡이로 앞을 짚으며 온 애는,
상당히 특이한 모습이었다. 이 행사가 여성 장애학생 대상이
라고 했으니 일단 여자이긴 할 텐데, 쇼트커트로 자른 머리카
락 하며 훌쩍 큰 키. 게다가 나를 가장 후회하게 만든 것은 머
리 전체에 밴드를 둘러 고정한 그 애의 고글이었다. 새까만

고글. 시각장애인이라니, 망했다.

내가 후회하는 사이 그 애는 내 앞에 와서 섰고, 4시 방향이라는 말을 듣고 내 쪽으로 얼굴이 오게 몸을 돌렸다. 아, 어쩌지. 지금이라도 못 하겠다고 할까. 핑계를 궁리하던 내 앞에서 그 애는 손목에 찬 밴드를 몇 번 매만지더니 피식 웃었다.

"뭐예요, 얘 발등 다친 거 같은데? 얘가 내 파트너라고요?"

…응?

대체 무슨 소리야. 내 후회가 얼떨떨함으로 바뀌자 그 애를 부른 사람이 엄하게 말했다.

"이원 학생. 지금 개회 15분 전이고, 이 학생이 마지막 기회예요. 파트너가 없으면 대회 참가 안 되는 거 알죠?"

마치 내게는 선택권이 없다는 양 돌아가는 대화의 양상이 조금 짜증났지만, 나는 그때까지 뭐가 뭔지 분간이 안 가는 상태였다. 이원은 뭔가 투덜대다가 다시 방향과 걸음 수를 지시받고 지팡이로 바닥을 툭툭 치며 돌아갔다. 내 어깨를 살짝 잡는 손길이 느껴졌다. 그제야 '지도교사 임수경'이라고 적힌 목걸이가 눈에 들어왔고, 나가자는 눈짓을 볼 수 있었다. 나는 반쯤 얼이 빠져 따라갔다.

가장 가까운 그늘에 잠시 서서 우리는 말이 없었다. 먼저 입을 연 건 지도교사라는 사람 쪽이었다.

"편하게 불러요. 오는 애들은 수경 쌤이라고 부르던데, 그렇게 해도 되고."

"아, 네."

지금 중요한 건 그게 아닌 거 같은데요. 나는 머릿속의 혼란을 최대한 잠재우며 질문을 정리했다.

"시각장애인… 아니에요? 방금 그 애."

"원이요? 맞아요. 등급제 있던 때 기준으로 2급인가 3급 정도. 음… 엄청, 엄청 눈이 나쁘다고 보면 대충 맞아요. 그런데 발 다쳤어요?"

"네. 거의 나아서 반깁스는 풀었는데…."

나는 주섬주섬 운동화를 벗어 안의 고정보호대를 드러냈다.

"정말 다쳤네. 봉사활동 할 수 있겠어요?"

"네… 그런데 쟤, 제가 다친 건 어떻게 안 거예요?"

수경 쌤이 이마를 짚었다.

"이걸 어디서부터 어떻게 설명해야 하나. 원이는 매년 이 모양이에요."

✳

수경 쌤은 짧은 시간 동안 최대한 많은 정보를 전달하려고 노력했다. 원이는 보호기관에 살면서 이 대회에 매년 참가하고 있다는 것. 이 대회는 여성 청소년 중 성적우수자 장애인과 비장애인이 파트너를 이루어 숙식을 같이하며 진행된다는 것. 그리고 원이라는 애 성격이 아주, 아주, 매우, 특출나게 이상하다는 것.

"원이가 쓰고 있는 건 초고기능 반향정위 장치예요. 그게, 음파라는 게 앞에 뭐가 있느냐에 따라서 통과 속도가 다르거나 튕겨서 돌아오거나 한대요. 원이가 사용하는 '시그널'이라는 건 손이 하는 역할을 고주파수 음파가 대신하는 건데, 의료기관 지원을 받아서 시범 사용자로 선정됐어요."

"그런데 왜 파트너가 필요해요?"

수경 쌤은 씁쓸하게 웃었다.

"눈으로 봐야만 알 수 있는 것들을 원이 혼자서는 알 수 없으니까요."

아마 학생 다리에 대고 뭐라고 한 것도 반향정위 때문일 거예요. 내가 대신 사과할게요. 원이는 친구가 없어요. 머리는 정말 좋지만, 사람을 대하는 걸 잘 못 해요. 이건 누르면 소리가 나서 위치를 알려주는 목걸이형 발신기고, 이건 숙소 키, 이건 학생이 쓸 태블릿이에요. 작은 천가방에 담긴 물건들을 건네주며 수경 쌤은 내 손을 잡았다.

"부탁할게요."

설명을 듣고, 강당으로 돌아가 이상한 파트너의 옆을 찾아 앉자, 개회식이 시작되었다.

왜 이런 이상한 애에게까지 신경을 써주는 걸까. 개회사는 스크린을 통해 수어와 문자로 동시에 중계되고 있었다. 건성건성 들어도 내용을 무리 없이 따라갈 수 있다는 건 좋았다. 주위를 힐끔 둘러보니 몇 명은 태블릿에 헤드폰을 연결해 듣고 있는 것 같았다. 그렇군. 여기 오는 애들은 그래도 '완전히 안 보이는' 건 아니라지만 자막으로 따라가는 건 힘든 건가. 정작 내 파트너는 헤드폰도 끼지 않고 태블릿을 보지도 않은 채 앞을 보며 히죽히죽 웃고 있었다. 얼굴이 정면을 향하고 있으니 아마도 앞을 보고 있을 터였다. 눈이 어디 있는지 보이질 않으니 정확히는 모르겠지만. 하지만 뭐 그게 대수랴. 나는 내 2박 3일이 얼마나 피곤할 것인가를 가늠하고 있었다. 몇 명의 시선이 원이 쪽을 훑는 게 느껴졌다. 내 파트너는 친구는 없어도 적은 많은 것 같았다. 한숨을 참고 있는 내 옆구리를 이원이 쿡 찔렀다.

"강솔 맞나? 이름 뭐랬지?"

"맞아."

옆구리를 문지르며 건성으로 대답했다. 내 발도 건사하기 힘든 터라 휠체어를 밀어줘야 하는 파트너보다는 이쪽이 낫겠다 싶기도 했지만, 역시 껄끄러웠다. 봉사 시간만 아니라면 그냥 핑계를 대고 집에 가버리고 싶었지만 담임의 잔소리가 무서웠다. 내가 무슨 표정을 짓든 이원은 그저 싱글거리고 있었다.

"긴장해라. 여기 애들, 성질 되게 더럽거든."

이원의 말에 나는 허, 하고 헛웃음을 토해버렸다. 아니, 수경 쌤 말로는 네 성질이 제일 더러운 것 같던데. 내가 헛웃음을 짓거나 말거나 이원의 말은 이어졌다.

"기억해야 될 거야."

✳

경고 같은 그 말이 계속 머리에 맴돌았다. 제까짓 게 무슨.

나는 일부러 중얼거리며 생각을 밀어내려 애썼다. 내 중얼거림을 들었을 텐데도 이원은 계속 싱글싱글 웃고만 있었다. 하지만 그 표정도 개회식이 끝나자마자 사라졌다. 친절하게도 주최 측에서 우리가 단 명찰에 파트너인지 경진대회 참가 당사자인지 적어놓은 덕에, 나는 내 옆을 스치고 지나간 애가 '참가 당사자'라는 걸 알았다. 그리고 그 애가 이원이 걸려 넘어지기 좋을 위치에 의자를 슬쩍 밀어놓는 것도 보았다. 내가 뭐라고 하기도 전에 이원이 먼저 일어나서 그쪽을 향해 소리질렀다.

"야, 유치하게 이딴 장난칠래?"

의자를 밀어놓은 그 애는 자기 파트너와 무어라 손짓을 주고받았다. 내가 이원 옆에 서서 "청각장애 같은데"라고 말했지만 이원은 계속 씩씩거렸다.

"누군지 견적 나오네. 아… 강솔, 걔 어느 쪽에 있냐?"

음. 이 복수에 동참을 해줘야 하나. '어느 쪽'이냐는 말을 듣고 좀 고민했지만 나는 별 양심의 가책 없이 "1시 방향"이라고 대답했다. 그러자 이원은 몸을 조금 틀더니 그 애가 있는 방향으로 가운뎃손가락을 날렸다. 나는 픕, 웃어버렸고 그애의 표정은 짜증으로 물들었다. 다시 내 쪽으로 몸을 돌린 이원이 지팡이로 앞을 툭툭 짚었다.

"앞은 너보다 덜 보여도 의자 끄는 소리는 내가 더 잘 듣거든? 매년 난리야, 진짜."

앞을 몇 번 휘저어보던 이원은 팔을 뻗어 내 팔꿈치를 잡았다. 갑작스러운 접촉에 내가 몸을 빼자 이원의 몸이 옆으로 휘청였다. 뭐지. 그 잘난 '시그널'로 내 뼈에 금 간 것도 알아내더니. 미안한 마음에 다시 이원의 팔을 잡자 이원이 자세를 바로 하고 내 귀에 속삭였다.

"시그널 감도 최고로 올리면 머리 울려. 좀 도와라. 도우러 온 거 아님?"

그래라. 나는 학교에서 배운 대로, 그러나 꽤 어색하게 이원에게 내 팔꿈치를 잡게 하고 문 쪽으로 걸음을 옮겼다. 이원은 내가 방향을 이리저리 틀 때마다 비틀거렸다. 방향을 꺾을 때마다 몇 시 방향, 앞에 뭐, 같은 식으로 말해줘야 한다는 걸 내가 몰랐으니 별수 있나. 문 앞에 아까 의자를 밀어놓았던 애와 파트너가 기대 서 있었다. 싸울 것 같으니 모른 척 지나가려는 내 옆으로 또렷한 말소리가 들렸다.

"엿 먹어."

파트너가 욕을 했겠지, 생각하고 그쪽을 보니 '참가자' 명찰을 단 애가 입을 열어 말하고 있었다.

"엿. 먹으라고. 엿."

이번엔 내가 한 대 맞은 표정이 되었고, 엿을 먹은 이원은 옆에서 허리를 굽혀가며 웃었다.

…선생님, 청각장애인이 구화도 한다는 거 왜 안 알려줬어요?

✳

"차민정하고 유사라야. 욕한 애가 차민정, 파트너가 유사라. 완전 진상이네. 작년에도 그러더니 올해도 난리야."

바깥 벤치에 나란히 앉아 있는데 이원이 묻지도 않은 말을 조잘거렸다. 투 머치 토커 확정. 그럼 작년에도 이랬단 말인가. 이원의 투 머치 인포메이션 덕분에 나는 수경 쌤이 알려준 것보다 더 많은 지식을 습득했다. 이 대회는 올해가 8회째고 이원과 차민정은 2년 전에 처음 만났다는 것. 유사라는 그때부터 차민정의 파트너였다고 했다. 주로 인터넷으로 교류하던 애들이 페어로 나오는 대회라고. 그러니까 보통은 첫 참가자여도 파트너와 어느 정도 교류가 있고, 나 같은 생초짜가 끼어드는 일은 드물다고 했다. 하긴, 누가 2박 3일간 자기의 안전을 초보 파트너에게 맡기고 싶겠는가. 이해는 갔다. 하지만 파트너가 없는 것보단 어설픈 파트너라도 있는 게 나으니 주최 측에서는 종종 '봉사활동'을 내세워 파트너를 모집하고, 올해는 그게 나라고 했다.

"앞이 보이면 달려가서 멱살을 잡든 할 텐데, 시그널은 감도를 올려도 상대가 도망가버리면 추적을 못 하거든. 추적 가능한 반경이 좁아."

이 와중에도 이원은 반성이 아니라 시그널의 좁은 반경에 대해 투덜거리고 있었다. 글쎄, 2년이나 싸워댔으면 너에게도 문제가 있지 않을까. 사이좋게 지낼 방법 같은 건 생각하지 않는 거니. 그런 생각을 하는 내 옆에서 이원이 쭉 기지개를 켰다.

"상관없다아아. 나는 올해로 이 대회 끝이니까아아."

"왜?"

내 물음에 이원은 비밀이라도 말하듯 팔찌를 몇 번 돌렸다. 아마 그게 이원에게는 '주위를 둘러본다'는 동작과 비슷한 것 같았다. 그러더니 이원은 내 쪽으로 고개를 돌리고는 작게 속삭였다.

"지구 생활이 끝나거든."

나는 그 말을 '올해가 지나기 전에 죽어버리겠다'는 뜻으로 오해했고, 입을 뻐끔거리다가 간신히 말을 꺼냈다.

"야, 생명은 소중한 거야. 자살은 좀 아니지! 그, 앞이 안 보여도 희망을 가지고!"

"무슨 개소리야."

이원은 코웃음을 치고 좀 더 작게 말했다. 나에게만 들릴 만큼 작은 목소리로.

"난 외계인이야. 내가 있던 별로 돌아갈 거야."

신이시여. 아니, 담임이시여. 장애인을 보조하라고 했지, 자길 외계인이라고 우기는 애를 보조하라고는 안 하셨잖아요? 상상도 못 한 전개에 기가 막힌 사이 이원은 낄낄 웃으며 내 목이며 옆구리며 몸 여기저기를 찔러댔다. 계세요? 나는 이원의 손을 털어내면서도 영 떨떠름했다.

"개소리는 네가 하는 게 개소리지. 외계인이 무슨 시각장애인이야. 지구 정복이나 하지."

이원은 두 손을 무릎 위에 올려놓고 절레절레 고개를 흔들었다.

"지구인들은 진짜 상상력이 부족하다니까."

만난 지 두어 시간 만에 온갖 험한 소리를 주고받는 건 대회 취지에 어긋나지 않을까. 하지만 상대가 상식인이 아닌데 나도 굳이 상식인이 될 필요는 없을 것 같았다. 자기네 종족은 원래 시각이 아니라 초음파로 통신하고, 자신은 지구에 파견된 유학생이며, 비장애인 지구인들에게서 정말 엿 같은 대접을 받으며 '지구인에게는 공감이라는 게 부족하다'는 결론을 내렸다는 이… 인간을 내가 도대체 어떻게 대해야 하는가.

"그러니까 나 잘 때 고글 벗기지 마."

"고글 벗기면 뭐, 촉수라도 나오냐?"

반쯤 포기한 내 말에 이원은 의외로 진지하게 대답했다.

"우리 종족은 눈이라는 게 없어서… 지구로 올 때 좀 대충 만들었거든. 보기 좋지는 않은가 봐."

작년 파트너가 자기 말을 안 듣고 고글을 벗겼다가 울고불고 난리가 났다고, 이원은 히죽거리며 말을 맺었다.

이렇게까지 상상력이 풍부한 시각장애인은 난생처음 봤다.

＊

별 탈 없이 첫날이 지나갔다. 차민정과는 마주칠 일이 거의 없었다. 학력 테스트 고사장이 장애 유형별로 분류되어 있는

덕일까. 이렇게 스케줄이 따로 잡혀 있는데도 악연을 만들 수 있다는 점에서는 감탄스럽기도 했다. 이원이 테스트 보조 헤드폰을 끼고 저시력자용 문제지를 들여다보는 동안 나는 그런 생각을 하고 있었다. 솔직히 말하자면 나에게도 보조 문제지가 주어졌지만 아무리 들여다봐도 풀 수가 없었다. 파트너 점수가 참가자 점수에 영향을 미치지는 않는다고 하니 별 상관이야 없겠지. 나도 머리가 나쁜 편은 아닌데, 내가 고사장에서 할 수 있는 일이라고는 가끔 이원이 태블릿 입력 펜을 떨어뜨리면 주워주는 게 전부였다. 바닥이 밝은색 타일인데 태블릿 펜도 흰색이어서 이원은 한번 펜을 떨어뜨리면 한참을 헤맸고 나는 그걸 잠시 지켜보다가 펜을 주워서 다시 이원의 손에 쥐여주었다.

내가 필요하긴 한 걸까.

일이 없으면 나에게는 공짜로 봉사 시간이 생기는 것이니 좋아해야 했지만 마음이 이상했다. 짜증이라고 해야 할까, 분노라고 해야 할까. 고사장은 조용했고 내 마음은 시끄러웠다.

쉬는 시간에 잠시 나와 자판기에서 음료수를 뽑아 마시고 있는데 목에 걸린 호출기가 울렸다. 나는 일부러 자판기에 표시된 점자 하나하나를 훑어보다가 조금 늦게 들어갔다.

"뭐야. 왜 불러."

"화장실 가려고 불렀다. 넌 필요할 때 없고 그래."

이원이 퉁명스럽게 받아쳤다. 나는 팔을 내밀며 빈정거렸다.

"넌 나 없으면 할 줄 아는 게 없냐?"

일순간, 고사장 안의 공기가 써늘해졌다. 나는 입을 다물었다. '시선'들이 차갑게 나에게 꽂히는 게 느껴졌다. 보이지 않아도 알 수 있었다. 모두가 나를 노려보고 있었다. 그랬지. 여기는… 도움이 필요한 곳이었지. 실수였다.

"넌 내가 아니면 도울 게 없잖냐."

내 팔을 잡고 일어서며 이원이 쾌활하게 말했다. 여기저기서 큭큭 웃음소리가 들렸다. 싸늘하던 분위기가 다시 여름 더위에 녹아내렸다. 나는 안도의 한숨을 내쉬었다.

수도꼭지를 틀며 나는 물었다.

"문제는 풀만 해?"

"그럭저럭. 빡세네."

이원이 손을 씻으며 대답했다.

"왜, 어렵디?"

이어서 이원이 치고 나왔다. 나는 우물우물거렸다. 다행이었다. 이원은 지금 내 긴장한 표정까지는 볼 수 없을 테니까. 말할 수 없었다. 풀 수 없는 문제였다고, 그 말이 나오지 않았다. 이원이 손에 묻은 물기를 터는 동안 나는 주먹을 꽉 쥐었다. 나는 내 감정의 정체를 알았다.

열등감이었다.

"뭐야. 어디 갔어?"

숨조차 죽이고 가만히 서 있자 이원이 투덜거렸다. 나는 호출기를 눌렀다. 이원과 내 호출기에서 동시에 삐, 소리가 났다. 이원은 내 쪽으로 몸을 틀고 손을 뻗었다. 아까 자판기

앞에서 미적거리던 것처럼, 나는 한 템포 늦게 손을 내밀었다. 여기 있다고 말을 해도 될 것을 일부러 호출기를 눌러 알리면서, 나는 속으로 말했다. 웃기지 마. 나는 너한테 열등감 같은 거 안 느껴.

너는 나 없으면 아무것도 못 하잖아.

✳

저녁 식사 시간이 되었다. 나는 이원의 식판을 대신 받아주고, 이원이 고개를 깊게 숙이고 식사하는 것을 지켜봤다. 이원은 숟가락질 하나, 젓가락질 하나도 느리게 했다. 반찬이 이리저리 흩어지는 것을 보며 나는 아무 행동도 하지 않았다. 그냥 지켜보았다. 다른 애들이 파트너와 이런저런 얘기를 하거나 손짓으로 무언의 수다를 떠는 것을 보면서 일부러 아무 말도 하지 않았다. 이원은 내가 식판을 반납하고 돌아올 때까지 앉아 있었다. 그것을 확인하니 기분이 조금 좋아졌고, 동시에 나 자신이 조금 역겨워졌다.

이딴 봉사 시간 따위. 박차버리고 나갈 수 있으면 좋을 텐데. 아직 대회 종료까지는 하루하고도 반나절이 더 남아 있었다.

그리고 그사이에 두 번의 밤이 있었다.

✳

저녁에는 참가자와 파트너 스케줄이 따로 있었다. 참가자 스케줄은 시각과 청각 장애인도 비장애인과 함께 즐길 수 있도록 자막과 영상 설명이 함께 나오는 배리어프리 영화 감상이었고 파트너의 경우는 일정 브리핑이라고 했다. 이원은 대강당으로 들어갔다. 이원의 지팡이가 내는 탁, 탁 소리를 들으며 나는 소강당으로 갔다.

"여러분 중에는 여기 꾸준히 오는 사람도 있고, 이번에 처음 온 사람도 있을 거예요."

앞에 유사라가 앉아 있었다. 나는 다시는 오고 싶지 않을 것 같다는 생각을 하며 안내를 들었다.

내일 오전에는 지난해에 발표했던 공동 연구주제 설명, 그다음엔 자유 시간, 저녁에는 학력 테스트가 한 번 더 있고 밤에는 레크리에이션이 있다는 말이 이어졌다. 참가자가 캠프파이어를 원하지 않으면 다른 프로그램도 마련되어 있으니 내일 점심까지 의사를 정해달라는 전달 사항을 끝으로 안내가 끝났다. 캠프파이어라. 외계인이 캠프파이어를 좋아할까. 나는 모닥불 앞에 서 있는 이원을 그려보려 애썼다. 눈을 보지 못하니 표정을 그리기가 쉽지 않았다. 고글에 모닥불 불빛이 비칠까. 자리에서 일어나는 내 어깨에 누군가의 손이 닿았다.

"강솔 학생?"

"어, 수경 쌤."

수경 쌤은 애들이 다 나갈 때까지 기다렸다가 소강당 문을 닫았다. 가만히 앉아 있는 나에게 수경 쌤이 미소를 지었다.

"발은 괜찮아요? 무리하면 안 될 텐데."

"괜찮아요. 계단도 얼마 없고, 다니기 편해요."

그렇구나, 라며 수경 쌤이 고개를 끄덕였다.

"원이랑 지내는 건 어때요?"

"뭐, 그럭저럭…요. 시간도 얼마 안 지났고. 별일 없었어요."

내 대답에 수경 쌤은 다행이라며 작게 웃었다.

"잠은요? 둘이 같이 잘 수 있겠어요?"

왜 이렇게 말을 하지. 나는 의문을 담은 눈으로 수경 쌤을 보았다.

"파트너랑 참가자가 같은 방 쓰잖아요? 그게 규칙이라고…."

"그렇긴 한데."

수경 쌤이 한 번 더 문 쪽을 돌아보곤 목소리를 낮췄다.

"원이는, 작년에 좀… 문제가 있었어요."

＊

"흉터가 있어요. 등록증 사진 보면. 고글로 가리는 부분에, 눈 위쪽으로 좀 크게. 원이는 그것 때문에 고글 벗는 걸 굉장히 싫어하는데, 씻거나 할 때는 벗어야 하잖아요. 작년에 파트너가 원이가 세수하는 도중에 화장실 문을 열었나 봐요. 난리가 나서… 파트너는 울고, 원이는 소리 지르고. 물론 파트너 학생이 잘못했어요. 하지만… 협동심도 우리가 중요하게 생각하는 부분이니까."

"흉터요?"

내 물음에 수경 쌤은 잠시 미간을 찡그렸다.

"어차피 원이는 이번이 마지막 참가고, 강솔 학생과는 친해진 것 같으니 말해둘게요. 원이는 고정 파트너가 있었던 적이 없어요. 성격이 유난해서 팀을 짜서 신청하는 게 아니라 단독으로 등록하고 파트너 학생이 봉사활동 신청을 하면 페어가 되는 식이었어요. 아마 고정 파트너가 있었다면 그 학생도 알게 되었을 얘기고 하니, 진지하게 들어줘요."

수경 쌤의 말에 나는 고개를 끄덕였다.

"원이는 자동차 사고로 가족을 잃었어요. 시력의 대부분도요. 누리과정 이전 일이고, 그 후로 보호시설에서 자랐어요. 사람이 극한 환경에 몰리다 보면 어쩔 수 없이, 자신을 방어하기 위해 생기는 증상들이 있어요."

수경 쌤은 관자놀이를 문지르며 말했다.

"허언증이라든지."

내년에 원이는 기관 추천으로 해외에 간다고, 그래서 올해가 한국에서 보내는 마지막 해고 마지막 캠프라고, 수경 쌤은 말했다. 어차피 고정 파트너였다면 알게 되었을 거란 말을 다시 한 번 되풀이하며. 조용히 가라앉은 나를 보고 수경 쌤은 힘없이 웃었다.

"받아들이기 힘들 거라는 거 알아요. 하지만…."

"아뇨, 그게 아니라."

나는 입을 열어 말하고 있었지만 목소리가 나오지 않았다. 그건 원이의 사생활 아닌가요. 아무리 친한 사이가 되었다고 해도 밝히기 싫은 건 밝히지 않을 권리가 있지 않을까요. 서

류에 새겨진 기록이라고 해도. 지금 선생님이 하시는 말씀은, 꼭… 불쌍하니까, 눈감아달라는 이야기로 들리는데요.

나는 그 말을 하지 못했다. 일부러 발신기를 누르던 내 모습이, 한 박자 늦게 손을 뻗던 내 모습이, 반찬을 흘리는 걸 그냥 보기만 하던 내 모습이, 원이는 보지 못했을 나의 작은 행동들이 머릿속에 사진처럼 선명하게 되새겨져서.

수경 쌤은 내 말을 기다리고 있었다. 나는 거짓말을 지어 내야 했다.

"그, 인터넷으로 검색해봤는데, 시그널이 쓰는 반향정위라는 게, 제 핸드폰이나 그런 거에 문제라도 일으키면 어쩌나 해서요… 저 핸드폰 바꾼 지 얼마 안 돼서."

수경 쌤은 아까보다 훨씬 환하게 웃었다.

"아. 괜찮아요. 원이도 핸드폰 쓰거든요. 시그널이 쓰는 고주파수는 그쪽엔 영향을 안 주게 처리한대요."

나는 안심했다는 것처럼 마주 웃었다.

"그럼 같은 방 쓰는 거로 알게요."

✳

나와 이원은 숙소로 돌아왔다. 여름밤이라 풀벌레들이 찌르르 울었다. 엘리베이터를 타고 내려 숙소 앞에 카드키를 댔다. 붉은빛이 깜박거리며 '문이 열렸습니다' 소리가 났다. 이원이 지팡이로 문을 톡, 건드렸다. 나는 말없이 문손잡이를 잡아당겼다. 이원은 들어가지 않고 가만히 서 있었다.

"안 들어가?"

내가 먼저 말을 꺼내자 이원은 손으로 뺨을 긁었다.

"강솔, 너 아까부터 조용하다."

"뭐래."

나는 침착을 가장하며 대답했다.

"별거 아니면 됐어. 불 켜고 안에 구조 설명 좀 해줘."

나는 원이를 앞세우고 방에 들어갔다. 벽을 짚고 선 원이에게 방 안의 사물을 하나하나 일러주었다. 앞으로 두 발자국 가서 3시 방향에 화장실 문, 앞으로 여섯 발자국 가면 3시 방향에 네 침대 있어. 나는 9시 방향 거 쓸게. 네 짐은 침대 발쪽에 벽 붙여서 두면 되지? 짧은 시간 동안 이원과 대화하는데 익숙해지고 있었다. 이원은 직접 걸어가서 사물들을 손으로 짚어보더니 고개를 끄덕거렸다.

"어디 있는지 알겠다."

"…다행이네."

내 혼잣말에 이원이 고개를 들어 내 쪽을 향했다. 내 눈을 들여다보는 것처럼. 나는 한 발자국 뒤로 주춤 물러섰다. 이원은 가만히 있다가 다시 고개를 숙였다. 교대로 샤워를 하고, 이원 이 자리에 눕는 것을 확인하고 불을 껐다.

내가 누울 때까지 이원은 고글을 쓴 채였다.

나는 이원과 반대쪽 벽을 보고 누워 눈을 깜박였다.

'허언증.'

그 단어가 머릿속에 맴돌았다. 이 감정은 뭐지.

아쉬움? 다행스러움? 여러 가지 색깔의 감정이 치솟았다 가라앉았다. 거칠고 날카로운 감정들은 이원과 서로 빈정거릴 때는 오히려 들지 않던 것들이었다. 그때는 온 힘을 다해 이원에게 지지 않겠다는 생각만 가득했다. 하지만 지금은 이원을 향해 돌아누울 수조차 없었다.

반향정위(反響定位)라는 건 초음파를 일종의 손처럼 사용하는 거라고 했다. 대략적인 크기와 위치부터 섬세하게는 재질과 굴곡까지 측정할 수 있다고. 눈이 아니라 손이었다. 결국 그 반향정위조차 이원에게 눈이 될 수 없었다.

하지만 내가 이런 생각을 한다고 해서 이원이 처음 만났을 때의 건방진 애와 다른 애가 되는 것도 아닌데, 왜 자꾸 불쌍하다는 생각이 들지. 허언증이라는 말을 들어서. 가족을 잃었다는 말을 들어서. 이원이 나랑 다를 바 없는 그저 그런 애라는 말을 들어서. 그럴 수 있지. 불쌍한 이야기를 들으면 사람은 불쌍한 감정을 느끼는 거지.

그런데 왜 나는 이 불쌍하다는 감정이 역겹게 느껴질까. 이원의 낮고 규칙적인 숨소리를 들으면서 나는 한 번도 이원 쪽으로 몸을 돌리지 않았다.

내가 일어났을 때 이원은 이미 세수를 끝낸 뒤였다. 감도를 맞춘다며 손목에 찬 장치를 이리저리 돌리는 모습을 보다 나는 화장실에 들어갔다. 여기저기 비누 거품이 남아 있었다. 샤워기를 틀어 화장실에 남은 거품을 씻어냈다. 세면대 옆에 호출기가 떨어져 있어 집어 들었다.

"너 이거."

별생각 없이 나는 이원의 침대에 호출기를 던졌다. 이불 위에 떨어진 호출기는 아무 소리도 내지 않았다. 이원은 내 쪽으로 돌렸다.

"방금 뭐한 거야?"

"아. 네 호출기… 욕실에 떨어져 있었는데 방금 침대 위로 내가 던졌어. 미안."

"그럼 그렇게 말을 하지. 몇 시 방향?"

나는 대답하는 대신 호출기를 주워 이원의 손 위에 올려놓았다.

"……."

이원은 호출기를 받아 잠자코 목에 걸더니, 작게 한숨을 쉬었다.

"아침 먹으러 가자."

우리 둘은 숙소를 나왔다. 하루 좀 걸어 다녔다고 발에 무리가 갔는지 발등이 살짝 욱신거렸다.

＊

카드키는 이원에게 줬다. 어차피 붙어 다녀야 되잖아. 그렇게 말하며 카드키를 손에 얹어줄 때도 이원은 미묘한 표정을 지었다. 식사를 마치고 다시 학력 테스트를 치렀다. 이원이 문제를 푸는 동안 나는 참가자들 옆의 도우미를 보았다. 제각각이었다. 가만히 있는 애, 엎드려 자는 애, 문제지를 들여다보는 애. 이원은 테스트를 끝내고 점심을 먹으면서도 별 말을 걸지 않았다. 나에게 뭔가 물으려 하지도 않았다. 웬만한 일은 지팡이를 뻗어 탁탁 두들겨보고, 손목에 찬 팔찌로 시그널을 조절하며 해결했다. 나도 말을 많이 하지 않았다. 8시 방향에 밥, 10시 방향에 소시지. 12시 방향에 계란말이. 반찬 위치를 알려주는 말이 고작이었다.

점심식사를 하고 식당을 나가기 직전, 캠프파이어 참석 여부를 결정하라던 말이 생각나 이원에게 물었다.

"저녁 먹고 캠프파이어 있다는데, 넌 어떡할 거야?"

이원은 무심하게 대답했다.

"안 갈래. 불은 만질 수가 없어서 별로야."

나는 고개를 끄덕이다가 다시 소리를 내어 대답했다. 알았어. 이원은 태블릿을 켜고 음성으로 조작했다. 일정 알려줘. 태블릿도 음성으로 대답했다. 오후 자유시간 및 연구주제 작성. 이원이 음성을 끄고 문 쪽으로 지팡이를 뻗었다. 열려 있는 것을 확인하고 나가는 이원의 뒤에서 내가 물었다.

"연구주제 작성, 어떻게 해?"

이원은 내 쪽으로 몸을 돌렸다. 슬쩍 입꼬리를 올리는 것처럼 보였다. 이원 특유의 비아냥거리는 듯한 목소리가 날아왔다.

"내가 하자는 거 할 거야?"

"어… 응."

내가 대답하자 이원은 손을 내밀었다.

"가고 싶은 데가 있어. 거기 가서 얘기하자."

✳

이원이 '가고 싶다'고 한 곳은 뜻밖에도 연수원 내의 생태 모형관이었다. 실험동으로 가자고 해서 무슨 이상한 걸 보러 가나 했더니. 엘리베이터를 타고 올라가 숙소 카드키를 대자 문이 삑, 소리를 내며 열렸다.

"여긴 숙소 카드키로 대충 다 열려."

모형관에는 동물 박제들이 전시되어 있었다. 구시대의 유물이었다. 이원은 시각장애인 안내 모듈을 하나 집어 들더니 능숙하게 조작하며 앞으로 혼자 걸어갔다. 모듈은 이원의 위치를 파악해서 걸음 수와 주변 전시물들의 방향을 안내해주었다. 나는 이원의 뒤를 따라갔다.

"실험동이라 핸드폰이 거의 안 터져. 시그널 사용에는 별 문제가 없긴 해."

이원이 걸어가 선 곳은 고래 모형 앞이었다.

"고래?"

"응. 나 고래 좋아해."

"왜?"

이원은 고래 쪽으로 몸을 향한 채, 나에게 등을 돌리고 대답했다.

"고래 중에는 초음파로 통신하는 애들이 있거든. 그게 마음에 들어."

얼핏 배운 기억이 난다. 인간이 듣지 못하는 초음파로 의사소통을 한다고. 아마 이원이 시그널을 손처럼 다루는 것과는 전혀 다른 방법이겠지만, 사용하는 도구가 같다는 것만으로도 어느 정도 동질감을 느낄 수 있는 건가.

이원이 나를 보지 않고 말했다.

"너, 어제 무슨 얘기 들었어?"

내가 아무 대답도 하지 않자 이원은 키득키득 웃었다.

"눈이 별로 안 좋으면 여러 가지에 민감해져. 피부에 닿는 시선이나 목소리 톤 같은 거. 말투도 마찬가지고. 너, 어제 나랑 만나자마자 엄청 싸웠지? 솔직히 나 그거 되게 맘에 들었다? 나한테 안 지려고 난리 치는 거."

이원은 탁, 지팡이로 바닥을 내리쩍었다.

"그런데 저녁 이후부터는 아니더라."

톡. 톡. 톡. 이원은 가볍게 바닥을 치며 말을 이었다.

"나 그런 거에 민감하고 익숙해. 쟤는 불쌍한 애구나. 도와줘야지. 눈감아줘야지. 버릇없이 굴어도 다들 그러려니 해주고. 점심까지만 해도 나랑 죽을 듯이 싸워대던 애가 갑자기 나한테 친절해지고 조용해졌다는 건, 뭔가 들었다는 거겠지."

"야. 그게…."

"아. 괜찮아. 신경 안 써. 누가 뭐라고 했든. 말하는 사람들은 다 나를 생각해서 해주는 말이니까."

나는 그때 그 말을 하지 않았어야 했다.

"그냥… 나는, 네가, 그런 거짓말 안 해도 괜찮다는 걸 말

86

하고 싶어서."

이원의 손이 멈췄다.

"거짓말?"

내가 무어라 설명하기도 전에 이원이 아, 하고 빈정거렸다.

"사고? 흉터? 아. 뭐. 그럴 수도 있지. 그런데 너도 내가 말한 것보다 다른 사람이 말하는 걸 더 믿는구나."

"수경 쌤이 말한 게 사실이겠지. 수경 쌤이 나한테 거짓말을 왜 하는데?"

이원이 몸을 돌려 내 쪽으로 얼굴을 향했다.

"난 수경 쌤이 거짓말했다고 한 적 없어. 그건 사람들이 믿게 하려고 우리가 만들고 국가에 등록한 설정이니까. 네가 외계인이면 다른 사람들하고 섞여 살려고 그럴듯한 설정 하나 지어내는 게 빠르겠냐, 외계인을 받아들이게 하는 게 빠르겠냐? 그런데 너, 지금 하나 착각한다."

이원이 내 쪽으로 발을 내디딜 듯하다 멈춰 서며 말했다.

"나는 너한테, 강솔이라는 개인한테, 일대일로까지 거짓말을 할 이유가 없어."

말문이 막혔다.

"뭐, 그렇지. 네가 수경 쌤 말을 내 말보다 더 잘 믿는 이유야 알아. 수경 쌤은 비장애인이고 나는 장애인이니까. 그리고 너는 비장애인이니까."

이원은 다시 몸을 돌려 나에게 등을 보였다.

"그럼 어차피 네가 믿지도 않을 얘기지만, 내가 뭘 만들고 싶은지 얘기할게. 내가 만들고 싶은 건 고래들의 말을 통역하는 장치야. 고래 종류별로 사용하는 특정 주파수를 수집한 다음 유형별로 분석해서… 뭐, 그런 거."

"왜 그런 게 만들고 싶은데?"

나는 이원의 등에 대고 물었다.

"내가 다시 지구로 오면 우리는 인류와 대화하지 않을 거야. 인류가 우리에게 얼마나 적대적인지 충분히 봤거든. 우리는 고래들과 대화할 거야. 고래들은 똑똑하고 상냥해. 자기를 죽이려 드는 인간을 구해주기도 하고."

"…그래."

믿는다, 안 믿는다를 말해봤자 이미 늦었다는 생각이 들었다. 이원은 나에게 마음을 닫아버렸다. 한편으로는 짜증이 났다. 내가 왜 이원의 말에 따라야 하는지, 왜 이런 비난을 듣고 나서도 이원과 같이 다녀야 하는지. 나는 태블릿으로 연구주제 작성 양식을 불러왔다. 맨 위에는 연구주제 제목을 쓰는 부분이 있었고 그 아래에 참가자와 파트너의 이름을 입력하는 부분이 있었다.

"연구주제 제목 정해야 되는데."

이원은 여전히 나를 보지 않았다.

"넌 바쁘신 몸이잖아. 그것까지 신경 안 쓰셔도 돼."

끝끝내 나를 나쁜 쪽으로 몰아가는 것 같아서 나는 입을 열었다.

이번에는 분명한 악의를 담아 말했다.

"너 정말 삐뚤어졌다."

이원은 아무 대답도 하지 않았다.

안내 모듈을 반납하고, 이원은 벽에 붙어 난간을 잡고 걸었다. 지팡이가 앞을 더듬는 소리가 규칙적으로 이어졌다. 느린 걸음이었지만 내 도움을 원하지 않는다는 게 너무나 확고해서 나는 오히려 먼저 달려나가고 싶었다. 꾹 참고 실험동입구까지 왔을 때 이원이 핸드폰을 꺼내 음성 시계를 불러왔다. 3시 54분입니다.

"저녁 식사 6시지? 시간 많네. 난 영화 보러 갈래. 넌 뭐할래?"

"어, 글쎄…."

갑자기 태평하게 바뀐 이원의 목소리에 나는 주춤거렸다.

"비장애인용 시청각실도 있으니까 너도 영화 보든지. 숙소키 나한테 있던가?"

이원은 주머니를 뒤지더니 숙소 카드키를 꺼냈다.

"이거 내가 갖고 있다."

"……."

내가 말없이 보기만 하자 이원이 웃었다.

"서너 시간 방치한다고 봉사 시간 안 주는 거 아니니까, 친한 척은 적당히 하자."

밀어내는 건지, 풀어진 건지. 알 수 없었다.

이원은 볕이 잘 드는 곳을 골라 천천히 걷기 시작했다. 흰지팡이에 여름 햇빛이 부서졌다. 나는 태블릿을 꺼내 전원을 켰다. 연구주제 양식이 텅 빈 칸들을 담고 떠올랐다. 내가 이러려고 여기 왔나. 자괴감이 들었다. 다시 고개를 들 때까지 이원은 내 시야에서 사라지지도 못하고 있었다. 느리고, 느렸다. 누군가 쟤를 도와주겠지. 여기는 나 아니더라도 봉사자들 천지니까. 나는 이원을 머릿속에서 지우려 고개를 흔들었다.

✳

그리고 저녁이 되었다.

시청각실에서 영화 두 편을 내리 볼 동안 이원에게서는 아무 연락도 없었다. 이원이 어디로 갔을지도 확실하지 않아서 혼자 식당으로 향했다. 밥 먹고 싶으면 연락을 하겠지. 나는 투덜거렸다. 혹시나 싶어 전화를 걸어보았지만 신호음만 갈 뿐 받지도 않았다. 문자라도 보낼까, 하다가 나는 그냥 혼자 밥을 먹기로 했다.

캠프파이어 시간에는 뭐 하려나. 나는 뭐 하지.

이리저리 서성이는데 누군가 내 눈앞에 손을 흔들었다.

혹시라도 이원일까 싶어 주춤, 뒤를 돌아보니 유사라가 있었다.

"안녕."

나는 어색하게 인사했다. 차민정이 무어라 수어를 하자 유사라가 말했다.

"아까 이원 봤는데, 이원이 너한테 말 좀 전해달라는데."

내 표정이 찡그려졌는지 유사라와 차민정이 수어로 무언

가 주고받았다.

"뭔데."

미안하다는 말일까, 잠시 기대했다.

"호출기 좀 가져다달래."

"뭐?"

유사라의 말에 내가 언성을 높이자 둘이 한 발짝 뒤로 물러섰다. 나는 곧바로 후회했다. 얘네한테까지 그럴 필요는 없는데. 나는 얼굴을 한 번 쓸어내렸다. 유사라가 다시 말했다.

"너희 아까 실험동에 있었지? 이원이 자기 호출기 실험동에 놓고 온 거 같은데 길 못 찾겠다고 가져다달래. 말하면 알거라고 했는데, 너 실험동 어딘지 알아?"

"잘 기억 안 나는데."

"그럼 우리랑 같이 가. 아직 캠프파이어 전까지 시간 있잖아."

생글생글 웃는 유사라에게 나는 캠프파이어 안 간다는 말도 못 하고 떨떠름하게 고개를 끄덕였다.

차민정과 유사라는 앞서 걸으며 무어라 손짓을 했다. 나는 둘의 손짓을 보며 노을이 지는 길을 터벅터벅 걸었다. 쟤넨 사이가 좋네. 쟤네는 서로한테 거짓말 같은 거 안 하겠지.

엘리베이터에서 내리자 복도는 이미 어두워져 있었다. 차민정이 복도 옆에서 비상용 손전등을 꺼냈다. 손전등 불빛으로 앞을 비추며 걷다가 유사라가 내 쪽으로 다가왔다.

"이원하고 싸웠어?"

나는 한숨을 쉬었다.

"잘 모르겠어. 싸운 건지."

"이원 성격 안 좋지. 나랑 민정이도 걔 싫어해."

유사라가 말하고 깔깔 웃었다. 나도 힘없이 따라 웃었다.

"아, 여기다. 저기 안에 호출기 있네."

명랑한 유사라의 목소리에 나는 앞을 보았다. 열린 문 안으로 책상에 놓여 있는 호출기가 어슴푸레하게 보였다. 나는 안으로 들어갔다. 이런 건 왜 빠뜨리고 다녀. 얼굴을 찡그리며 호출기를 집어 드는데 끼이이, 문이 닫히는 소리가 들렸다. 고개를 돌리자 반쯤 닫힌 문밖에 유사라와 차민정이 호기심 어린 얼굴로 나를 보고 있었다. 나는 호출기를 주머니에 집어넣고 문 쪽으로 향했다. 유사라가 멈추라는 손짓을 했다. 내가 선 채로 의아해하자 유사라가 말했다.

"아, 할 얘기가 있는데 깜빡했다."

경쾌한 목소리.

"뭔데?"

어쩐지 불길한 예감이 들었다.

"나랑 민정이는, 이원 친구도 완전 싫어해."

쾅.

문이 닫혔다. 삐리릭. 문 잠기는 소리. 그리고 문 앞으로 무언가 무거운 걸 끌고 오는 소리.

"알아서 열고 나와!"

까르르륵, 복도에 웃음소리와 달려가는 발소리가 울렸다.

아, 짜증나…. 나는 맥이 풀려 주저앉았다. 장난 되게 정성
스럽게 치네. 아까 그 소리는 뭐야. 의자라도 밀어다 막았나.
나는 지끈거리는 머리를 감싸며 일어나 문손잡이를 밀었다.
조금 열린 문틈으로 보니 역시나, 앞에 무언가 막혀 있었다.
미치겠네. 이거라면 문 틈새로 발 써서 밀어내면 치울 수 있
긴 한데.

……

그런데 나, 지금 발로 뭘 밀어낼 수가 없잖아. 다쳤으니까.
나는 다시 주저앉았다.

"엿 제대로 먹었네…."

나는 허탈하게 중얼거리며 주머니에서 핸드폰을 꺼냈다.
이원에게 문자라도 보내면 어떻게 되겠지. 핸드폰 화면을 켠
나는 눈을 깜박거렸다. 배터리가 채 절반도 남아 있지 않았
다. 게다가 안테나는 하나밖에 뜨지 않았다. 뭐야, 왜 이래?
두 번이나 핸드폰을 껐다 켰지만 그대로였다. 당황하는 내 머
릿속으로 이원의 말이 울렸다.

'실험동이라 핸드폰이 거의 안 터져.'

정말, 제대로 엿 먹었구나.

설상가상으로 실험동 내부 전원을 전부 내렸는지, 벽에 있
는 스위치를 닥치는 대로 눌러봐도 전등 하나조차 켜지지 않
았다. 어떻게 해야 하지.

멍청한 강솔.

유사라가 "이원 친구도 싫어해"라고 했을 때 솔직히 당황

스러웠다. 내가 이원이랑 친구라니. 그런데 그렇게 보였을 수도 있겠구나. 나랑 이원은 계속 붙어 있었으니까. 유사라랑 차민정은 친구니까, 나랑 이원이 친구로 보였을 수도 있겠구나. 나는 한 번도 그렇게 생각한 적 없는데. 이원은 앞이 안 보이니까. 그러니까, 비장애인인 내가, 장애인인 이원이랑 친구로 보일 수 있을 거라는 생각은, 정작 나는 못 했는데.

그것보다, 나… 밤새 여기 있어야 하나?

왈칵, 두려움이 밀려왔다.

*

핸드폰 배터리는 이제 바닥을 보이고 있었다. 안테나는 여전히 한 칸. 창문을 열면 전파가 통할지도 몰라. 나는 바닥을 기다시피 해서 창문 쪽으로 다가갔다. 창문까지 가는 사이에 몸이 책상이며 의자에 부딪혔다. 창틀로 기어 올라가다시피 해 창문을 열었다. 반만 열리는 안전창문이었다. 옆으로 겨우 절반, 머리와 어깨가 간신히 빠져나갈 정도였다. 한쪽 손으로 핸드폰을 쥐고 쭉 뻗으니 안테나가 두 칸으로 늘어났다. 됐어. 이제 전화는 걸 수 있겠다. 나는 손을 쭉 뺀 채 더듬더듬 최근 통화목록을 불러오고는 굳어버렸다. 여기에서 나에게 도움을 줄 수 있는 건 이원뿐이었다. 안내지에 수경 쌤이나 본부 전화번호가 적혀 있지만 안내지는 방에 있었다. 그리고 맨 위에 떠 있는 이원과의 통화 기록은, 이원이 내 전화를 받지 않은 기록이었다.

만약, 내가 도움을 청했을 때 이원이 모른 척하면 어떻게 되는 거지?

어떡하지?

그때, 기적처럼 핸드폰이 울렸다. 하마터면 진동 때문에 핸드폰을 떨어뜨릴 뻔했다.

이원이었다.

다시 팔을 거둬들이면 전화가 끊어질지도 모른다는 생각에 필사적으로 통화 아이콘을 터치했다. 스피커폰으로 돌리자마자 이원의 목소리가 쩌렁쩌렁하게 울렸다.

"강솔, 너 어딨냐! 멍청아!"

"어…."

왈칵, 눈물이 났다. 흐어어어어어엉. 소리 내어 우는 게 핸드폰 너머에도 닿았는지 이원의 목소리가 흔들렸다.

"야, 너 어디 아프냐? 왜 울어? 너 어디야?"

"나, 나 여기… 실험동…."

"실험동인 건 알아! 왜 거기 있어?"

"너, 너 호출기 잃어버렸다고… 유사라가…."

이원이 한숨을 쉬는 소리가 이쪽까지 들렸다.

"유사라를 믿냐! 내가 도움이 필요하면 너한테 말하지, 유사라한테 말하겠냐고!"

"내가 그걸 어떻게 알아!"

나는 팔이 아픈 것도 잊고 소리를 쳤다.

"발은 아프고, 걔네는 도망가고, 네가 부탁을 누구한테 하는지 내가 어떻게 알아!"

"그래서 뭐, 아, 밖에 캠프파이어 때문에 시끄러워서 안 들려! 나한테 지금 무슨 말을 하고 싶은 건데!"

이런 것까지 내가 말을 해야 하나. 나는 있는 힘을 다해 소리를 질렀다.

"도와달라고! 여기 실험동 302호야!"

내가 무슨 말을 한 건지.

앞도 제대로 못 보는 애한테 도움을 청하다니. 제정신인지. 아무리 나를 도울 상대가 이원뿐이라고 해도, 이게 말이나 되는 상황인가. 힘이 빠져서 핸드폰을 놓칠 것 같았다. 다시 울음이 밀려 나왔다. 울어버리려던 찰나, 침착해진 이원의 목소리가 전화 너머로 들렸다.

"알았어. 금방 갈게. 나도 실험동 다 왔어. 3층이랬지? 창밖으로 뭐라도 내밀고 있어."

"네가 어떻게 오려고…."

"반향정위. 믿어봐."

그리고 전화가 끊겼다.

핸드폰 배터리가 바닥났다.

대체 어떻게 하려는 거지. 나는 팔을 거두어들이고 핸드폰을 주머니에 넣었다. 어깨와 팔이 찌릿찌릿하게 아팠다. 창밖으로 뭘 내밀고 있으라고? 지금 내밀 수 있는 건 내 팔밖에 없는데, 팔이라도 내밀고 있으라는 건가?

하지만 내가 믿을 수 있는 건 이원의 "금방 갈게"라는 한마디밖에 없었다.

그래서 나는, 바보같이 눈물 콧물을 질질 흘리면서, 양팔을 창문 너머로 최대한 쭉 뻗었다.

얼마나 시간이 흘렀을까.

5분, 10분? 핸드폰이 꺼지자 시간이 얼마나 갔는지도 알 수 없었다. 어떻게든 이원이 찾아오리라 믿는 수밖에 없었다. 정말 반향정위로 나를 찾아내려고 이원이 애쓰고 있다면 내가 할 수 있는 일은 시그널이 쏘아내는 고주파수가 내 손을 찾을 수 있게 해야 하니까. 핸드폰조차 꺼진 지금, 이 덥고 깜깜한 곳에서 구원이라는 게 그것뿐이라니.

밤은 시야를 좁게 하고, 이원은 달릴 수도 없는데, 정말 여기로 올 수 있을까.

그래도 나는 기다려야 했다.

＊

아. 더는 못 버텨.

팔 떨어져 나갈 거 같아.

그렇게 생각하며 양팔을 거두어들이려 할 때.

"강솔!"

구원이 도착했다.

저 아래에서 이원이 내 이름을 부르고 있었다.

"확인했다. 그러면… 눈 감아!"

무슨 말인지도 모른 채, 나는 이원의 말을 따라 눈을 꼭 감왔다.

감은 눈 안에서 선명하게 빛이 터졌다. 빛의 잔상이 일렁였다.

"이제 눈 떠."

어쩐지 아까보다 목소리가 가까워진 것 같은데. 눈을 뜬 순간 나는 내 앞에 보이는 광경을 의심했다.

3층 창문 앞에 이원이 떠 있었다.

"아, 창문 이거 안 열리네. 너 뒤로 좀 가라."

"야, 너 지금 뭐, 뭐 하는 건데?"

"시끄러우니까 일단 뒤로 가라고!"

내가 뒤로 물러서자, 다시 한 번 빛이 터졌다.

빛이 사라진 뒤, 어둠 속에 서 있는 이원이 보였다.

조심스레 눈을 떠보니 창문이 있던 자리가 텅 비어 있었다. 밖으로 열려야 할 창문이 안전걸쇠가 잘린 채 방 안쪽에 둥둥 떠 있었다. 이원이 손으로 창틀을 더듬으며 몸을 들이밀었다. 나는 허겁지겁 이원을 잡아 끌어당기면서도 허공에 뜬 창문에서 눈을 뗄 수 없었다. 어두운 방 안에서도 그것만은 또렷하게 보였다.

"아, 머리 울려… 시그널 최대로 올리고 오다가 기절하는 줄 알았다."

창 아래 주저앉은 이원의 얼굴이 하얗게 질린 것처럼 보여 나는 창문 끄트머리를 양손으로 잡았다. 이원이 잠시 얼굴을 들었다가 고개를 끄덕이자 내 품 안으로 내려앉는 창문의 무게가 느껴졌다.

이원이 목덜미를 주무르며 물었다.

"창문 아예 뜯겼어? 뭐가 있어서 잘라버리긴 했는데."

"응, 깨지진 않았어…."

내가 멍하니 대답하자 이원은 길게 한숨을 내쉬었다.

"아. 잡아줘서 고맙다. 나가서 닫는 거로 커버 칠 수 있겠네."

나는 이원의 말을 들으며 급히 상황을 정리했다.

그러니까 지금, 반향정위로 날 찾고, 3층까지 날아왔…어? 그리고 안전걸쇠를… 잘랐어? 어떻게? 뭐로? 그리고 나가서 닫는다고? 저기로 나가겠다고?

"창문으로 나간다고?"

"문으로 못 나가서 나 부른 거 아니었어?"

아. 그랬지. 그렇긴 한데….

"여기, 3층인데… 너, 아까, 번쩍 하고…."

더듬거리는 내 질문에 이원이 바닥에 드러누우며 대답했다.

"말했잖아. 외계인이라고… 지구인에게 납치당하지 않으려면 필살기 하나는 있어야지…."

어쩐지 그 말을 납득할 수 있었다. 너무 어이없는 상황에 상식이라는 필터가 멈춰버린 탓도 있겠지만. 남들이 보기엔 그냥 시각장애인 여자애니까 잡혀갈 수도 있고, 끌려갈 수도 있다. 그러니까 지구인에게 잡히지 않을 만한 필살기 하나는 있어야 여태까지 어디론가 사라지지 않고 외계인으로 지낼 수 있었을 거다. 내가 고개를 끄덕이는 사이 이원이 비틀대며 일어섰다.

"여기 있지 말고, 나가자. 업혀."

끄덕끄덕거리다 곧 정신을 차리고 이원의 팔을 손가락으로 톡톡 쳐 알았다는 대답을 했다. 나는 이원의 등에 업혔다.

"야, 나가면 네가 길 찾아라. 나 머리 아파 기절할 거 같다."

실험동 밖, 허공에 뜬 채로 나는 조심스레 창문을 제자리에 끼웠다. 원래 밖에서는 열리지 않는 창문이니 안에서 누군가 열기 전까지는 걸쇠가 잘린 걸 눈치채지 못할 터라 다행이었다.

이원이 숨을 천천히 내쉬자, 바람에 나뭇잎이 떨어지듯 부드럽게 땅으로 우리는 내려앉았다.

＊

실험동에서 숙소까지 긴 길을 걸으며 나는 이원에게 물었다.

"호출기는 어떻게 된 거야?"

"영화 볼 때 줄 걸려서 풀어놨는데, 그때 몰래 가져갔나 봐. 헤드폰 쓰고 있어서 몰랐어. 나중에야 알았는데 그거 가져가서 뭐 하나 했지. 이런 데 쓰는구만."

나는 비틀거리는 이원이 잡기 좋게 팔꿈치에 힘을 주었다. 걸으면서 나는 계속 이원에게 질문을 던졌다. 어색한 밤의 침묵을 깨기 위해. 혹시라도 내 입에서 고맙다는 말이 나올까봐. 내 속마음이 들리지 않게. 정말로 고마워서 다시 엉엉 울고 싶었지만 따지고 보면 이건 다 이원 때문이니 고맙다고 말하고 싶지 않았다. 바보 같은 자존심.

"걸쇠… 어떻게 자른 거야?"

"초음파 커터. 그것도 필살기. 미세하게 조정해야 해서 엄청 힘들어."

"초음파로 다 해결하는 거야? 날아다니는 것도?"

"내가 숨도 초음파로 쉰다고 하지 그러냐…. 날아다니는 건 나도 자세히 몰라. 종족 특성이야."

"진짜 외계인이구나."

"빨리도 믿는다."

숙소 앞은 조용했다.

"야, 좀 숨어 있을까?"

이원의 말에 나는 뜨악한 표정을 지었다.

"왜?"

"너 가둔 애들이 캠프파이어 보고 오다 놀라 자빠지라고."

"그거 재밌겠네. 콜."

나뭇잎 사이에 몸을 숨기고 쭈그려 앉아 우리는 이야기를 나누었다.

어깨와 어깨가 맞붙어 있어 말할 때마다 진동이 느껴졌다.

"애들이 좀 멍청했어. 내가 반향정위 달고 다니는 걸 알면 고주파 실험실에 가뒀어야지 혼선되게."

"끔찍한 소리 하지 마."

그런데 정말 고주파 실험실에 갇혔으면 날 못 찾아냈을까?

아니, 이원이 나를 찾으려고 생각한 게 더 신기했다. 냉정하게 생각해보니, 내가 못 나온다는 걸 알아챘다면 보통 누군가를 부를 텐데. 이원은 어떻게 알고 굳이 날 구하러 온 걸까.

"문자가 왔었어."

"뭐라고 왔어?"

이원은 핸드폰을 꺼내더니 문자 내역을 불러왔다. 경쾌한 목소리가 흘러나왔다. 수신된 메시지입니다. 네 파트너 아직 안 나왔어? 이원이 다음 문자를 불러왔다. 미안해. 네 파트너 실험동에 있어.

"기가 막혀서 문자 온 번호로 전화 걸었는데 내 전화 안 받더라고. 누가 보냈는지도 모르는데 나보고 어쩌라는 건지. 네가 전화로 말해줘서 걔네 둘인 거 알았다."

"하하…."

힘없이 웃는 내 어깨를 이원이 툭, 쳤다.

"말할 거야? 수경 쌤이나, 다른 사람들한테."

"글쎄. 그러려면 네가 외계인인 것까지 밝혀야 할 것 같은데."

"으음. 아무래도 그건 좀 곤란해서."

"그래서 지금 내가 너 때문에 감금당한 걸 그냥 넘어가달라는 거야?"

조금은 풀어진 내 말투에 이원이 목덜미를 주무르며 대답했다.

"화를 낼 거면 나한테 내. 나는… 걔네가 왜 날 싫어하는지 이해하니까.

나는 여기서 다른 사람들에게 굽히고 살 필요가 없어. 지구를 떠나면 그만이잖아. 내가 살던 별에는 앞을 못 본다고 불쌍해하거나 하찮게 여기는 사람이 없어. 시각이 없는 게 정상이니까.

그런데 차민정은. 그냥 여기서 타협하며 살아야 되잖아. 캠프가 끝나면 비장애인들 득시글거리는 배려 없는 세상으로 돌아가는 거잖아. 그런 생각하면, 내가 뻔뻔하게 구는 것만 봐도 엿 먹이고 싶은 거 이해는 해. 잘했다는 건 당연히 아니지만."

좀 숙연해지려던 찰나에 이원이 덧붙였다.

"날 못 가둔 것도 그런 거야. 난 갇히면 혼자 힘으로는 절대 못 나와. 그런데 넌 보이고 들리니까, 어떻게든 빠져나올 거라고 생각했나 보지. 네가 다리를 다친 건 걔네는 당연히 몰랐을 거고."

어둠에 눈이 익으니 이원의 반팔과 반바지 아래로 드러난 상처들이 보였다. 무릎도 까져 있었다. 넘어졌구나.

"날아서 오지, 왜 실험동까지 걸어왔어?"

"미쳤냐? 들키면 어쩌라고."

"그러네… 너 다쳤다. 안 아파?"

"아파. 들어가면 약 발라줘."

아무리 조심해도 나뭇가지나 그런 걸 다 볼 수가 없으니까 잔뜩 긁히네, 이원이 혀를 찼다.

"안 보이게 내일은 긴팔이랑 긴 바지 입어야겠다."

그 말은 아마 배려였을 거다. 상황을 골치 아프게 만들지 않으려는 배려. 적어도 이 장난이 누군가를 다치게 하진 않았을 거라는 순진한 믿음을 배반하지 않으려는 배려.

"망했다. 연구주제 발표 준비할 시간 하나도 없네."

이원의 한숨 소리가 들렸다.

"개요는 아까 잡아놨잖아."

"그거 농담이었는데."

"난 괜찮은 거 같던데?"

이원이 내 쪽으로 고개를 돌렸다.

"진심이야?"

"응."

내 확신 어린 대답에 이원이 깔깔 웃었다.

"좋네. 그러면 주파수 분석만 하지 말고 드론에다 고주파 발생기를 달아버리면 어떨까? 돌고래용 챗봇 같은 거야. 여기저기 흩어진 돌고래들한테 라디오 방송을 해주는 거지. 이쪽 소식도 전해주고. 돌고래 소식도 모집하고."

나는 이원의 원대한 스케일에 한숨을 푹 쉬었다.

"저기, 인간 세계에는 고주파를 사용하는 다른 기계도 있는데… 기계 다 망가질 것 같은데."

"저한테는 기계보다 고래가 소중하거든요."

"여기 아직 지구거든요. 너 아직 지구에 있다고."

이 외계인은 내가 감동에 빠질 틈을 주지 않는다. 그래도 솔깃한 아이디어였다. 어차피 현실성이 있는 건 현실에 살아가는 사람들이 생각해야 하는 분야지, 곧 이 별을 떠날 외계인의 관심사는 아닐 터였다. 캠프파이어가 끝난 건지 더운 공기 사이로 사람들 소리가 가까워지고 있었다.

"놀래줄 준비하자."

"아. 응."

일어서는데 비명이 저절로 나왔다. 오래 쭈그려 앉아 있었더니 발등이 쑤셨다. 나는 이원이 일어서는 걸 부축하며 말했다.

"들어가면 내가 약 발라줄게. 너는 내 발등에 금 갔는지 시그널로 좀 봐주라."

"너 약 발라주는 거 봐서."

불빛들이 흔들리며 숙소 쪽으로 다가왔다. 톡톡 지팡이로 땅을 짚는 소리와 휠체어 바퀴 끄는 소리, 말소리와 함께. 나는 풀숲 밖으로 뛰쳐나갈 타이밍을 엿보며 이원의 손을 잡았다.

"그거, 연구주제 제목은 뭐로 할까?"

"글쎄. 넌 뭐 생각해놓은 거 없어?"

"고래고래 통신?"

내가 농담 삼아 던진 말에 이원은 씩 웃었다.

"지금까지 지구인이 한 모든 작명 중에 가장 맘에 든다. 너 통신국장 시켜줄게."

*

하나, 둘, 셋 하면 뛰쳐나가자.

그리고 방에 돌아가면 씻고, 약 바르고, 연구주제 발표 준비 하는 거야.

하나.

둘.

성심당 사거리 메타버스 블루오션우요

✦ 2022년 〈The Earthian Tales 어션 테일즈〉 No.2(아작) 발표

홍의 민족을 2년 동안 격리시켰으니 이런 사태가 날 만도 했어. 악마는 끝없이 늘어선 줄을 보며 아득해지는 정신을 바로잡으려고 애썼다. 분명 대전이 노잼도시의 악명을 벗겠다고 야심 차게 기획한 지역 빵 축제, '빵구웠당'의 개막 시간은 12시였다. 그리고 지금은 2시다. 아니, 시간제로 5백 명만 들여보낸다고 했으면 번호표를 주거나 입장 가능 인원 팔찌라도 줘야 했다. 하지만 축제를 2년간 쉬었더니 다들 감이 떨어진 건지 현장에는 울상을 짓고 있는 스태프 몇 명이 전부였다. 딱 봐도 천 명은 온 거 같잖아. 악마는 자신이 입장해서 '그 물건'을 무사히 수령할 수 있을지 막막했다. 분명 체험부스에 가서 특정 단어를 말하면 준다고 했는데! 서울에서 여기까지 왔는데! 체험부스는커녕 입장도 못 할 판이었다.

대전은 노잼의 도시지만 천사와 악마의 싸움이 가장 치열한 곳이기도 하다. 태초부터 그랬던 것은 아니다. 하지만 1956년 밀 두 포대의 기적으로 성심당이 세워져 천사가 먼저 이곳을 점령한 후, 악마는 질 수 없다며 1984년 카이스트의 전신이 되는 KIT를 이곳에 개교시켰다. 물론 그 전인 1971년 서울에 한국과학원이 있었으나, 그건 넘어가자. 중요한 건 빵이지. 악마는 12시 40분에 서울발 KTX를 탔고 1시 반경 대전역에 도착했다. 대전역은 굳이 따지자면 카이스트보다는 천사의 권역에 가까워서 악마는 인간 탈이 벗겨지지 않게 최대한 몸을 사렸다.

악마는 한국에서 30여 년을 살았다. 세상에서 큰일을 하는 것은 악마의 임무가 아니었기 때문에 수현이라는 이름을 받고 탈 없이 적당히 효도하며 초중고를 졸업했다. 왜 굳이 사람의 몸을 빌려 다니느냐고? 대한민국은 민증과 자기 명의 핸드폰이 없으면 사람 구실 하기가 너무도 힘든 나라라 어쩔 수 없었다. 그 점은 천사도 마찬가지일 테니까 괜찮았다. 수현은 자신이 악마라는 것을 티 내지 않기 위해 최대한 평범한 직장인처럼 행동했다. 코비드 백신도 n번 맞았다. 잠깐 고향이 스쳐 지나가는 후유증을 앓았으나 이 사회에서 잘 적응하려면 어쩔 수 없었다. 게다가 이 축제는 성인은 백신 항체 완료자만 들여보낸다고 했단 말이야. 난 30대라고. 수현은 길게 한숨을 내쉬었다. 대체 여기 입장하려면 몇 시간 전에 왔어야 하지? 난 수학은 질색이야. 내 이름이 라플라스도 아니잖아.

계산하기 귀찮아서 수현은 자신이 잘 아는 방법을 썼다.

　시간을 아침에 자신이 일어나기 전으로 돌렸다.

✳

　10시 기상. 11시 전에 나서면 12시 반 차를 타는 것은 무난했다. 그것이 패착의 원인이었다. 다시 하자. 수현은 9시에 일어나자마자 서울의 자기 원룸임을 확인하고 씻은 후 냅다 서울역으로 질주했다. 이번에는 1시간 빠르게 도착했다. 그런데도 줄이 행사장 한 바퀴를 마치 천사의 후광처럼 감싸고 있었다.

　"빵에 왜 이렇게까지 진심인 건데!"

　수현은 짜증을 담아 소리를 한 번 지르고, 자신이 시간여행을 하기 직전의 환경을 복기했다. 3시 반에 줄에서 이탈했을 때 이미 앞에 천2백 명이 서 있는 것을 계산했고 4시, 6시에 5백 명씩 입장을 한다고 했다. 그러면 1시에 도착한 지금은 2시, 4시, 6시의 입장 타임이 남아 있었다. 이제 앞에는 천3백 명이 서 있었다. 아슬아슬하게 들어갈 수 있어 보였다. 수현은 기다리고 또 기다렸다. 그러나 3시 반이 되자 다시 스태프의 울먹이는 공지사항이 들렸다. 5백 명은 '입장 가능 인원'이 아니라 '동시 수용 가능 인원'인데 안에 들어간 사람이 나가질 않아서 오늘은 입장이 어렵겠다고. 수현은 고개를 저었다. 이건 스태프의 탓이 아니다. 사람은 정해진 루트에서 너무 많이 벗어나는 존재라서, 2시간만 둘러보고 나가게 하는 방법은 악마인 자신이 생각해도 그다지 인도적이지 못했다. 시간 지나면 강제로 사람을 행사장에서 튀어나가게 할 수는 없는 거니까. 아아. 젠장. 수현은 아예 입장 전부터 기다리고 있겠다고 생각하며 다시 시간을 돌렸다. 그리고 7시에 일어났다. 좋아. 이 정도면 입장컷이야! 신나게 서울역에 도착한 수현은 바닥에 주저앉았다.

대전 가는 KTX가 모두 매진이었다. 무궁화호나 버스를 타면 1시 이전 도착은 불가능에 가까웠다. 이 인간들이 모두 빵을 사러 가는 것은 아닐 테지만. '시간을 돌리면 반드시 시간을 돌리기 전 그 자리에서 출발한다'는 법칙에 따라 수현은 다시 아침으로 시간을 돌렸다. 그냥 잘 자다가 10시에 일어나는 게 낫겠다는 생각이 들었다. 10시에 눈을 뜬 수현은 거래를 약속한 악마에게 전화를 걸었다.

"어, 난데, 오늘 행사장 못 들어가. 물건 다른 데 놔주면 안 돼?"

"진작 말을 하지. 그러면 중교로 73번길 사거리 은행 자동화기기 쪽으로 옮길게."

"너 돌았냐?"

수현의 입에서 험한 소리가 나왔다. 마스크를 쓰고 있어서 침이나 안 튀기니 다행이었다. 중교로 73번길 사거리는 악마들 사이에서 '성심당 사거리'로 불렸다. 지도를 보면 사거리 길을 가운데 두고 나뉜 네 구역 중 무려 세 구역에 성심당이 있었다. 하나는 본점, 하나는 옛맛솜씨, 하나는 케익부띠끄.

진정한 악마는 근처에만 가도 구마당한다는 소리가 있었다.
그러자 전화 너머에서 낄낄거리는 소리가 들렸다.

"사거리 중에 남서부엔 없잖아. 잘 돌아서 와. 그리고 어느
천사가 거기에 악마 거래물품이 있다고 생각하겠어? 나무를
숨기려면 숲에 숨기라잖아. 그리고 너 인간으로 너무 오래 살
아서 구마 안 당해."

그야 그렇겠지. 심지어 어릴 때는 교회 가서 부활절 계란
도 받아왔었지. 먹다가 체해서 이제 삶은 계란은 쳐다도 안
보지만. 교회에서 전도지에 붙여준 사탕은 늘 계피맛이었고,
교회에서 전도용으로 준 물티슈는 늘 화장실에서 쓰려고 하
면 변기에 빠져버렸다. 마틴 루터 때문에 갈라져 나온 프로테
스탄트 교회에서도 이 지경인데 진성 가톨릭 지대에 들어가
도 되는 걸까? 수현이 고민하는 동안 전화 상대가 속삭이듯
말했다.

"아무래도 요즘 그쪽, 우리 세력에 눌리는 거 같아. 파이데
이에 소수점 틀린 거 SNS에 사진 떴어. 교황이 방한한 지 몇
년이나 됐다고."

그럴 수 있지. 악마도 자기가 악마인 줄 잊어버리고 사는
판에, 성심당의 가호도 좀 약해질 수 있겠지. 수현은 알겠다
고 대답하고 전화를 끊었다. 수현은 수포자였다. 수학 포기
자. 악마가 어떻게 수학을 포기하느냐고, 수학이 얼마나 악
마 같은 과목인데 그러냐고 따지는 사람들도 있을 수 있다.
하지만 카이스트에 다니는 소싯적 수학 잘한 사람들이 애타

게 악마를 찾다가 박사를 포기하는 걸 보면 수학은 천사의 학문에 가까울지도 몰랐다. 적어도 수현은 그렇게 믿었다. 큰길로 가는 걸 포기하고 돌아 돌아 모서리에 있는 은행에 접근하면서도 수현은 수차례 되뇌었다. 나는 할 수 있다. 나는 인간이다. 여기는 성역이 아니다. 악마 대장 개새끼.

그러나 빵 축제를 포기한 사람들이 '이렇게 된 이상 성심당으로 간다'라며 몰려든 나머지, 성심당 앞에도 긴 줄이 세워져 있으리라는 것은 수현이 예상 못 한 부분이었다. 물론 그로 인해 카드결제가 보편화된 이 시대에 성심당 알바생이 현금 뽑으러 자동화기기 코너에 뛰어 들어온 것도. 그리고 하필 그 알바생이 천사였다는 것도. 수현이 물건을 수령한 다음에도 천사 알바생은 수현을 졸졸 따라왔다. 가슴팍에는 견습생 윤미주라는 명찰을 달고. 나와 보니 이미 성심당을 둘러싼 줄이 나가는 골목을 막은 후였다. 나가는 길은 단 하나, 성심당 사거리를 정면 돌파 하는 것밖에 없었다.

수현은 두근대는 마음을 안고 되도록 천천히 걸으려 애썼다. 물건은 백팩에 넣었으니 이제 서울로 돌아가면 되는 일이었다. 비록 차 시간이 2시간이나 남았더라도. 그러나 아직 크리스마스도 멀어 장식 없는 성심당 사거리를 수현이 가로지르자, 사방에서 경보음이 울려댔다.

"뭐야? 화재야? 구급차?"

"와, 여기 찐 과학도시네. 마스크 안 쓰면 경보 울리나 봐!"

"확진자 뜬 거 아냐?"

사람들이 웅성대던 것도 찰나, 사방이 고요해졌다. 사람들은 굳은 것처럼 서로의 얼굴을 쳐다보며 마스크를 쓰고 서 있었다. 프롬프터로 비춘 것처럼 사람이, 건물이, 바닥이 모두 흐릿해 보였다. 이건 심상치 않았다. 수현이 냅다 뛰려는 사이, 윤미주가 십자가형 체온계를 들고 수현의 이마를 겨누었다.

"정지. 최근 14일간 악마와의 접촉이나 사이비 종교단체에 가입하신 경험이 있으신가요?"

"예?"

"빨리 대답하셔야 돼요. 왜냐."

미주의 말이 다 끝나기도 전에 줄마다 설치한 얼굴인식형 체온계에서 붉은 빔이 뿜어져 나왔다. 수현은 재빨리 바닥에 엎드렸다. 빔은 굳어버린 사람들을 통과하고 직각으로 교차했다. 미주는 훌쩍 뛰어 빔을 피하고 한층 더 싸늘한 목소리로 말했다.

"지옥불 온도가 관측되었거든요."

"추측으로 사람을 죽이려고 해요?"

수현이 헉헉대며 주저앉은 채 말하자 미주가 얼굴을 찡그렸다.

"그러게요. 혹시 성 금요일에 치킨파티라도 하셨나요? 한국은 그렇게까지 철저하게 잡는 나라 아닌데."

"저 견진성사도 안 받았거든요! 그런 거 지킬 의무 없어요!"

"아유. 그러면 이거 딱 하나만 해볼게요."

미주가 수현의 멱살을 잡더니 손 소독제 분사기 앞에 데려다놓았다. 사람들은 마치 환영이라도 되는 양 그들의 몸을 미주와 수현이 통과해도 멀쩡히 서 있었다. 수현은 감으로 알 수 있었다. 저 소독제 안에는 성수가 함유되어 있다는 걸. 구마는 안 당해도 맞으면 지독하게 기분이 나쁠 게 뻔했다. 수현이 다급하게 고백했다.

"제가! 어… 얼마 전에 딜도를 샀어요!"

하필 떠오른 핑계가 이거냐! 아니, 근데 딜도를 사용한 것도 아니고 구입이 문제가 돼? 다행히도 수현의 핑계가 먹혔는지, 미주는 끄덕거리며 수현의 멱살을 놓았다.

"그랬구나. 죄송해요. 제 도구가 비신자는 뭘 하든 상관 안 하는데, 오늘 너무 정신없어서 오류가 일어났나 봐요. 정말 죄송합니다."

수현은 꾸벅 인사를 하고 정신없이 뒤돌아 달렸다. 사거리를 빠져나오는 도중, 전화벨이 울렸다. 물건을 놔둔다던 그 악마였다.

"너 어디야? 왜 계속 전화가 안 터져."

"개새끼야, 나 오늘 구마 당할 뻔했잖아!"

수현의 속사포 같은 욕설은 악마의 다음 말에 갈 곳을 잃었다.

"물건을 두 개 놔야 하는데 하나만 두고 왔더라. 미안한데 나 9시면 끝나니까 너 어디 가서 좀 쉬고 있어."

✳

    뚝. 전화가 끊겼고 수현은 저 멀리 보이는 모텔 간판을 보며 터덜터덜 걷기 시작했다. 아, 일단 오늘 저녁에 올라가는 기차표부터 취소해야겠다. 종종 모텔에선 혼자 대실하는 고객을 자살 위험군으로 분류해서 방을 잘 안 내준다는 이야기도 있었지만 수현이 알 바 아니었다. 수현은 손발을 씻고 푹신한 이불에 몸을 던졌다. 시간을 조작할 수 있다고 해도 침대의 유혹을 뿌리칠 수는 없지. 밤늦게 올라가는 차 예약도 나중으로 미루기로 했다. 아, 천사의 도시든 악마의 도시든 이불은 푹신한 게 짱이야. 9시 30분이 되자 대실은 10시면 끝난다는 카운터 전화가 울려 수현은 다시 나갈 채비를 했다. 지금쯤이면 거래 물건 나머지 하나가 도착해 있으리라. 성심당도 10시면 영업을 종료한다고 했으니, 그 알바생도 마감조면 내부 정리 하느라 바쁠 것이고 아니면 이미 퇴근했겠지. 수현은 비틀비틀 다시 대전의 밤거리로 나섰다. '스카이로드'라는 이름으로 천장에 스크린을 붙여놓은 거리에서는 계속해서 대전의 절경을 내보내고 있었다. 그게 전부였다.
    "노잼도시면 공부하긴 좋겠다."
    어차피 코비드 때문에 술집도 일찍 문을 닫았다. 밤거리는 휘청이는 행인들을 제외하면 한산할 정도였다. 대전 내려와서 살까, 수현은 잠시 생각했다. 인간의 몸으로 태어난 악마는 타인의 영혼을 사서 구워 먹고 삶아 먹고 뜯어 먹지 않는

다. 밥 먹고 빵 먹고 고기나 채소를 먹는다. 먹고살 것만 충분
하면 저기 카이스트 대덕캠퍼스 어디 근처에 자취방 하나 얻
어서….

"아이 씨, 깜짝이야!"

이 근처 취업 자리나 알아볼까, 생각하며 자동화기기 코너
에 들어서서 물건을 수령하고 나오던 수현은 냅다 소리를 질
렀다. 아예 하얀 옷으로 갈아입은 윤미주가 십자가형 체온계
를 자신에게 양손으로 겨누고 있었기 때문이었다.

"그거 가게 물품 아니에요? 그걸 왜 들고 다녀요!"

"공동구매 했거든요. 당신 악마죠?"

수현은 억울해졌다. 고작 그거 때문에 내가 여기까지 내려
오고, 기다리고, 이제 집에 가고 싶은데 생고생을 한단 말인
가. 악마로 태어나려고 한 것도 아니고 태어나 보니 그냥 악
마였고, 그거 빼곤 별난 데 없이 잘 살아왔는데.

"그래, 악마 맞아요! 근데 그게 너한테 뭐 피해라도 줬어요?"

"그렇진 않아요. 이건 천사의 의무죠."

"당신 인간이거든요! 아무리 봐도 인간인데!"

"천사 맞아요. 아, 진짜 시끄럽네."

미주는 손가락을 한 번 탁, 튕겼다. 그러자 자동화기기도,
성심당도, 밤거리도 모두 사라지고 휑한 벌판만이 남았다.
심지어 깨진 도트가 바닥 군데군데 보였다. 잠깐, 도트가 왜
여기서 나와? 수현은 자신의 손발을 움직여보았다. 다행히도
육신은 그대로 있었다. 다만 마인크래프트 첫 화면처럼 황량

한 대지가 펼쳐져 있을 뿐이었다.

"여긴 또 어디야!"

수현이 당황스러워서 소리를 지르자 미주가 생긋 웃었다.

"제가 수수께끼 하나 낼게요."

"맞히면 내보내줘요?"

"아니, 그냥 낸다고."

"그런 퀘스트 만들면 안 돼! 유저 이탈해!"

수현이 악을 쓰거나 말거나, 미주는 오른손을 쟁반 받치듯 위로 올렸다. 그 위에 바늘 하나가 떠올랐다. 부자가 천국 들어가는 것보다 낙타가 바늘귀로 들어가는 게 더 쉽댔나? 근데 그거 낙타가 아니라 밧줄의 오타라며. 수현이 멍하니 바늘을 보자 미주가 바늘을 공중에 띄운 채 말했다.

"바늘 끝 위에서 몇 명의 천사가 춤을 출 수 있을까요?"

자고로 적에 대한 정보가 빠삭해야 잘 이기는 법이라고, 수현은 성경책도 열심히 읽었다. 하지만 거기에 이런 수수께끼는 없었다. 수현은 한숨을 푹 내쉬며 말했다.

"야훼께서 천사들에게 그런 가혹한 행위를 강요하신다면 천국 노동부에 신고하세요."

"맞히는 건 기대도 안 하긴 했어요."

미주는 바늘을 사라지게 한 다음 큼큼, 목소리를 가다듬었다.

"방금 그 문제는 토마스 아퀴나스의 신학논쟁이에요. 여러 가지 버전으로 패러디되었는데, 여기서 굳이 말한 이유는 그 질문이 천사가 물질적 존재냐, 비물질적 존재냐를 구분 짓는 질문이기 때문이에요."

수현은 벌써 머리가 아파 오는 것을 느꼈다. 신학 어쩌고 나 토마스 어쩌고의 문제가 아니라, 수포자라고 해서 문학을 딱히 좋아하는 것도 아니기 때문이었다. 그렇다고 비문학파도 아니었다. 나 비문학 다 찍었다고. 미주는 콧노래를 부르고 말을 이었다.

"위에서 춤출 수 있는 천사의 수가 무한하다면 천사는 비물질적 존재고 질량이 없죠. 유한하다면 어떠한 질량이든 가진 물질적 존재라는 뜻이 돼요. 그러니까 여기가 어디라는 말을 하려고 이렇게 빙 돌아왔네요."

"말 진짜 길게 하신다. 그래서 여기가 어딘데요?"

미주는 흡사 축사를 하는 공무원처럼 말했다.

"메타트론 천사님이 36장 날개와 3만6천 개 눈을 가졌다는 건 너무 낡았다고, 3만6천 명 동시접속과 36개 서버를 가진 공간을 임시 창조하셨어요. 접속자는 우리 둘밖에 없지만요."

"당신 무슨 말 하려는지 알겠는데 하지 마. 지겨우니까 하지 마."

수현은 그 단어를 생각하면 현기증부터 났다. 뭐가 달라! 싸이월드나 리니지랑 뭐가 다르냐고! 하지만 반말로 바뀐 수현의 어조에도 불구하고 미주는 양손을 좌우로 펼쳐 보이며 자랑스럽게 선포했다.

"여기는 메타버스예요."

＊

"서버 내려주세요. 아니면 저 로그아웃할래요."

수현이 열심히 출구를 찾아보았지만 보이는 것은 바닥과 허공뿐이었다.

"천사는 질량이 없어서 악마인 당신과 대등하게 싸우려면 이 방법밖에 없었다고요. 악마조차 질량이 없는, 데이터로 이루어진 곳으로 데려오는 거."

미주가 기껏 생각해낸 아이디어를 무시당한 게 속상한 듯 말했다. 아니, 처음부터 안 싸우면 안 되느냐고요. 난 그냥 물건 가지러 왔어. 수현은 자신을 성심당 사거리로 보낸 그 악마를 저주했다. 악마를 저주하면 축복이 되나? 축복을 해야 되나? 마인크래프트라도 열심히 해둘 걸 그랬나? 그러다가 수현은 문득 메타버스의 특징에 생각이 다다랐다.

"방금 바늘은 어떻게 만든 거예요? 메타버스면 안에서 경제 활동도 이루어져야 하는데, 돈 내는 거 못 봤거든요?"

"아. 들켰네."

미주가 중요한 부분을 지적당한 것처럼 머리를 긁적였다.

"무료 클로즈베타 기간이에요. 그 대신 리소스는 뭐든지 갖다 쓸 수 있어요."

"지옥불 구현되나요?"

미주가 고개를 들고 뭔가 통신하는 듯한 시늉을 하더니 끄덕였다.

"상상 가능한 것은 뭐든지. 단, 이곳은 논리의 세계예요. 논리가 불완전하면 뭔가를 만들 수 없어요. 제가 아까 바늘을 만들어낸 이유를 설명했듯이."

수현은 간절히 빌었다. 나가야 하니까 출구 구현해주세요. 저 집에 가서 쉬고 싶어요. 집에 가게 해주세요. 그러나 아무 것도 나타나지 않았다. 나가야 하고 집에 가야 한다는 게 어째서 문을 만들 타당할 논리가 아니란 말인가. 오늘이 토요일이라서? 그사이 미주는 기다란 바게트 하나를 들고 다가오고 있었다. 수현은 물러섰다.

"바게트를 만든 논리는 뭐죠? 저를 설득 못 하면 그건 사라질 거예요! 존재하는 사용자 중 절반이 동의하지 않은 거니까!"

미주의 표정이 흔들렸고, 바게트도 미세하게 파지직거리며 사라질 듯 끝 부분이 투명해졌다. 좋아. 먹혔어! 하지만 미주는 바게트를 고쳐 잡고 외쳤다.

"바게트는 물과 밀가루, 소금과 이스트로 이루어졌어요! 그리고 물과 소금을 섞어 축성하면 성수가 됩니다! 성수로 반죽된 빵으로 맞으면 악마가 당연히 타격을 입겠죠?"

수현은 미주가 정말 메타버스 안에서나마 자신을 죽이거나, 죽어라 펠 생각임을 알았다. 성수로 반죽한 바게트가 아니라 그냥 오래된 바게트로도 사람은 잘못 맞으면 큰 상처를 입을 수 있다. 예전에 러시아 식료품점에서 샀던 흑빵을 이틀간 외박하느라 방치했다가 '굳은 빵에는 칼도 안 들어간다'는 사실을 미리 알아냈던 게 다행스러웠다. 미주는 이를 앙다물고 바게트를 휘둘렀다.

"먹어라!"

먹긴 뭘 먹어.

바로 그 순간에 수현은 바게트로 구마당할 위험에서 자신을 꺼내줄 도구를 구현했다.

"단단한 바게트를 통째로 먹긴 힘듭니다! 썰어주시죠!"

그리고 미주가 휘두른 바게트는 공중에서 난도질당했다. 허망하게 맨손을 내려다보는 미주를 보며 수현은 식은땀을 흘렸다. 한국인의 입버릇이 '먹어'라서 다행이었다. '받아라!'라고 했다면 빵 절단기를 꺼낼 수 없었을 테니까.

"교황님의 치즈 스콘이나 교황님의 치아바타를 꺼낼걸."

미주의 중얼거림에 수현이 맞받아쳤다.

"교황이 직접 축성한 빵이 아니라 기념으로 이름을 붙인 거잖아. 너흰 왜 그런 걸 만들어서 파는 거야?"

"우리 훈장도 받았는데, 기념품이 대수냐."

어느새 말을 놓아버린 천사 미주와 악마 수현은 마주 보고 웃어버렸다. 어쩌다 이 도시에서, 어쩌다 빵 축제가 열려서, 어쩌다 축제라면 일단 흥에 겨워 달려가는 사람들에게 전파되어서, 고작 물건 하나 가지자고 대전까지 온 수현과 미주를 만나게 한 걸까.

"근데 너 뭐 가지러 왔어?"

미주가 먼저 물었다. 수현은 물건을 구현할까 하다 '아무리 그래도 메타트론이 만든 데잖아'라는 생각에 이걸 어떻게 설명할까 고민했다.

"어, 지상용하고 지옥용 악마의 음식 레시피 책. 지상용 음식은 먹으면 혈관이 헬이 되고, 지옥용 음식은 안 먹어도 헬 같은 거. 요즘 지옥 식단이 너무 식상하대서 여기서 조리학교 졸업한 악마한테 받아오려고 했거든."

"금서도 아니고 무슨 그런 걸…."

"일이 많았어. 2014년엔 성심당에 교황 와서 그 한 해랑 다음 해는 지옥에서 대전에 접근도 못 했다. 원래 작년에 오려고 했는데 코비드 터졌잖아. 그러다가 올해 파이데이에 너희가 원주율 틀리게 쓴 파이 팔아서, 이제 좀 덜해졌나 하고 왔더니만."

"파이데이…. 아오. 진짜. 계속 전화 오더라. 사람이 계속 빵 만들다보면 무리수 좀 틀릴 수 있지."

미주는 바닥에 벌렁 드러누웠다.

"이 세상 모든 것이 야훼께서 지은 것이라 해도, 숫자는 정말… 싫어…. 너 금 한 달란트가 얼마나 무거운 줄 알아? 보통 34킬로그램이다? 한 달란트랑 다섯 달란트, 열 달란트 준 종에게 어떻게 시세차익이 똑같기를 바라냐. 난 착하고 충성된 종은 못 할 거야…."

수현은 그 정도 가치의 금이면 왜 주인이 은행에 맡겨 이자라도 안 붙였냐고 빡치는 것도 타당하다고 생각했다. 대체 그걸 한밤중에 어떻게 밭에 묻었대. 미주가 옆으로 돌아누웠다. 수현은 궁금했던 점을 물었다.

"너 질량이 없어? 질량이 없으면 빵집에서 알바를 어떻게 하냐?"

"아, 그거 말이지."

미주가 피식 웃었다.

"능력을 발휘할 때만 그래. 태어나긴 인간으로 태어났어. 아까처럼 사거리 사람들을 다 굳게 만든다거나, 그런 능력을 쓸 때만 질량이 없어져."

수현이 고개를 끄덕였다.

"나도 태어나긴 인간으로 태어났어. 그런데 어느 순간 아, 내가 악마구나, 그걸 알게 되더라고. 그렇다고 일상생활이 바뀌진 않더라. 주변 사람들한테 떠들 것도 아니라서."

미주도 고개를 끄덕였다. 그리고 덧붙였다.

"나 사실 개신교 미션스쿨 나왔어. 천주교 학교는 떨어졌거든."

수현이 천장 쪽을 보던 고개를 돌렸다.

"난 불교계 대학 나왔어."

수현도 미주 쪽으로 돌아누웠다.

"그거 알아? 악마는 툭하면 호출 당하는데 할 수 있는 일은 진짜 없어. 오죽하면 〈욥기〉만 봐도 이거 해도 돼요? 저거 해도 돼요? 다 야훼께 물어보고 '단 뭐뭐는 금지한다'는 조항 다 지키잖아."

둘 사이에 잠시 침묵이 흘렀다.

"근데 너 개신교면서 그런 이상한 무기 막 써도 돼? 너흰 만인사제설이라 성수 인정을 안 하잖아? 위장전입 아니냐?"

미주가 으, 하고 신음을 흘렸다.

"어쨌든 천사의 권능은 쓰니까 됐잖아! 어차피 공의회에서 메타트론이라는 천사는 인정하지 않아. 그건 유대교 전승이라고."

"엉망진창이네."

"그러게. 나 요즘 믿음이 너무 흔들려서…. 악마라도 하나 때려잡으면 믿음이 돌아올까 했어. 그래서 널 봤을 때 야훼가 주신 기회구나 했는데."

"뭔가 단단히 꼬였지만 이제 우리 화해하고 나 내보내주면 안 돼…?"

수현이 간절한 마음으로 물었다. 메타트론, 하늘의 서기시여. 30일간 360권을 집필한 마감의 수호천사시여. 제발 저 좀 내보내주세요.

그러나 수현의 말을 듣자마자 미주가 벌떡 일어섰다.

"그건 안 돼! 여기서… 여기서 너를 없애는 게 야훼가 주신 시련이고, 너의 꼬드김에 넘어가면 난 정말 타락할 거야!"

"아, 아니라니까! 데빌스 푸드 요리책이랑 식초에 절인 청어 요리책 가지러 온 악마가 무슨 시련이야!"

"시련 해!"

미주는 빽 소리를 지르더니 허공을 향해 소리쳤다.

"메타버스에서 사람들은 의사소통 수단으로 텍스트를 사

용할 수 있습니다! 그렇다면 신과의 채팅로그나 다름없는 성경책 하나 내려주세요! 구약성서요!"

미주의 손에 책이 나타났다. 수현은 몸을 굴려 일어섰다. 적에게 무기가 있는 이상 그대로 누워 있는 건 위험했다. 게다가 상대가 지금 자신의 괴로움을 남에게 떠넘기려는 상태라면 더더욱.

"수학이 싫은 것도 야훼가 주신 시련이야. 볼래? 모세 오경 중엔 〈민수기〉가 있다고!"

"그게 왜!"

"〈민수기〉가 영어로 '넘버즈'야! 성경을 통독하겠다고 마음먹은 사람에게 최대의 고난이지! 희대의 ASMR! 이 책의 첫 구절은 무려 호구조사다! 1장 45절, 이스라엘 자손으로 20세 이상 남성이 60만3천 550명! 단 성직을 맡을 레위 지파 제외! 조건을 단 것까지 완벽한 수학이지!"

미주는 떨리는 손으로 성경을 든 채 소리쳤다.

"야훼께서 지으신 이스라엘 민족을 여기 내리사, 저 악마를 물리치게 하소서!"

수현은 귀를 의심했다. 지금? 지금 60만3천 550명을 여기 불러내겠다고? 요즘 한 해 수험생 수보다 많을 텐데? 인해전술인가?

하늘에서는 아무 응답도 내려오지 않았다. 아니, 하늘보다는 천장에 가깝지만. 대신 시스템 메시지가 나타났다.

SYSTEM: 〈창세기〉 1장 27절, 하나님이 자기 형상 곧 하나님의 형상

　　　대로 사람을 창조하시되

SYSTEM: 요청하신 아이템을 사용할 수 있는 권한이 없습니다.

　미주가 천장을 향해 사람이 무슨 아이템이냐고 소리를 질
렀다. 수현은 '아이템 취급은 네가 먼저 했다'고 지적하고 싶
었지만 한숨으로 말을 대체했다. 메타트론이 정말 3만6천 명
만 동시에 접속할 수 있는 서버를 만든 이상, 60만 명 전부를
사람으로 취급한다면 서버가 터져 나갈 게 뻔했다. 그리고 수
현은 약간 삐딱한 마음으로 미주에게 물었다.

　"여자와 아이는 사람 세는 데 넣지도 않던 고대 이스라엘
방법을 사용하시겠다? 이야, 완전 구세대야. 천사 별거 없네."

　미주가 성경을 덮고 꽉 끌어안았다.

　"그, 그렇지만 이 공간에서 성경은 전지전능한 아이템 가
이드나 마찬가지인데!"

　"아, 고대 중동 남성 60만 명이 여기 소환되면 솔직히 너랑
날 때려죽이겠냐 나만 죽이겠냐. 성경 무오류설이라도 주장
하고 싶은 거야?"

　"그럼 다른 거 쓰면 되지. 〈여호수아〉 6장 13절. 일곱 제사
장은 일곱 양각나팔을 잡고!"

　미주가 손을 뻗자 일곱 개의 양각나팔이 나타났다. 아니,
다 불지도 못할 걸 왜 일곱 개나 부른 거냐고 수현은 항의하
고 싶었다. 그러나 미주는 나팔을 불지 않았다. 양의 뿔로 만

들어졌다는 양각나팔을 잡은 즉시, 미주는 수현에게 달려들었다.

"양 뿔로 맞아본 적 있어?"

없다는 대답보다 피하는 게 급했다. 이를 앙다문 모습을 보니, 미주는 수현을 죽을 때까지 때릴 것 같았다. 수현은 뒷걸음치며 간절히 빌었다.

"저들은 저들이 하는 일을… 알지 못하면… 알게 좀 하세요. 진짜!"

미주의 몸은 가볍고 빨랐다. 미주가 든 양각나팔 끄트머리가 수현의 이마를 찍는 순간 수현은 직감했다. 이러다 나는 죽는다.

"서버 롤백! 시간 돌려!"

✳

서버 롤백에도 타당한 이유가 필요한가? 수현은 자기가 가진 단 하나의 무기를 믿을 수밖에 없었다. 시간 되돌리기. 그건 수현이 인간의 몸으로도 온전히 쓸 수 있는 능력이었다. 악마가 성경책을 들고 미주처럼 아이템을 소환해가며 싸울 수는 없었다. 그것 자체가 비논리적이니까. 시간을 돌리자 미주가 막 성경을 펼치고 있었다. 좀 더 전으로 감아야 했나… 수현이 양각나팔을 어떻게 해야 논리적으로 부술 수 있을까 생각하는 동안, 미주의 주문이 바뀌었다.

"〈에스겔〉 7장 18절. 모든 머리는 대머리가 될 것…."

수현이 다시 시간을 돌렸다.

"너는 왜 생각하는 성경 구절이 다 그따위냐!"

시간이 되돌아가고 수현이 소리치자 성경책을 든 미주가 어리둥절한 표정으로 수현을 보았다.

"내가 뭘 어쨌는데?"

아, 맞다. 시간을 돌리면 기억도 날아가는구나. 여기서 미주는 '아이템 사용 권한 없음' 소리를 들은 직후의 그 미주였다.

"〈에스겔〉 37장 5절. 이 뼈들에게 말씀하시기를… 너희가 살리라."

미주의 낭독이 끝나자 흡사 저주받은 땅에서 귀신들린 나무가 자라나듯, 사방에서 마른 뼈가 튀어나오기 시작했다. 아니, 지옥에서도 못 볼 풍경이었다. 튀어나온 뼈들이 서로를 찾아 달그락대고 사람의 형상을 이룬 뼈들이 수현을 텅 빈 눈구멍으로 바라보았다.

"시간 돌려!"

악마면서도 수현은 공포영화라면 질색했다. 공포영화는 대부분 악마가 파멸하며 끝나서였다. 이게 영화든 뭐든, 마른 뼈에게 뜯겨 죽은 악마가 되는 것만은 사양이었다. 마른 뼈들이 다시 흩어지고, 미주의 입술이 역행했다. 다시 얼굴을 찡그린 미주와, 시간을 세 번이나 돌려서 오늘 아침까지 총합 여섯 번 능력을 쓰고 지친 수현이 마주 보았다. 미주는 어리둥절한 얼굴로 수현을 보았다.

"이상하다. 왜 뭔가… 겪은 일이 반복되는 거 같지?"

수현은 바닥에 주저앉았다. 차라리 데자뷔 따위가 아니라 진짜 내가 시간 능력을 쓴다는 걸 깨달아주었으면 좋으련만. 그 뒤로도 시간은 계속 돌아갔고 수현의 피곤은 누적되었다. 다윗의 짱돌, 삼손이 쓰던 나귀 턱뼈, 포도덩굴을 태우는 지구온난화, 뱀으로 변하는 지팡이⋯. 이게 성경인지 무기대백과사전인지 헷갈릴 지경이었다.

"너⋯ 진짜 다양하게도 불러낸다."

수현이 헐떡거리며 말했다. 미주는 이마에 주름을 잡았다.

"아니, 뭔가 하려고 하면 이미 예전에 했던 것 같아서⋯. 근데 너 갑자기 확 지친 것 같다?"

"어. 일이 좀 있어. 지쳤어."

수현은 다 집어치우고 싶다는 욕망에 몸을 내맡기고 싶었다. 왜 쟤는 시간이 돌아가도 쌩쌩하고 나는 체력 회복이 안 되는가. 왜 희미한 기시감만 남기고 저 애의 무기 생산력은 끝장이 안 나는가. 상념에 잠긴 건 수현이었는데, 미주가 갑자기 상념을 털어내듯 머리를 세차게 저었다.

"아냐, 이것도 시련일지 몰라⋯. 그럼 가장 강력한 무기를 불러내겠어."

아아아. 나사로는 신약에 나오고 돌무덤도 신약에 나오고 십자가도 신약에 나와서 정말 다행이다. 하다못해 이상한 괴물들도 요한계시록까지 가야 하지. 그럼 구약에 남은 무기가 뭐 있더라. 설마 여기에 엘사처럼 발 굴러서 성전을 지을 생각은 아니겠지? 튈 기운도 없지만, 수현이 어디로 튀어야 그나마 무사할까 고민하는 사이 미주가 외쳤다.

"모세가 돌판 둘을 처음 것과 같이 깎아 만들고 아침에 일찍이 일어나!"

그러자, 수현의 입장에선 젠장 맞게도, 거대한 돌판 두 개가 하늘에서 천천히 미주의 손으로 내려왔다. 광야에서 나오는 돌 재질이 뭐였건 간에 돌판은 짱돌이었고 맞으면 죽을 수도 있었다.

"야, 너 이건 너무했다! 신성모독 아니냐!"

"무교병도 축성 전엔 그냥 빵이야! 아직 안 새겼어!"

하하하. 젠장. 저 정신 나간 천사를 어떻게 하면 좋을까. 미주는 노래를 부르며 수현에게 돌진했다. 주 여호와는 나의 힘 내 발을 사슴과 같게 하사. 왜 구약성경 악마에게는 주어진 개틀링 같은 무기가 없을까. 논리적인 무기가 없이 여기서 돌에 맞아 죽는 것인가. 숨이 찬지 미주가 돌판 하나를 내려놓고 나머지 하나로 수현을 향해 풀스윙을 했다. 수현은 바람을 가르는 돌의 소리를 들으며 마음속으로 비명을 질렀다. 메타버스 안에서 죽으면 영혼은 어디로 가나요! 데이터는 질량도 없다더니 왜 돌판 휘두르는 소리가 나! 뒷걸음질로 피하던 수현의 어깨를 돌판이 정확히 가격했다. 수현은 어깨를 감싸고 주저앉았다. 아팠다. 정말 눈물 나게 아팠다.

'아, 그냥 죽고… 죽고 싶은데 여기서 죽으면 현실의 나는 뭐가 될지 무서워서 죽지도 못하겠어. 성심당 사거리에 막 두들겨 맞은 악마 시체가 나뒹굴면 곤란하잖아…'

돌판은 바닥에 한 번 떨어지더니 산산조각났다. 거친 숨을 쉬며 미주가 말했다.

"성심당에 온 겁 없는 악마여. 야훼의 말씀 맛이 어떠냐."

왜 나는 질량이 없는데 이렇게 아픈가. 저 돌도 데이터인데 왜 아픈가, 중력가속도도 작용하지 않는 세상에서? 아, 젠장, 월요일 출근 어떡하지. 미주는 불병거 바퀴로 써도 될 눈빛으로 깨진 짱돌 하나를 조용히 주워들었다.

"이제 끝이다. 지옥으로 가버려."

수현은 있는 힘을 다해 주저앉은 몸을 뒤로 밀었다. 그럴 수는 없었다. 어쩌면 여기서 죽으면, 현실의 인간인 자신까지 죽어버릴 수도 있다는 공포가 등골을 타고 온몸에 퍼졌다. 수현의 집은 아직 전세 계약도 안 끝났고, 자신은 육신을 입고 이 땅에 사는 몸이었다.

'이렇게 내 세계도 아닌 데서 죽을 수는 없어. 그것도 바늘이나 만들어내는 천사에게…. 학자금 대출 다 갚은 지 얼마나 됐다고!'

"응?"

수현의 몸이 멈췄다. 아주 짧은 찰나에, 0과 1 사이를 오가며 수많은 것들을 자아내는 컴퓨터 연산 속도처럼 수현 안에서 '학자금 대출'과 관련된 온갖 단어들이 떠올랐다.

'지금 BBC 〈셜록〉 같다.'

학자금 대출. 대학교. 학부 생활. 필수교양. 언덕 위 학교. 불교의 이해. 반야심경.

"…사리자 시제법공양 불생불멸 불구부정 부증불감… 무안이비설신의 무색성향미촉법 무안계 내지 무의식계."

질량이 없으면 아픔도 없으니 아픔은 내가 아프다 생각하기에 아픈 것이라. 세상에 나타나는 모든 형상이 공하기에…. 본다는 것과 본 것을 의식한다는 것 사이에는 어떤 구분도 없느니라.

"내가 아픈 건 착각이다! 애초에 너도 나도 데이터인데 통각이 어디 있어! 나는 안 죽는다!"

수현은 몸을 일으키고 미주의 명치를 무릎으로 가격했다. 짱돌이 머리에 맞아 부스러졌지만 아프지 않았다. 저것도 이 진법의 결과니라. 오직 이 세계의 논리가 실체와 직결된다 믿는 미주만 고통을 느꼈다. 미주는 붕 떠서 멀리 날아가더니 꼼짝도 하지 않았다. 수현은 투명해져가는 자신의 손끝을 바라보며 미소 지었다.

"죽을 리가 없지. 네가 나를 때렸고 내가 맞았다고 느낀 것도 우리의 논리가 그렇게 판단했기 때문이라고. 우린 지금 말싸움만 한 거야. 메타트론, 당신이 만든 세계는 의외로 불교적이군요."

아마 메타트론이 실재한다면 이미 알았으리라. 이 세계가 논리로 구축되었다면, 단 두 명의 접속자 중 한 명이 '전체 접속자의 절반'과 같다고. 수현은 한 번 더 소리 내 논리를 말했다.

"이 세계의 접속자 중 절반이 의식불명, 절반은 세계의 종료를 원합니다. 의식불명의 존재는 논리적 판단을 할 수 없습니다. 논리적인 판단이 가능한 사용자 전부가 원하니, 서버 내려주세요."

＊

눈이 감겼다. 나른했다. 수현은 그 또한 헛된 감각이라고 생각하면서도 몸을 맡겼다. 눈을 뜨면 오후 10시의 성심당 사거리겠지. 서버를 내리면 로그도 사라지면 좋겠네. 그럼 윤미주도 이 싸움을 기억 못 하겠지. 나도 싸움을 기억 못 하겠지.

잠시 후, 성심당 사거리에는 체온계를 들고 있는 미주와 수현이 서 있었다. 수현이 먼저 말을 걸었다.

"저기, 오해가 있으신 것 같아요. 저는 악마와 거래를 하러 온 것뿐입니다. 거래도 아니라 물품 수령이에요. 왜, 저기 과학원 가면 악마랑 거래 많이 하잖아요. 저는 라플라스도 아니에요. 집에 갈 겁니다. 서울로 갈 거예요."

미주의 눈이 깜빡이더니 십자형 체온계를 천천히 아래로 내렸다.

"네. 제가… 피곤해서 헛소리했나 봐요. 오늘 정말 빵을 많이 구웠거든요. 나르고, 계산하고. 정말 힘들었어요."

"이해해요."

메타버스의 결투는 서버가 내려지고 로그도 사라진 채, 그렇게 끝났다. 마치 언젠가의 싸이월드처럼.

"내일도 힘내세요."

그곳에는 천사도 악마도 아닌 두 노동자만 서로에게 격려를 보내며 서 있었다.

✦ 이 소설의 특정 단어들은 현세와 아무런 상관이 없습니다.

마흔들에 만난 악흔들의 무려

✦ 2020년 〈대산문화〉 가을호 수록

안녕하세요, 선생님. 저는 지금 필드워크 중에 있습니다. 선생님은 '어딜 갈 때마다 출입 명부를 작성해야 하는 게 너무 번거롭다'고 하셨죠. 저는 선생님보다 조금은 늦게 태어나서 인지 익숙합니다. 대학 때부터 열 명이 넘게 모이는 자리에서는 꼭 방문자 코드를 입력했으니까요. 하마터면 대면인사 한 번 못 드리고 졸업하나, 마음을 졸이던 신입생 때가 생각나네요. 인사는 이쯤 드리고, 선생님이 전에 물어보신 저의 연구 상황에 대해 말씀드리겠습니다.

저는 요즘 서울의 초등학교들을 찾아다니고 있습니다. 연구원 신분증이 없었다면 아이들을 직접 만나는 게 정말 어려웠을 거예요. 아이들이 격일, 격주 등교를 하기 때문에 코로나 이전보다 구술자와의 심리적 유대를 쌓기가 어려운 건 사실입니다.

학교괴담에 대한 연구는 2000년대 김종대 선생님 때부터 이루어져 왔습니다. 제가 이번 연구 주제로 잡은 것은 코로나 이전과 이후 학교괴담의 변화 양상입니다.

　1980년대, 그러니까 50여 년 전만 해도 한 학급에 50명이 넘는 아이들이 들어차 있었다고 하셨죠. 화장실은 학교 건물 외부에 있는 곳도 허다했고요. 그래서 학교 화장실이 방범의 취약지대가 되기도 했고, 화장실에 여럿이 함께 가는 것을 권했다고요. 화장실에 '혼자' 가면 귀신이 나타난다는 학교괴담이 있었다고 하셨지요. 아이들에게 이 이야기로 운을 떼면 말도 안 된다는 표정을 짓습니다. 어떻게 화장실을 여러 명이 우르르 몰려 가냐고 합니다. 선생님이 절대 허락 안 해준다고요. 저만 해도 학교 화장실에 가려면 서넛이 어울려 가곤 했는데, 이 아이들은 한 명씩 시간차를 두고 간다고 합니다.

　아이들에게 더 이상 학교 화장실은 '어둠'과 '공포'의 공간이 아닌 모양입니다. 우리 시대에는 모두가 화장실에 같이 가는 게 권장되었기 때문에, 혼자 화장실에 가면 목격하는 것에 대한 괴담이 큰 비율을 차지했죠. 그런 괴담들은 대부분 사라졌습니다. '혼자 갔을 때 들린 울음소리가 같이 갔을 때는 들리지 않았다'면 '나만 다른 것을 듣는다'는 고립감이 공포로 이어지고, '혼자 갔을 때 들린 울음소리가 같이 갔을 때도 들렸다'고 하면 '증명'이 되기 때문에 모두의 공포가 됩니다. 하지만 애초에 같이 화장실을 가지 않는, 혼자 화장실을 이용하는 아이들에게는 그런 괴담이 낯선 것 같습니다. 일본 괴담인

'화장실의 하나코'를 들려줬을 때 흥미를 느끼는 아이는 거의 없었습니다. 어둡지도 않고 환한 화장실에 누군가 울고 있다고 해도 그게 뭐 무섭냐, 선생님을 불러오면 되지 않느냐는 반응이었습니다. 물론 그렇다고 화장실에서 홀로 우는 아이가 완전히 사라진 것은 아니겠지만요.

반면에 새로운 괴담이 나타났습니다. 화장실에서 손을 씻을 때 눈을 감고 30초를 세지 않으면 귀신이 나와서 손 세정제를 빨간색으로 바꿔버린다는 이야기입니다. 괴담이라는 것이 애초에 '무엇을 어찌하면 안 된다'는 금제에서 시작된 것을 생각하면 꽤나 설득력 있는 이야기입니다. 10초 만에 눈을 뜨면 빨간색, 20초 만에 눈을 뜨면 파란색으로 변한다는 변형본도 있는데, 아마 2020년 초기에 유행한 '시간에 따라 색이 변하는 손 세정제'에서 유래한 것 같습니다. 요즘도 아이들에게 '손 씻는 것'을 '놀이'로 인식하게 하는 색 변화 세정제가 더러 있지만 파랑이나 빨강 같은 강렬한 색보다는 분홍, 노랑, 연두 등의 부드러운 색을 쓴다고 합니다.

손 세정제 괴담은 몇 가지가 더 있습니다. 색깔 괴담처럼 널리 퍼져 있지는 않고, 몇몇 학교에만 있는 이야기입니다. 따돌림을 당하는 아이의 개인 손 세정제를 감춰버렸더니 그 다음 날부터 그 아이가 학교에 오지 않았고, 따돌림을 주동한 아이가 화장실에서 손을 씻을 때마다 뒤에서 속삭인다는 괴담입니다. '내 세정제 돌려줘.' 이렇게 아이들이 적은데도 집단 따돌림이라는 게 아직도 실존한다는 게 참 쓸쓸합니다.

더 슬픈 것은, 좁은 지역에서만 퍼진 괴담인데도 따돌림을 당하는 아이의 겉모습이 이민자, 혼혈, 저소득층 등 소수자의 모습으로 나타나는 일관성을 보인다는 점입니다. 소수자가 괴롭힘의 대상이 된다는 건 너무나 유구한 전통이어서 변하지도 않네요.

사실 제가 가장 조사하고 싶었던 것은 '빨간 마스크 괴담의 변형 사례'였습니다. 코로나 이전에는 '빨간 마스크를 썼다'는 것만으로 '기괴함'의 상징이 되었지요. 하지만 요즘은 남녀노소 누구나 마스크를 쓰고, 색깔도 무늬도 다양하다 보니 '마스크를 썼다'는 것만으로는 아무런 기괴함을 획득하지 못합니다. 저는 그 괴담이 어떻게 변형되었는지 알고 싶었습니다. 2005년 김종대 선생님의 논문도 '빨간 마스크'의 변이와 속성에 대해 다루고 있었죠. 제가 한국민속학 중 도시전설에 푹 빠지게 된 계기이기도 합니다.

서울 시내 20여 개 초등학교, 4학년 이상 4백 명가량의 학생을 표본으로 조사할 때 저는 꽤 들떠 있었습니다. 간단한 서면 조사에서 많은 학생들이 '마스크에 관련된 괴담을 안다'고 응답했거든요. 과연 이 세대도 빨간 마스크를 아는가, 그렇다면 1990년대에도 있던 괴담이 40년 가까이 명맥을 유지해 온 것이 아닌가 하는 흥분이 감돌았습니다. 홍콩할매귀신 같은 경우는 20년을 버티지 못하고 사라졌죠.

'마스크 관련 괴담을 안다'고 응답한 학생들과 심층 면담을 했습니다. 면담은 온라인으로 이루어졌습니다. 아무리 연구

자라고 해도, 서울 시내를 누비느라 동선이 어지러운 사람과 대면조사를 하는 것은 보호자와 학생 모두가 꺼리는 일이었습니다. 어쩔 수 없죠.

빨간 마스크 괴담의 구성요소는 다음과 같습니다. 빨간 마스크를 쓴 여자, 가까이 다가가면 마스크를 벗는다, 입이 쭉 째져 있다, 질문을 한다. '낯선 사람과 함부로 대화하는 것은 위험한 일이다'라는 인식에서 만들어진 게 아닐까, 추측하는 자료가 많았습니다. 그때는 '마스크를 쓰고 있다'는 것 자체가 드문 일이었죠. 마스크는 얼굴을 가리기 위해 쓰는 물건이었고, '마스크를 쓴 사람이 따라오는 괴담'도 여럿 존재하던 시대입니다.

저도 어릴 때는 '마스크 쓴 사람'이 따라오면 굉장히 무서웠습니다. 얼굴을 알 수 없으니까요. 하지만 코로나가 지구를 한 바퀴 돌고 나자 '마스크를 안 쓴 사람'이 따라오는 게 더 무서워졌습니다. 방역의 문제도 있죠. 하지만 뭐라고 해야 할까요… 이제 아이들은 가족이나 친구와 놀러 간 그림을 그릴 때도 마스크를 쓴 사람 그림을 그립니다. 다른 연구자들과 토론을 할 때, 우리가 마스크를 쓰지 않은 사람에게 느끼는 충격은 '코로나 이전 시대라면 상의나 하의 중 하나를 안 입은 사람을 보는 충격과 비슷할 것이다'라는 이야기가 나온 적이 있습니다. 옷에 가까운 생활의 일부가 된 셈이죠. 저에게도요. 아동복 매장에도 아이들 패션 마스크가 진열되어 있는 세상입니다.

요즘의 마스크 괴담은 사뭇 다릅니다. 구술이라고 해도 될까요? 음성으로 저와 이야기를 나눈 아이들은 여러 가지 방법으로 공포를 더해주었습니다. 갑자기 배경음을 들리게 한다거나, 이상한 춤을 추는 동영상 클립을 보낸다거나. 솔직히 두어 번은 너무 놀라서 의자에서 굴러떨어질 뻔했습니다.

이런 이야기입니다. 어두운 밤길에 하얀 마스크를 쓴 사람이 애야, 애야 하고 부릅니다. 물론 부른다고 함부로 가면 안 된다는 건 아이들도 압니다. '어른은 아이에게 도움을 청하지 않는다. 어른이 무언가 도와달라고 하면 주위 어른을 데려와라'라고 교육을 받죠. 이 금기를 어기고 가까이 간 아이에게 하얀 마스크를 쓴 사람은 작은 목소리로 무어라 말합니다. 아이가 잘 들리지 않는다고 하면 가까이 오라고 합니다. 가까이 갔더니, 그 사람은 하얀 마스크를 쓴 게 아니라 입술까지 하얗게 칠한 사람이었고, 입을 쩍 벌리자 빨간 입에 누런 이빨이 드러납니다. 그 사람의 입에서는 엄청난 입 냄새가 나고 그 냄새에 아이가 꼼짝 못 하고 얼어붙으면 그 순간 아이의 코에다 침을 뱉는다고 합니다.

'이 이야기가 왜 무섭냐'고 묻는 게 그다음 순서였습니다. 공포의 바닥에 무엇이 깔려 있는지 알아야 했거든요. 그래서 물었더니, 다섯 명 중 네 명꼴로 이렇게 대답했습니다. '더럽다'라고요. 더러우니 무섭다. 어려운 말입니다. 대화를 통해 '불결한 것은 병의 원인이 될 수 있고, 병에 걸리면 아프니까 더러운 것이 무섭다'라는 논리적인 구조를 끌어낼 수 있었습니다. 악취, 닦지 않은 이빨, 비말은 확실히 불결한 것이긴 합니다. 그런 게 공포가 되더군요.

저는 사스와 메르스를 겪었고 코로나도 겪었지만, '침을 뱉는다', '악취가 난다'는 게 그 자체로 공포가 되는 어린 시절을 보내지는 않았습니다. 아마 선생님도 마찬가지시겠죠. 행색이 지저분하고 침을 아무 데나 뱉는 사람을 두려워한 건 '저 사람은 사회 질서를 위반할 가능성이 큰 사람이고, 나에게 욕을 하거나 손찌검을 할지도 모른다'는 이유에서였지 가까이 가면 병에 걸릴 수도 있다는 공포는 없었거든요. 저만 해도 만 4세가 되기 전의, 충치 저항이 생기지 않은 아이에게 어른들이 애정의 표시로 음식을 씹어서 주고 뽀뽀를 하던 세대였으니 그런 걸까요. 아이들과 아주 멀리 떨어진 시대를 사는 기분이 듭니다.

사실, 이상한 사람이 '마스크를 썼다'는 이유에서 마스크 괴담이라 불렸으니 '마스크를 쓰지 않았다'는 이유로 공포가 성립하는 이야기를 마스크 괴담이라 부르기는 어려울 것입니다. 아마 제 연구가 '마스크 괴담'과 관련된 연구로는 끝자락에 위치할 수도 있을 겁니다. 아이들은 이 괴담을 '생입술'이라고 부릅니다. 입술까지 살구색으로 칠했다는 의미에서요. '생입술을 만나면 어떻게 해야 하는가'라는 부분은 지금 자료를 정리하는 중입니다. 공통된 답변이 많이 나오지 않았습니다. 괴담 향유자들이 서로 만나 소곤댈 기회가 적어진 것도 분명 이유 중 하나겠지요.

굳이 연구 중간에 이런 편지를 보낸 것은 어제저녁에 본 일 때문입니다. 입술이 파리한 노인이 골목길에서 폐지 리어카를 끌고 가는데, 마스크는 턱에 걸쳐져 있었습니다. 아이 목소리로 '살색 입술이다!'라는 외침이 들렸어요. 많이 답답했습니다. 노인이 되면 자주 숨이 차고, 종종 마스크를 벗어야 한다는 것을 아이들은 아직 모를 수도 있겠지요. 하지만 턱에 걸쳐진 마스크를 보고도 '살색 입술', 즉 공포의 대상으로 생각한 이유는 아마 그 노인의 겉모습 때문일 겁니다. 낡은 운동화에 검게 탄 얼굴, 아마 좋은 냄새가 나지는 않을 듯한 지저분한 옷. 학교괴담에 관한 연구는 결국은 혐오에 대한 연구입니다. 어떤 것을 우리 아이들이 혐오하고, 어떻게 그것이 혐오의 대상이 될 수 없는지를 연구하는 데 '괴담'이 밑바탕이 될 거라고 생각합니다. 아마 우리는, 아직도, 노인의 모습을 한 홍콩할매귀신과 입이 찢어진 빨간 마스크를 두려워하던 20세기로부터 벗어나지 못한 것 같습니다. 여전히 아이들은 '외모'로 괴담의 주인공을 정합니다. 저 역시 그 노인을 피해 길을 가면서, 착잡하고 부끄러웠습니다. 저도 아직 괴담에서 빠져나오지 못한 사람입니다.

내내 건강하십시오. 당신의 못난 제자 드림.

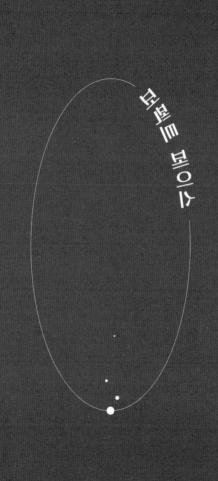

몬머트 페이스

✦ 2021년 리디북스 우주라이크 소설 수록

천8백 원입니다. 편의점 아르바이트생의 말을 듣고 카드를 건네주던 나는 순간적으로 흠칫했다. 아르바이트생의 눈매가 퇴계 이황과 똑같이 생겼기 때문이었다. 아, 그만 놀랄 때도 됐는데. 거리에 위인들과 비슷한 얼굴이 돌아다니게 된 지도 여러 계절이 지났는데. 나는 에너지 드링크를 편의점 앞에서 마셔버리고 병을 쓰레기통에 넣었다. 모 이공계 대학 근처에서 일하는 친구는 '내가 지금 21세기 회사에 다니고 있는 건지, 제5차 솔베이 회의에 온 건지 모르겠다'며 종종 울분을 토했다.

　구글 검색하기 귀찮은 사람들을 위해 이야기하자면, 제5차 솔베이 회의 물리학 학회는 기념사진 중 아무나 찍어도 위인전이 검색되는 모임이다. 때는 1927년, 대충 눈치챘을지도 모르지만 1차 세계대전과 2차 세계대전 사이 과학이 발달하던 시기이자 그 과학이 살상무기로 돌변하기엔 약간의 시간이 남은 때였다. 그 회의의 참가자 29명 중 17명이 노벨상을 탔다. 막스 플랑크에 마리 퀴리, 알베르트 아인슈타인 등등등. '야, 나 닐스 보어풍으로 성형했는데 우리 과 교수님 슈뢰딩거랑 똑같이 생김 실화냐.' 같은 말은 아직도 대학 대나무숲이며 익명게시판에 올라온다고 한다. 나야 대학을 졸업한 지 한참 오래니 그런 건 인터넷 유머 썰로만 전해 듣게 된다.

면목이 없다. 이처럼 20세기 과학자의 유령들이 사회에 사람이 되어 나돌아다니게 된 것에 내가 혁혁한 공을 세운 건 사실이라서.

면접장에 열화상 카메라를 필수로 세우게 된 지는 10년 가까이 되었다. 카메라는 면접자가 볼 수 있는 정면과 의자 측면에 하나씩 둔다. 화상은 실시간으로 분석팀에 중계된다. 눈가의 떨림, 다리를 떠는 빈도, 턱을 만지는 습관이 있는지 없는지 등을 체크하는 건 추가 옵션이다.

원래 열화상 카메라는 감염병이 한번 세계를 쓸고 지난후, 면접자의 열을 체크하는 용도로 쓰였다. 그런데 왜 다리 근처에도 장착하게 되었느냐면, 어느 면접자가 압박면접에 너무 화가 난 나머지 주머니에 넣고 있던 핫팩을 면접관 얼굴에 던져버린 사건에서 유래되었다. 내 참. 나는 그 얘길 입사 후 첫 교육 영상인 '보안 및 감시장비 설치의 중요성'에서 보았다. '증거물 1호'라며, 터진 핫팩 사진이 커다랗게 프로젝터 화면을 채웠다.

사건의 경위는 이랬다. 겨울이었고 밖은 추웠다. 면접자는 주머니에 핫팩을 넣은 채 면접실로 안내받았다. 전자기기는 보안상 검열에 걸렸지만 핫팩은 전자기기가 아니기에 통과되었다. 면접자는 두 손을 공손히 테이블 아래로 모은 채, 곤란한 질문이 나올 때마다 핫팩을 주물렀다. 그렇게 10분 정도가 지났으니 핫팩은 종이 보온재가 조금 뜯어질 정도로 닳았을 것이었다.

그다음 잠시 영상이 멈췄다. 면접관이 무슨 질문을 했는지는 몰라도, 면접자가 벌떡 일어나더니 왼손으로 핫팩을 집어던졌다. 핫팩은 면접관 얼굴을 정통으로 맞혔고, 내부의 활성탄 가루가 면접장 테이블 위로 확 뿌려졌다. 비명이 터져 나왔다. 비명을 들은 테러 보안요원이 출동하고, 이하 생략. 당시를 녹화한 화면은 카메라가 면접관 뒤에 설치되어 있어서 초점이 면접자에게만 맞춰져 있는데, 면접자가 벌떡 일어나는 순간에 이어 카메라 렌즈 앞으로 활성탄 가루가 확 흩뿌려지는 장면이 장관이었다.

그게 우리 회사에 투자한 기업의 면접에서 생긴 일이었다. 그래서 우리 회사는 다리 부분, 특히 주머니 부분에 뭔가 열을 내포한 물건이 없는지 감시하는 카메라를 추가로 하나 더 달았다. 덕분에 많은 면접자가 면접 때 다리를 덜덜 떤다는 것을 알게 되었다. 긴장의 증거니까, 떨지 않으면 '이 새끼는 긴장도 안 하냐'와 '대범해서 좋네' 둘 중 하나의 판정을 받겠지.

앞의 이상한 면접자가 보안을 철저히 하는 데 도움을 주었다면, 지금부터 내가 말할 면접자는 화상 분석 프로그램에 위인들의 얼굴 분석 딥러닝을 집어넣는 데 많은 기여를 했다. 그 사람 이름이 뭔지는 모르겠다. 떨어졌거든. 나는 면접관이 아니라 일개 시스템 엔지니어 겸 개발자니까 떨어진 사람 이름까지는 모른다. 하지만 그 사람이 이순신 장군을 좀 닮았다는 건 기억하고 있다. 아니, IT회사에 면접 보러 온 사람이 마지막으로 한마디 해보란 주문에 왜 그런 말을 했는지. 그 사람은 화상 분석에 의하면 진심 100퍼센트의 감정으로 아래와 같은 말을 했다.

"기업이 살아야 나라도 산다고 하지만, 저는 반대로 생각합니다. 우리 기업이 내세우는 것은 사회복지입니다. 국가를 위한 헌신! 우국충정! 군사부일체! 기업과 국가는 하나다! 이순신 장군의 마음가짐으로 이 회사를 국가처럼 지켜내겠습니다!"

뭐, 면접자들은 다양한 말을 한다. 회사의 제품을 줄줄 읊는 면접자도 있고 해킹 프로그램을 돌려보니 우리 회사 소프트웨어에서 이런 취약점이 발견되었다는 말을 하는 면접자도 있었다. 이런 젠장. 그러고 보니 그 결함은 그냥 고객응대팀에 넘기시지 임원진 면접에서 그런 말을 하시면 어떻게 해요. 우리 다 시말서 쓸 뻔했잖아. 그것도 자필로.

주요 임원진 중 하나인 크리스가 그 '우국충정 군사부일체'에 팍 꽂혀버린 게 어째서인지 나는 모른다. 전생에 독립군이었나? 비록 면접은 탈락시켰지만 그 유교 정신은 높이 산다며 크리스는 침이 마르게 칭찬을 했다. 그러더니 내 눈을 보면서 말했다. 레이첼 씨, 우리 화상 카메라에 실시간 분석되지? 위인들의 얼굴이 어떤 페이스인지 한번 분석 돌려보는 건 어때?

나는 처음에는 이 사람이 위인들을 면접장에 앉힐 셈인가 어리둥절했다. 하지만 크리스, 아니 크리스 부장님의 말은 진지했다. 관상도 사이언스라는데 분명 특징이 있을 거다. 아니 뭐 꼭 해보라는 건 아니다. 하지만 의미 있는 결과가 나오지 않겠냐. 나는 노트에 그 말을 메모했다. '아니 꼭 하라는 건 아니고'라는 임원진의 말을 믿고 무시했다간 일주일 뒤 '내가 말한 그 프로젝트 어떻게 됐어?'라는 말이 날아오는 거 다들 알잖아. 그리고 일주일 후 그 말이 농담이 아님이 확인되었다. 크리스는 내 자리로 와서 이렇게 말했다.

"아, 그래. 요즘 성별할당제 이슈가 핫하니까 여자 위인들도 퍼센티지 충분히 맞춰 넣고. 외국인도 넣고. 글로벌하게. 알지?"

임직원 간의 수평적 의사소통을 위해 영어 이름을 쓰면 뭐하나. 크리스 부장님, 영어로는 Chris BJN의 말씀인데. 우국충정에 군사부일체라니 이 무슨 소리냐. 우리가 백성이냐, 국민이지. 왕정제 끝난 지가 백 년이 넘었는데 아직도 저런 소리를 하고 계시는 분이 우리 회사 부장님 되시겠다. 그리고 나는 졸지에 면접용 관상 데이터 태스크포스가 되어 내 입사 동기 루나와 함께 '위인이란 무엇인가'부터 논하는 처지가 되었다.

"회사 슬로건이 모름지기 태생부터 다른 솔루션 로직을 개발한다고 모태솔로일 때부터 알아봤어야 했다. 여긴 미쳤어."

"미친 회사에서 월급 받으며 사는 우리도 썩 제정신은 아닌 거 같아. 아무튼 월급 잘 주잖아. 시스템 잘 팔리고."

"아, 하지만 무다구치 렌야도 우리나라 입장에서 보면 2차 세계대전 종결에 힘쓴 애국자다? 이완용도 일본제국 애국자다? 그럼 위인이니까 데이터베이스에 넣어? 마타 하리는?"

"닥쳐봐. 일단 전쟁에 관련된 사람들은 싹 빼면 안 돼?"

"그럼 과학자 다 빠져. 오펜하이머도 빠지고. 우리나라 장군들은 싹 빠진다."

위인이란 무엇인가. 보통은 큰 발견을 하거나 업적을 세운 사람을 위인이라고 한다. 하지만 한 나라의 위인이란 보통 적대국에선 죽일 놈이고, 성공한 반역은 반역이 아니라 반정이다. 환경 운동이나 테러 반대에 목소리를 낸 사람들은 살인 협박을 받거나 실제로 살해당한다. 또한 잠을 줄여가며 학문에 업적을 남긴 사람들은 워커홀릭일 가능성이 크다. 그러니까 위인이라고 해도 어느 쪽 기준이냐에 따라 어딘가에서는 죽일 놈이 될 가능성이 매우 크다는 소리다. 루나는 벌써 앓는 소리를 하며 책상 위에 뻗어버렸다.

"비둘기야."

"루나라고 해라."

"그냥 다 넣자. 예술가만 빼고."

"콜."

입사 동기인 루나를 왜 비둘기냐고 부르냐면, 루나가 신입사원 회식 때 노래방에서 목놓아 크라잉넛의 〈비둘기〉를 불렀기 때문이다. 나는 사람 얼굴을 지지리도 못 외워서 다음 날 애가 나를 레이첼이라고 불렀을 때 못 알아봤는데 크리스가 우렁차게 '어! 비둘기!' 하고 외치고 가더라. 사무실 안은 숨죽인 웃음소리가 가득했고 루나는 얼굴이 새빨개졌지만 이미 주사위는 던져진 후였다. 영어 이름을 피죤이라고 하지 그랬냐고 나중에 좀 친해진 뒤 말했다가 내 등짝이 과열된 구리선처럼 시뻘게질 뻔했다.

"예술가는 회사에 도움이 안 되는 직종이긴 하지."

잠깐, 그러면 노동운동가도 기업의 적 아닌가? 에이 씨, 그것까진 고민하지 않기로 했다. 뭘 넣었는지 이름 하나하나 뒤져볼 것도 아닌데. 딥러닝을 하려면 일단 데이터가 필요했다. 위인이 몇 명이나 될까? 〈한국을 빛낸 100명의 위인들〉이라는 노래가 있으니 백 명쯤? 아니면 천 명?

"백 명은 너무 적지. 나중에 몇 명 넣었냐고 물어볼 텐데. 대충 천 명 정도라고 잡자. 그러면 크리스도 꼬투리 못 잡을걸."

"하긴 19세기 이후 사람들은 사진이 다들 있으니까. 천 명 정도는 나오겠다. 그럼 목록 좀 추려 봐. 〈타임〉 지 올해의 인물 백 명? 이거 일단 자료에 넣고."

"조심해라. 거기 북한 수령님하고 도널드 트럼프도 나온 적 있다."

성별할당제랍시고 여성 위인을 많이 넣으라는 말 자체는 나도 동감하는 바였다. 어쨌거나 여성 위인도 많으니까. 단지 그 위인들의 사진과 이름을 구하기가 쉽지 않을 뿐이지. 천만

다행으로 트위터의 한 이용자가 매일매일 그날 태어난 여성 위인에 대한 소개를 해놓은 아카이브를 찾아서 도움을 많이 받았다. 까마귀 프로필 사진을 쓰시던 모 님, 대단히 감사합니다. 태스크 포스라고 해도 하던 일을 딱 멈추고 위인만 찾으면 되는 건 아니라, 야간에 재택 작업이 계속되었지만 대략 천 명에 가까운 위인 사진을 찾을 수 있었다.

그럼 이제 이걸 어떻게 해야 위인의 관상이 나오느냐는 건데.

빅데이터를 때려 박으려고 해도 눈코입의 조합으로 관상을 찾는 이상 어디가 사람의 눈코입인지는 알아야 할 것 아닌가. 그러려면 여기가 눈이고 여기가 코고 여기가 입이라는 걸 컴퓨터에게 알려줘야 했다. 컴퓨터 이 멍청한 자식. 고양이를 넣으면 개라고 인식하는 자식아. 많은 경우 사람의 눈은 두 개고 코는 하나, 입은 하나, 귀는 두 개이다. 그러면 레이블링할 게 사진당 평균 여섯 개 정도가 된다. 일부분이 가려진 사진들도 있기 때문에 평균이 여섯 개로 딱 떨어지지는 않는다. 천 장에 여섯 개면 레이블링 6천 개. 집에서 취업준비생이라고 눈총 받는 동생에게 사진 한 장당 백 원을 준다고 했더니 흔쾌히 콜했다. 그리고 이 녀석은 자기 친구들에게 건당 80원을 책정해서 외주를 맡겼다. 나는 내 동생의 이익추구형 행태를 보고 이놈의 얼굴도 기업에서 추구하는 인재상이 아닐까 잠시 고민했다. 심지어 레이블링을 불량하게 하면 그건 정산할 때 뺐다고 한다. 하, 정말 커서 스타트업 차려도 될 것 같았다.

레이블링은 얼추 끝났고, 나는 한국의 여성 위인들 사진이 생각보다 얼마 없다는 사실에 크게 절망했다. 우리 회사가 아무리 영어 이름을 쓴다고 해도 아재개그가 회사 슬로건이 되는 전형적인 한국 기업인데 외국인을 뽑아봐야 얼마나 뽑겠는가. 루나가 뽑아온 한국 여성 위인 역시 사정이 나보다는 좀 나았지만 그마저도 백 건 넘기가 힘들었다.

"근데 넌 한국 여성 위인은 어디서 찾았냐? 생각보다 좀 있네."

내가 묻자 루나는 한숨을 푹 쉬며 대답했다.

"서대문형무소 수감자 아카이브에서 찾았다. 일제 강점기 독립운동가들 사진은 대부분 거기서 나온 거야. 60년대 이후는 여성노동운동사 아카이브."

제발 크리스가 사진의 출처를 묻지 않기를 빌었다. 크리스는 뼛속까지 자본주의 기업인이니까.

어쨌든 우리가 찾아낸 위인들의 얼굴은 거의 서양인이었다. 이렇게 데이터를 넣으면 서양인 골격이 대부분이라 면접자가 누구든 일치율이 엄청 떨어질 텐데. 내가 고민을 털어놓자 루나는 사내 카페에서 천 원짜리 아메리카노를 마시다가 중얼거렸다.

"그럼 한국식 알고리즘을 투입하면 되겠네."

나는 경악한 표정으로 루나를 보았다.

"야, 너 설마."

"관상 도입해. 크리스도 관상 좋아해. 자기 이마가 자수성가할 이마라 부모 도움 안 받고 여기까지 올라왔다고 맨날 그런다? 사무엘, 아니 새뮤얼 대표님도 풍수지리 신봉자라 방한가운데에 난초 놨잖아. 거기 목이 있어야 돈이 들어온다고 점쟁이가 그랬다면서.”

난데없이 관상까지 공부하게 생겼다. 그래도 이건 어떻게 인터넷 학습으로 되지 않을까? ‘관상’을 검색하자 영화가 먼저 뜬 거야 그렇다 치고, 나는 사람 얼굴에 뭐 궁이며 살이 그렇게 많은지는 처음 알았다. 눈 사이가 멀면 앞날을 멀리 보고 뭐시기. 아니, 토끼도 눈이 얼굴 양쪽에 달려 있으니까 시야를 넓게 보긴 하는데… 하다못해 핸드폰이 아닌 노트북을 들고, 밖에 나가서 더 맛있는 아메리카노를 사 마시며 얘기하고 싶은 마음은 굴뚝같았지만, 크리스가 이건 비밀 프로젝트니까 절대 밖에 나가서 의논하지 말랬다. 다시 말해서 정문 출입 기록이 출근 시와 퇴근 시 외에 있으면 안 된다는 소리였다.

정말 말도 안 되는 일이지만 이게 비밀 프로젝트인 이유는 짐작 가는 바가 있었다. 첫째는, 이걸로 대박이 나면 크리스가 자기가 추진한 프로젝트라고 생색을 내려는 심산이라 남에게 나눠주기 싫은 거였다. 어디나 빨대 꽂는 인간은 있으니. 그리고 둘째는, 아마 크리스는 생각도 안 할 것 같긴 한데, 우리가 하는 행위는 명백히 차별금지법 위반에 해당됐다.

꼭 잘생긴 사람을 뽑아야 외모로 사람을 선발하는 차별에 해당하는 것이 아니다. 기준을 두고 네 얼굴 합격, 네 얼굴 탈락 하는 것도 차별이지. 하아. 돈 주니까 하는 거지만 나는 종종 기분이 더러웠다. 크리스가 우리에게 메신저로 말 거는 것도 싫었다. 이거 넣어라 저거 넣어라. 모 기업 대표를 넣으랬다가 그 회사 주가가 폭락했으니 빼랬다가. 아, 그럴 거면 레이블링을 해서 주든가.

우리는 개발 막바지에 회사 근처 얼음맥줏집에서 맥주를 마셨다. 사람들은 시끄러웠다. 어차피 이 동네 종사자 직업은 다 거기서 거기였다. 내용을 가만히 들어보니 별별 기업의 이야기가 다 나왔다. 그중에는 루나와 내가 '헐 대박' 하며 메신저로 수군거리게 되는 이야기도 있었다. 역시 사내 카페가 생긴 데는 이유가 있었구나. 그러면 커피나 맛있게 해주시든가.

"어디는 면접 기준으로 MBTI 본다던데."

루나가 세 번째 맥주잔을 비우며 말했다. 내가 비아냥거렸다.

"그나마 현대적이지 않나? 혈액형 본다는 회사도 있다던데?"

"겁나 우생학적이네. 사주팔자로 보는 회사도 있겠다."

있지 않을까?

하지만 우리 회사가 가장 제정신이 아닌 것 같았다. 어쨌든 우리는 크리스가 원하는 프로그램을 만들어냈다. 대표 얼굴에 가중치를 넣으라는 개소리도 들었고, 프로그램은 자기만 돌려볼 테니 걱정 말라는 말도 들었다. 비공식적으로 상품권도 조금 받았다. 뭐, 크리스가 임원진이니까. 알아서 하겠지. 비록 우리의 얼굴이 위인의 관상과 20퍼센트도 일치하지 않는다는 결과는 비극적이었지만, 크리스가 자기 얼굴은 45퍼센트나 나왔다며 좋아했으니 됐다. 어차피 우리는 위인 닮은 것보단 회사에서 4대보험 들어주고 월급 주고 건강검진 해주는 게 더 고마운 일반인이었다.

프로그램이 일을 하긴 했는지, 크리스의 발언권이 세진 건지 회사에는 '상이 좋은' 사람들이 입사하기 시작했다. 얼굴을 보니까 될 것 같더라, 그 한마디가 근거의 전부였지만. 대표님 얼굴을 테스트로 돌려봤을 때 72퍼센트가 나왔으니 대표님도 프로그램을 보면 만족할 것 같았다.

하. 그때라도 국가인권위원회에 신고를 했어야 하는데.

우리가 그 프로그램을 까맣게 잊어갈 때쯤, 소위 말하는 '대박'이 났다. 프로그램이 합격시킨 새 영업 PM은 딱 살수대첩을 승리로 이끄신 모 장군님을 닮았다. 그런데 그 얼굴이 또 묘하게 장비의 상이라 마주하고 있으면 낮은 목소리와 날카로운 눈빛이 어우러져 사람 고개를 끄덕이게 하는 마력이 있었다. 그 장군님이 거액의 투자 유치를 성공시키더니 승승장구하여 우리 회사 평가를 쭉쭉 올렸다. 나도 몇 번 말을 섞어보았지만 얼굴보다도 태도가 기업친화적인 사람이었다. 적당히 굽히고, 타협도 하고, 승부도 걸 줄 아는 타입. 장군님은 영어 이름이 리처드였는데 이제는 여기저기로 강연까지 제법 다니는, 성공한 사람이 되고 말았다. 되었다가 아니라 '되고 말았다'였다. 다른 '될 상'들이 고만고만한 성과를 내거나 사고를 치는 것을 보면서 머리가 아팠던 루나와 내 입장에서 말이다. '그러니까 관상 따위 쓸모없다고요! 얼굴로 사람 판단하지 말라고!'라는 외침이 끓어오르던 차였는데.

성공 사례 한 건에 수많은 실패 사례가 묻히는 게 현실이다. 주식투자로 쪽박을 찬 사람은 '주식투자 이렇게 하면 성공한다'라는 책을 낼 수 없고, 4시간 자다가 과로사한 사람은 '잠을 줄여야 성공한다'라는 책을 낼 수 없다. 그래서 리처드가 강연을 다닐 때 언젠가는 우리가 한 일이 구설수에 오르겠구나, 짐작을 하긴 했다. 하지만 다른 누구도 아닌 크리스가 뒤통수를 칠 줄은 몰랐다. 새뮤얼 대표의 자서전에 '우리 회사의 색다른 혁명—얼굴을 보면 인재를 안다'는 파트가 들어가고, 그 파트에 우리 프로젝트를 자기가 한 양 '우리 회사 임원 중 한 명인 크리스의 독창적인 아이디어로 우리는 투자 유치의 전설이 된 사람을 뽑을 수 있었다' 라고 쓰인 걸 보고 우리는 뒷목을 잡았다.

리처드는 승승장구했다. 처음엔 우리 회사 계열사로 작은 벤처기업을 만들어 나가더니, 거기서도 성공했다. 그는 우리 회사의 투자를 잊지 않았는지 강연장마다 자기가 언급된 대표의 자서전을 언급했고, 책은 한때 베스트셀러까지 올랐다. 그리고 크리스가 특허 등록을 한 '성공가능성을 알아보는 얼굴 분석 알고리즘 소프트웨어'는 여러 회사에서 카피품이 만들어졌다. 하아. 우리에겐 떡고물도 떨어지지 않았지만. 떡고물이 문제냐. 취준생 게시판마다 '회사가 선호하는 얼굴 유형'이 NCS 문제집 기출분석처럼 불타나게 올라오기 시작했는데.

심지어 우리가 손을 떼고 다른 소프트웨어 개발 부서로 옮겨간 다음엔 나름의 튜닝까지 거쳤다. 뽑는 분야에 맞춰 이익

추구형, 성실형, 리더형, 창의형 등 여러 인물을 보강해 소프트웨어 분석 결과를 분류한 것이다. 그래서 우리는 어디쯤 될까? 노예형?

팀 내에서 팀장을 뽑을 때도 공공연히 프로그램을 돌려댔다. 루나나 나나 인적관리에는 영 소질이 없는 실무자형이니 번번이 팀장 심사마다 떨어진 건 좋았다. 하지만 우리는 주구장창 남자만 팀장으로 뽑히는 걸 보며 이 자식들이 튜닝할 때 여성 위인 데이터베이스를 보강하지 않았으리라 확신했다. 그래도 우리는 그냥 시키는 대로 한 거라며 스스로 합리화했다. 우리 손을 떠난 프로그램을 뭐 어쩌겠냐며. 그렇게라도 하지 않으면 열불이 치밀어 올라 못 살 것 같았다.

실리콘밸리에서 나비가 날갯짓을 하면 판교에는 태풍이 분다고 한다. 하지만 우리 회사 삼환로우펙스에서 시작된 이상한 프로그램 개발이 서현동 아르바이트 면접에까지 영향을 미칠 줄 누가 알았으랴. 프로그램 교육을 받은 사람들은 퇴사를 해서 다른 기업의 임원이 되기도 했고 어느 학교의 강사로 초빙되기도 했다. 그들 입장에선 프로그램의 혜택을 본 셈이니 프로그램을 옹호할 수밖에 없었을 것이다. 이건 불합리하다는 걸 알면서도, 너도 결국 수혜자가 아니냐는 말에 입을 다물 수밖에 없었겠지. 우리가 그랬던 것처럼.

만 명 중 1퍼센트인 백 명이 혜택을 받고, 그중에 또 한 명이 업적을 이뤄내면 9천9백여 명의 실패 결과가 잊힌다는 것쯤이야 알았지만. 그렇지만. 내 동생이 이순신 스타일의 눈가

지방 삽입술을 받고 싶다고 엄마를 졸랐을 때, 나는 정말 접시 물에 코라도 박고 저승에 가서 수많은 위인들에게 사죄하고 싶었다.

한 가지 다행스러운 점이라면 여러 미디어에서 전문가들이 '어린아이 때 성형을 시키면 커서 골격이 변하기 때문에 오히려 부자연스러운 얼굴을 만들 수 있다'고 경고한 거였다. 동네 골목길에 서는 학원 차량마다 미래의 오펜하이머나 아인슈타인, 마가릿 대처 스타일의 아이들이 내리는 것만은 막을 수 있었던 게 아마 그 덕이었을 것이라 생각한다. 어딘가에서는 분명히 신동의 관상이 떠돌아다니고 그걸로 신동 스타일 메이크업이라도 가르치는 학원이 있겠지만, 아직 자신이 뭐가 되고 싶은지도 명확히 정하지 못한 어린 새싹들이 부모의 취향대로 얼굴을 뜯어고치는 건 너무 잔인한 일이잖아.

이 비비 꼬인 외모지상주의에 반기를 드는 사람들도 늘어났다. 사람들은 '시대착오적인 관상 면접을 멈춰라'라는 피켓을 들고 행진하고 기자회견을 했다. 그 사람들 중에도 '위인 스타일' 성형을 한 사람이 없는 건 아니었다. 그래도 결국 인간의 편의가 아니라 기업에 입맛에 맞추기 위한 성형을 멈추자는 사람들은 다양한 생김새를 가진 사람들을 포용해주었다. 수술은 했지만 이건 잘못되었다고 생각한다고 발언하는 사람의 영상을 보며, 나하고 루나도 거기 가서 기자회견을 해야 할까, 고민한 적도 여러 번 있었다.

하지만 두려워서 그만두었다. 사실 우리가 그 프로그램 개발자입니다, 우리도 이 관상 면접은 미쳤다고 생각합니다. 그렇게 인터뷰를 하면 분명 주목을 받을 것이었다. 어쩌면 누군가는 크리스에게 손해배상도 청구할 수 있겠지. 하지만 그렇게 하고 나면? 나와 루나는 철없을 때 아이돌 팬클럽 노릇을 한답시고 남이 좌표 찍어준 게시물에 가서 댓글 테러를 했던 전적이 있었다. 그때 알았다. 사람을 욕하는 쾌감이 얼마나 큰지. 그리고 사람은 돌아서면 얼마나 빨리 자신이 단 댓글을 잊어버리는지. 우리는 옳은 일을 하고 있다고 생각했다. 우리가 단 댓글은 수천 개의 댓글 중 하나였지만 우리는 뿌듯했으니까. 잘한 줄 알았으니까.

소속사에서 법정 공방까지 가겠다고 했지만 댓글은 쉽게 줄지 않았던 것도 기억났다. 어차피 학생이니 끽해야 부모님한테 혼나겠지 하는 철없는 생각. 지금이라고 다를 리가 없었다. 사람의 악한 마음은 늘 분출될 곳을 찾는다. 우리에게도 분명 욕하는 댓글에, 신상털이에, 각종 공격이 난무할 것이 분명했다. 그렇게 되면 우리를 누가 지켜줄까. 나와 루나는 종종 '있잖아, 혹시…'라고 말을 꺼내다가 그 이상의 진전 없이 입을 다물었다. 부끄러움보다 두려움이 더 컸다.

"어쩌면… 위인과 똑같은 얼굴의 범죄자가 나타나면, 이 난리굿판도 끝나지 않을까."

나는 그렇게밖에 말할 수 없었다. 그것이 결코 바른 말이 아님을 알면서도. 범죄자라는 건 피해자와 함께 발생하는데, 결국 이 사태를 끝내기 위해 애먼 피해자를 등장시키고 위인 얼굴의 범죄자를 만들 수는 없으니까. 루나도 쓰게 웃었다. 우리는 더 이상 회식 때 〈비둘기〉를 고래고래 부르고도 다음 날 신입사원의 치기였다고 웃어넘길 수 있는 그런 처지가 아니었다. 수도권에 사는 우리는 자기 명의의 집 한 채도, 차 한 대도 없었다. 그러면서 책임은 자꾸만 커졌다. 우리 아래로 들어온 사원들을 가르쳐야 했다. 부모님께 명절마다 용돈이라도 보내야 했다. 친구들의 아이가 태어나거나 학교에 입학하면 작은 선물과 축하로 생색이라도 내고 싶었다. 자꾸만 낼 축의금과 조의금이 생겼다.

가끔 위기가 찾아오기도 했다. 나는 종로에서 술을 마시다 본 '취업 맞춤 성형'이라는 간판을 발로 걷어차 부수고 기물파손죄 현행범으로 경찰서에 갔다. 대체 왜 그랬냐, 신체 멀쩡하고 유명한 회사 다니는 사람이 왜 성형외과 간판을 부수고 그랬냐는 경찰의 말에 다 털어놓을까 싶기도 했다. 루나는 친척 여동생이 취업 성형 때문에 아르바이트를 한다는 말을 듣고 펑펑 울었다. 왜 우느냐고 누군가 묻기라도 했다면 그 자리에서 삼환로우펙스에서 자기가 날린 한 마리 비둘기, 아니 나비가 무엇인지 다 말해버릴 뻔했다고 나에게 털어놓았다.

시키는 대로만 한다고 잘못이 없어지는 건 아니다. 전범 중에는 자신이 운전하는 것이 화물 열차인 줄로만 알고 유대인들을 강제수용소로 날랐다가 유죄가 된 사람도 있지 않나. 미래를 예측할 수 없는 게 사람이라는 것만이 우리의 면죄부였다.

그래서 우리는 조금이나마 비틀림을 바로잡기로 했다. 먼저 우리가 처음에 했던 논의로 돌아가기로 했다. 위인이란 무엇인가. 특히 왕정제에 태어난 위인이 현재 사회에 가당키나한 인물인가? 물론 위대한 일을 하기야 했지만, 현대 사회에도 바람직한 사람일 수 있는가의 문제였다.

"이순신이 내 상사였어 봐! 완전 워커홀릭이잖아! 게다가 세종대왕은 또 어떻고? 밤샘 업무하다가 자고 일어났는데 그룹 대표님 옷이 내 등에 덮여 있다? 이거 완전 호러네 호러야. 대표 집무실로 가면 '그래, 잘 자더라? 그래서 프로젝트는 어떻게 되어가니?'라고 물을 사람이라고!"

"황희 정승이 사직서를 냈는데 왕이 윤허하지 아니하였다? 아, 이거 노인 학대죠. 워라밸 무시죠."

"계백 장군님. 본인이 전사하고 나라가 무너지든 말든 처자식이 무슨 죄라고 몰살을 시키신 건데요? 처자식도 나름의 꿈이 있지 않았습니까?"

"관창은… 소년병이야…. 열다섯 살이 적진에 단독 돌격하도록 내버려뒀다? 와. 어른들은 애 안 말리고 뭐 했습니까?"

취준생 카페에서 우리보다 먼저 '현대에도 기존 위인의 가치가 있는가'라는 주제 하에 열혈 토론을 벌이는 것을 보고 우리는 고개를 끄덕였다. 그러네. 인권 없던 시대의 위인들이 현대에 나타나면 좋을 리가 없지. 우리는 스크롤을 내리고 컨트롤 에프를 연타하다 재미있는 주장과 마주쳤다. 그 게시물의 제목은 '솔까말 야 그게 진짜 얼굴이겠냐?'였다.

5만원권의 신사임당 얼굴이 모 전 대통령의 영부인을 닮았다는 소문, 초상화가 심각하게 훼손되었는데 후손의 얼굴을 보고 그려 복원했으니 사실상 후손 초상화가 아니냐는 말, 왕의 얼굴을 보고 그린 화가가 과연 왕의 단점을 그대로 그렸겠느냐는 말, 모 화가는 모 위인의 초상을 그릴 때 자기 얼굴과 닮게 했다더라, 기타 등등. 사진이 없던 시대 위인들의 초상화가 어떻게 솔직하겠느냐는 말은 그럴싸했다.

　　비슷한 글을 찾아보다 우리는 '흑백사진 시대에도 포토샵이 있었다'는 말에 마시던 커피를 살짝 뿜었다. 예전 흑백사진은 필름에 뾰족한 도구로 수정을 가했다는 이야기였다. 턱선을 깎거나 콧날을 높이는 정도의 과한 수정은 못 가해도 여드름, 점, 화농 자국 등은 얼마든지 지울 수 있었다는 주장에 우리는 서로 얼굴을 마주 보았다.

　　"어쩐지 흑백사진에 점이 없더라."

　　"난 열화되어서 그런 줄 알았는데, 그거 다 사진기사가 처리했을 수도 있겠네?"

　　"관상에서 점이 얼마나 중요한데. 음. 그걸 빠뜨렸어."

　　이래저래 우리는 처음부터 잘못된 데이터를 가지고 작업을 한 셈이었다. 그야, 애초에 관상으로 사람을 뽑는다는 것부터가 잘못된 발상이었다. 하지만 딥러닝을 위해 집어넣은 데이터 자체가 이미 훼손된 후일 때 딥러닝을 하면 할수록 훼손된 요소마저 진실이 된다는 건 예상하지 못한 지점이었다. 이제 취준생들도 약간 포기를 했는지, 이 면접 방식은 여기저기서 웃음거리가 되고 있었다. 누군가 명언 어록을 데이터베이스로 삼아 머신러닝을 돌려 대화용 봇을 만들었더니 날이 갈수록 꼰대 같은 소리만 한다는 결과물과 그 프로그램 자체도 취준생 게시판에 올라와 있었다. 댓글도 꽤 있었다.

— 오늘 저녁 고기 먹을까 피자 먹을까 물었더니 초목근피로 연명하는 백성들을 생각하라는데요. 님 이거 대체 반응하는 키워드를 뭐로 잡으심?

— 제가 ○○기업에 합격할까 물었더니 무릇 장수는 문과 무를 겸비해야 한다며 활쏘기와 말타기를 게을리하지 말래요.

— 금요일이라고 딱 한 마디 했더니 황금 보기를 돌같이 하라는데 이거 정말 우리 팀장님 입에서 나올 것 같은 말이다.

— 현대적인 사안에 대해선 대화 자체가 안 돼요. 여자친구 생기게 해달랬더니 무릇 아녀자가 운운하는 봇하고 대체 무슨 대화를 함?

— 웹소설 뭐 재있느냐고 물었더니 패관잡기를 멀리하래요.

— 인권 문제가 뭔지 이해를 못 하는데요. 아동 교육은 무조건 엄하게 하고 여자는 남편이 죽으면 아들을 남편처럼 모셔야 한다고.

아아. 진짜. 묻는 너네도 너네고 답해주는 봇도 봇이다.

저런 말을 했던 사람들이 당대의 위인들이라면 현대 사회에는 좀 사회악이지. 윗사람이 주식을 권하는데 어떻게 하느냐는 질문에, 황금 보기를 돌같이 하라는 대답과 웃어른의 말에는 장유유서에 따라 네 하고 머리를 조아리라는 대답이 같이 나오는 것도 문제고.

만약 제작단계에서 이런저런 충돌형 대답을 충분히 고민했다면 나오지 않을 문제이긴 했다. 하지만 취준생 한 명이 만든 명언 대화 봇이나 우리가 만든 얼굴 분석 프로그램이나 애초에 의도 자체가 지금 이 시기와 맞지 않는 것을 어쩌란 말인가. 게다가 프로그램 소스 뜯어보면 저 봇이나 우리 프로그램이나 똑같이 엉망이면 엉망이겠지 우리가 더 나을 리가 없었다.

"잠깐. 클라이언트를 뜯어?"

내 자취방에 드러누워 내가 읽어주는 댓글을 들으며 낄낄거리던 루나가 곰곰이 생각에 잠겼다. 나도 덩달아 루나에게 시선을 집중했다. 소스는 우리가 만들었으니까. 아, 이거 뭔가 보이는데. 클라이언트는 받고 설치하라고 있는 거지, 뜯으라고 있는 게 아니다. 하지만 게임 클라이언트를 뜯어내서 안의 리소스를 보고 다음엔 뭐가 업데이트될 거라고 늘 게시판에 올리는 선두주자들이 있었다. 리소스, 리소스라. 비록 천 명의 눈코입과 그 조합 수를 다 따질 수는 없어도, 조합함수 쪽에 접근할 수는 없나? 카피캣 프로그램이 도는 거로 봐선 분명히 있는데. 게다가 우리는 조합 기능을 짤 때….

"데이터 가중치."

내가 툭, 내뱉었다.

"나름 위인의 얼굴을 구현한다고 만든 프로그램인데, 개발사 대표 얼굴에 가중치를 부여했다고 하면…."

"채용비리 나오죠. 대표 닮으면 합격한다? 친척 연줄 타기

딱이죠? 대표님 심지어 성형도 안 한 백퍼 천연이시죠?"

루나는 야구 중계라도 보듯 농담처럼 받아쳤지만 입가에는 잔뜩 긴장이 서려 있었다.

우리는 얼굴을 마주 보았다. 우리 회사의 프로그램 자체는 반출이 엄격하게 금지되어 있었지만, 산업스파이 같은 거창한 타이틀을 달지 않고도 어떤 루트로든 구하는 것은 가능했다. 특허 등록만 봐도 된다. 게다가 우리는 그 프로그램의 개발자 겸 기획자다. 소스 자체가 이미 우리 손안에 있는 거였다. 임원 얼굴 가중치. 이것만 어느 단체에 찔러도 파장이 일지 않을까. 마음은 이미 폐허가 된 지 오래지만 우리는 조금이나마 가능성이 보이는 것을 느꼈다. 특히 리처드는 프로그램 보완 전에 뽑힌 사람이라 가중치의 이익을 그대로 받았을 게 틀림없었다. 그래, 왜 그 생각을 못 했지? 루나와 나는 서로 하이파이브를 하다가 마주친 손을 그대로 거두었다. 그리고 같은 말을 내뱉었다.

"짤리겠네."

공익을 위한 제보를 하면 밥줄이 위험하다. 돌아버리겠군.

"짤리지 않는 선에서. 유명해진 합격자들 얼굴 데이터베이스를 일단 구하고, 두꺼비가, 아니, 크리스가 가중치 넣으라고 했던, 말도 안 되는 사람들 있잖아! 대표님 친척이나 계열사 대표나 그런 사람들! 그런 얼굴이 비정상적인 일치율을 갖는 걸 보여주면 알 거 아냐!"

"친인척 및 동업자의 얼굴에 가중치를 둔 거라면, 불평등으로 볼 소지가 있지?"

"그 정도면 우리 안 짤려도 돼! 우리는 두꺼비가 시키는 대로 한 거잖아! 어차피 지금 이 프로그램은 거의 두꺼비가 다 만든 것처럼 소문났는데!"

두꺼비에게 우리가 한 짓인 걸 들키지만 않으면 되는 거지.

그다음부터 우리는 또 다른 작업을 시도했다. 아무리 봐도 이건 위인 성형이네 싶은 사람, 그중에서도 초창기에 유명해진 사람들의 얼굴을 모으고 다시 레이블링하는 작업이었다. 이번 건 동생을 시킬 수도 없었다. 한 군데라도 말이 새어 나가면 안 되는 작업이었으니까.

레이블링이 정말 쌩노가다라는 걸 몸으로 체험해가며 우리는 '프로그램상으로 완벽한' 얼굴의 데이터를 오십 명 정도 모았다. 말하자면 그 분야의 퍼펙트 페이스들이었다. 별사람 다 있었다. 금융, 생산, 아이티, 수출… 모든 면접 부분에 파고든 것 같았다. 거기다 사람은 흔히 자신과 닮은 사람에게 친밀감을 느낀다는 사실까지 추가하면 돌파구가 보일 것 같았다. 어느 회사든, 면접관은 지원자에게서 자신과 비슷한 부분이 보이면 좀 더 호기심을 가지거나 호감을 느끼기 마련이다. 그 호감을 표현할 방법이 구체화되었다면? 면접관의 사진이 데이터베이스로 들어가고, 가중치가 붙으면?

하지만 우리의 비밀 작업은 오래가지 못했다.

관상을 굳이 믿지 않더라도, 사람이 생긴 대로 마음을 고치는 게 아니라는 오래된 격언은 사실인 모양이었다. 리처드가 이번엔 문제적으로 대박을 쳤다. 이제는 독립된 회사의 임원이 된 리처드가 자기 회사에서 횡령 및 배임을 주도했으며, 그 과정에서 똑같이 얼굴 분석 프로그램 면접을 통과한 사람들을 불러 모아 '형제회'라는 걸 만들었고, 형제회 중 두 명은 사내 폭행 및 성희롱으로 징계를 받은 전적이 있다는 것까지 인터넷 뉴스 첫 화면에 모조리 나버렸다.

우리가 하던 작은 반격은, 멀리 날려 보내려던 전서구들은 굳이 위험한 여행을 떠날 필요도 없게 되어버렸다.

그것도 우리가 반격을 날리려던 상대들의 자폭 때문에.

하, 나 이 기분 알아. 싫은 거 어떻게든 안 하려고 눈치 보고 있는데 갑자기 엉뚱한 애가 손 번쩍 들고 그거 제가 하겠습니다, 할 때 있잖아. 그런 기분이지.

그나마 하던 건 마무리를 짓자고 우리는 레이블링한 얼굴과 프로그램을 직장인 익명 앱에 올렸다. 어느 기자가 그걸 물었는지 사건은 일파만파 퍼졌다. '위인 얼굴이라 뽑았더니… 얼굴의 배신'이라는 제목으로 시리즈 기사가 이어졌다. 위인형 취업 성형을 광고판으로 내걸었던 성형외과들은 하나둘 간판을 내렸다. 대표의 자서전은 아직도 팔리는 모양이었지만, 그 '얼굴'을 언급한 인터뷰가 유머 사이트 찌라시로 나돌고 있는 것을 보면 '위인의 상을 가진 사람이 좋은 사원이 된다'는 말은 완전히 헛소리로 전락한 셈이었다. 취준생 동생도 그냥 생긴 대로 살기로 했다며 성형수술을 포기했다.

다만 이전에 이미 성형수술을 한 사람들이 모두 재수술을 받을 수는 없을 터였다. 돈이나 시간 문제도 있고, 벌써 입사에 성공해버렸다면 다시 원래 얼굴로 돌아오기도 우스운 일이니까. 그래서 아직도 세상에는 동전이나 지폐, 위인전에 나오는 얼굴을 한 사람이 흔하다. 내가 아까 들렀던 편의점의 직원처럼. 그래도 더 이상 위인을 닮은 껍데기를 쓰겠다고 아등바등 애를 쓰는 사람이 적어졌다는 건 다행이었다. 비록 친구는 여전히 솔베이 회의에 참석한 기분을 느끼고, 나와 루나는 기죽은 두꺼비의 짜증을 받아내고 있지만.

"근데 나 좀 안쓰럽더라. 리처드는 나중에 보니까 그 뭐냐, 워렌 버핏? 투자자 상으로 성형도 해서 옛날 영상이랑 비교한 거 유튜브에 떴잖아."

루나의 입에서 '안쓰럽다'와 '리처드'가 같이 나와서 나는 멍하니 루나를 보았다.

"리처드가 안쓰러워? 이게 다 리처드 때문인데?"

"아니아니, 그게 아니고. 사람이… 그, 인두겁이라고 하잖아. 투자자 스타일로 성형을 했다고 해도, 그게 막 자기만 잘 사는 악인 투자자 스타일은 아니었을 거잖아. 투자자 상이라는 게 많이 들어오고 많이 베풀어서 더 복을 받는 그런 상이라던데."

"그래서?"

"그러니까, 그런 사람처럼 보이고 싶어서 성형을 했으면… 적어도 매일 거울을 볼 때마다 세계적 자산가이자 뭐, 사회적 선한 영향력 비슷한 걸 실천하는 사람하고 똑같이 생긴 걸 보면… 좀… 이타적으로 살아야 하지 않아? 생각을 해봐. 이런 이상한 붐이 일기 전에 우리가 세종대왕하고 똑같이 생긴 사람을 길거리에서 봤으면 어떤 생각을 했겠어?"

만 원짜리 생각이 나지 않았을까. 나는 그 말을 꾹 삼키고 루나가 무슨 의도로 이런 말을 하는지 알아보려고 머리를 굴렸다. 세종대왕이라면… 음… 아, 역시 만 원짜리밖에 생각이 안 나. 내가 항복했다는 표시로 양손을 들어 보이자 루나가 답답한지 자기 머리를 탁탁 때렸다.

"아. 워커홀릭을 예로 들어서 미안하네. 그래, 방정환! 소파 방정환 선생님하고 똑같이 생긴 사람이 애 손을 잡고 지하철에 탔다고 생각해봐. 그러면 그 사람에 대해 우린 하나도 모르지만, 애한테 잘해줄 것 같지? 갑자기 막 쥐어박고 애한테 욕할 것 같지는 않지?"

그런 거였군.

"짬에서 나오는 이미지라는 거 말하려고 그렇게 빙빙 돌렸냐."

"그래. 이미지. 사람이 그런 얼굴을 하고, 거울 속에서 맨날 그런 얼굴을 보면 착하게 살 생각을 하지 않을까 했는데, 이게 뭐야. 얼굴에 어울리는 행동을 하겠다는 생각이 없나?"

루나는 숫제 울 것 같았다. 대체 왜 또 이런다냐. 나는 가방에서 티슈를 꺼내 루나의 손에 쥐여주었다.

"꼴값을 너무 글로벌하게 하잖아. 그 정도로 멍청하다고 생각하니까 안쓰럽다고."

코를 푼 루나가 휴지를 뭉쳐 테이블 위로 밀어놓았다. 나는 습관처럼 주변을 빠르게 훑었다. 여기는 사내카페도 아니었고, 우리가 사는 곳에서도 꽤 떨어져 있었다. 휴일이니 다 때려치우고 숲이라도 걷자고 제법 멀리 나온 터였다. 그래도 누가 우리 대화를 들었을지 모르는 일이었다. 하지만 주변은 우리에게 아무런 관심도 없다는 듯이 유유히 각자의 흐름대로 흘러가고 있었다. 우리에게 마이크나 녹음기를 들이대는 사람도, 사진을 찍는 사람도 없었다. 루나도 재빠르게 주변을 둘러보고 시침 뚝 떼며 자세를 고쳐 앉았다.

"그래서 우리 오늘 저녁에 뭐 먹어?"

언젠가 또 세상이 미쳐 돌아가면, 그때는 '현재형 위인'의 얼굴을 짜깁기한 프로그램이 또 나타날지도 모른다. 하지만 그래도 딱 한 번, 여기서 멈추라는 사인이 나왔다는 것만으로도 우리는 만족스러웠다. 처음부터 끝까지 관련 기사에 우리의 이름이 나오지 않았다는 것도 만족스러웠다. 평범한 얼굴로, 평범하게 늙어가는 게 소원이 될 줄은 몰랐는데. 텔레비전에 내가 나왔으면 정말 좋겠다고 노래를 부르던 시절이 있었다. 하지만 이제 와서 텔레비전에 내가 나가면, 그건 뭔가 내가 대박 사고를 쳤다는 뜻일 거다.

그래. 이게 이 이야기의 끝이다. 우리는 시키는 대로 나쁜 짓을 했고, 나쁜 짓의 결과로 차기 악당들이 회사에 들어왔고, 그중 한 악당이 히트를 쳐서 우리의 나쁜 짓은 첨단기술로 포장되었다. 악당에 맞서는 사람들은 저마다 반기를 들었다.

그리고 우리는 뭔가 속죄를 하려고 머리를 굴려봤지만 악당의 자폭으로 우리가 준비한 조그맣고 귀여운 폭탄은 기껏해야 불씨만 몇 개 남겼을 뿐이다.

그래도 이 정도면 해피엔딩 아닌가?

당신의 나의 히어로

✦ 2020년 《엔딩 보게 해주세요》(요다) 수록

1. 〈마지막 왕〉 리부트

게임 리메이크 의뢰가 들어왔다. 종종 있는 일이다. 예전에야 소규모 개발사가 판타지풍 RPG를 만드는 게 어려웠다지만 지금은 전체 감각 시스템의 시대다. 프리 소스가 풍부해진 건 덤이다. 플레이어는 물론, 개발자도 자신이 만드는 게임 안에 들어가 걷고 달리고 무기나 마법을 쓸 수 있다. 물론 전체 감각은 개발 프로그램 비용이 비싸다. 랜드러너 같은 소규모 개발사는 기껏해야 감각 체험 고글, 부츠, 장갑으로만 개발할 수 있다. 그래도 그게 어딘가. 비록 느껴지는 것은 손과 발, 시각뿐이라고 해도 모바일이나 키보드와 마우스만 이용하는 것보다는 훨씬 현실감이 느껴진다. 고글과 장갑, 부츠를 착용하고 허우적거려야 하니 남들 보기에 꼴사납긴 한데 어쨌거나 좋다. 프라이빗 게임 존이 왜 인기겠어.

랜드러너 그린팀에게 과제가 주어졌다. 5년 전에 서비스를 종료한 게임 〈마지막 왕〉을 하프감각 시스템, 즉 고글과 부츠와 장갑만으로 플레이 가능한 클라이언트로 만들어달라는 것. 개발팀 지훈은 머리를 감싸고 한숨을 쉬었다.

"〈마지막 왕〉은 그때도 하프감각 아니었어요? 그걸 또 하프감각으로 낸다고?"

지훈의 어깨를 기획자 아스가 툭툭 두들겼다.

"그때 하프랑 지금 하프는 다르지. 그때는 촉각 시스템 발달 전이라 활이나 칼이나 쥐는 맛이 똑같았다고."

"아, 예. 그거에 대해선 저보다 저기 아트팀장님이 할 말이 많으실 텐데."

지훈이 한나를 턱짓했다. 한나는 리소스 리스트를 보며 하늘이 노랗다는 표정을 짓고 있었다.

"이야, 조합 시스템이 장난이 아니네. 원재료 40종에 조합 50종? 총 90종의 감촉을 만들라고요? 아스, 지금 나랑 싸우자는 거? 계약 따온 건 좋은데, 감촉 재현은 아무리 프리 소스 써도 리소스 업데이트하려면 한 종류당 하루 넘게 걸리거든요?"

"90일이면 되겠네!"

활짝 웃는 아스에게 한나는 격투 게임 대전을 걸려다 참았다. 미우나 고우나 기획자인데 팔다리는 살려둬야지.

"그런 마일스톤은 안 됩니다. 그 기간에 팀원 중 아무도 경조사 없고 질병 없고 입원도 없고 사고도 없어야 되잖아요!

사막팀이 그딴 식으로 마일스톤 짜다가 팀원끼리 돌아가면서 독감 걸리고 회사 시체 안치소 됐잖아."

아스는 멀찍이 물러나며 생글생글 웃었다. 저 자식, 멱살을 잡히기 싫으면 잡힐 일을 만들지 말아야지. 지훈이 이를 빠드득 갈았다. 탕비실에 다녀온 로운이 커피를 들고 세 사람을 멀뚱멀뚱 쳐다보았다.

"어, 〈마지막 왕〉? 이거 리메이크해요? 출시되고 한창 열심히 했었는데."

아스가 재빨리 로운의 손에서 커피를 받아 책상에 내려놓았다.

"그치, 로운. IP 주는 쪽이 그때 리소스까지 다 찾아서 주기로 했어! 그러면 적어도 시청각이랑 워킹은 해결되잖아. 촉각 리소스만 짜면 돼. 그치 그치? 한나야, 괜찮지? 되지?"

"되긴 뭐가 돼요."

한나가 탕, 소리가 나게 책상을 쳤다.

"되게 해야지. 젠장."

"응. 난 그래서 한나가 너무 좋아."

"말 대신 돈으로 주세요."

〈마지막 왕〉은 감각 동기화 게임 초기에 출시된 RPG였다. 플레이어가 선택하고 따를 수 있는 히어로가 총 셋. 게임 종료 10개월 전에 엔딩 챕터가 업데이트되었다. 〈마지막 왕〉은 플레이어가 '주군'을 선택하고 주군이 왕이 되게 하기 위해 퀘스트를 깨는 게임이다. 마법사 미스트리스와 검사 라비아, 성직자 쿼터베리온이 왕위를 놓고 다툰다. 엔딩에서 미스트리스는 다른 세계로 가겠다며 사라지고 라비아는 쿼터베리온을 지키는 검이 되겠다며 왕위를 포기한다. 왕위는 쿼터베리온에게 넘어간다. 그렇게 끝났지. 가끔 PVP 대회 같은 게 개최되기도 했지만 감각 동기화 게임 초기의 한계 때문에 원활하게 개최되지는 않았다. 그놈의 정보 전달 속도 때문에 글로벌 서버 대전을 하면 한국에서 때린 데미지가 나이지리아 플레이어에게 가는 데에만 1초가 걸렸다. 실시간 동기화가 생명인 PVP에서 1초의 차이란 무시무시했다. 0.001초 차이로 노트 판정이 갈리는 글로벌 댄스게임에서는 때마다 개최지 서버 가까운 곳으로 몰려드는 게 흔한걸. 다중 접속 대전 게임은 지금도 초대형 회사 아니면 거의 개발하지 않는다. 〈마지막 왕〉 리메이크 의뢰도 대기업에서 받은 거긴 하다. 하지만 랜드러너 같은 소규모에선 가진 장비와 서버에 의존해서 개발해야 하니 처음부터 솔로 플레이로 가는 게 안전했다.

"이게 아이템 리스트예요? 저 좀 봐도 돼요?"

"얼마든지."

한나가 태블릿을 내려놓자 로운이 바로 집어 들었다.

"네가 보기엔 이거 리소스 얼마나 걸릴 거 같아?"

"아트팀 사정은 아트팀장이 알지 제가 압니까."

"대충이라도."

"잘못 말하면 한나 님이 대전 게임으로 하루 종일 갈궈요. 말 안 할래."

로운이 양손으로 쭉쭉 스크롤을 내려가며 리소스를 보다가 고개를 갸웃거렸다.

"왜 일부만 받아 왔어요? 진짜 리소스는 용량 때문에 천천히 옮긴다 해도 이건 리스트인데?"

"어?"

아스가 태블릿 쪽으로 다가갔고 한나는 한발 물러섰다. 펀치의 추진력을 높이려면 먼저 뒤에서 힘을 모아야 하니까. 아스가 물었다.

"이게 하드에 있는 거 전부랬는데?"

로운이 검색어 몇 개를 넣어보고 고개를 저었다.

"아니에요. 5챕터 이후 아이템은 절반 넘게 빠졌어요. 최종 업데이트 날짜 확인했어요?"

"당연히 확인했지. 봐봐. 이틀 전이잖아."

"가시나무 숲 필드에서 얻을 수 있는 아이템이 없는데요? 이거 봐요."

로운이 자기 태블릿으로 감각 게임 플레이 데이터베이스에 접속해 '마지막 왕 가시나무 숲 레이피어'를 입력했다. 검은 가시와 흰 가시덩굴이 교차하는 검신을 휘두르는 영상이 나왔다.

"이거 별부리새 죽여서 얻는 아이템 조합이거든요. 몬스터 리스트 봐요. 별부리새 있어요?"

아스가 난감해하는 얼굴로 리스트를 훑었다.

"없네. 사각부리두더지랑 다른 거지?"

"두더지랑 새를 제가 착각할 리가. 다른 거예요."

"너는 근데 그런 아이템을 어떻게 알아?"

"제가 라비아 연맹 카페 스태프까지 했거든요. 라비아 무기는 다 외워요."

자랑스러워하는 로운과 다르게 한나의 표정은 점점 험악해졌고 아스는 태블릿에 코를 박을 듯 들여다보았다. 지훈은 딴청을 부리기 시작했다. 나가서 통화를 하고 온 아스가 뒷머리를 긁었다.

"이게 최신 자료래. 〈마지막 왕〉 개발한 회사, 지금은 없어졌잖아. 우리가 갖고 있는 리스트가 IP 넘기는 계약할 때 받은 거라 나머지는 아마 못 찾을 거라는데."

"시스템 구현이야 저랑 개발팀이 할 거지만 리소스 없으면 허공에 삽질 동작만 나옵니다."

지훈이 슬쩍 발을 뺐고 한나는 정색을 했다.

"데이터가 있어야 리소스를 만들죠. 기획팀이 리스트 넘겨야 작업 시작해요. 프리 소스로 구현 가능한 건 어느 정도 하겠지만."

아스가 로운의 두 어깨를 붙잡았다.

"로운, 플레이 열심히 했댔지? 그럼 어디서 뭐 나오는지 알겠네?"

로운은 몸을 뒤로 빼려 했지만 아스의 손가락 힘이 인정사정없이 로운을 붙잡았다.

"저는 라비아 연맹이었어요. 미스트리스랑 쿼터베리온 진영 아이템은 모르는데요."

"쿼터베리온은 플레이 로그 많이 남아 있을 거야. 아까 네가 단검 찾던 거기, 호문쿨루스, 10년 전부터 있던 게임 플레이 데이터 저장소잖아. 나도 로그 뒤져보고 다른 팀 손도 빌려서 해볼게. 그럼 남은 건 미스트리스 연맹인데. 누구 미스트리스 연맹 하던 사람 없어?"

"미스트리스 마이너예요. 그때 구식 센서로 마법 쓰는 걸 누가 좋아했겠어요. 그러니까 10챕터인데 7챕터부터는 다른 세계 간다고 떠나버리지. 사실상 캐삭임."

"그러냐. 아무튼 사람은 찾아봐. 세상은 넓고 마이너도 누군가에겐 메이저야."

2. 호문쿨루스, 기록의 창고

호문쿨루스에는 플레이 로그가 잔뜩 남아 있었다. 고글만 이용하던 감각 게임 초기 시청각 시대부터 전체 감각이 익숙한 현재에 이르기까지. 센서 장비를 착용하고 로그를 선택하면 업로더가 경험한 그대로가 센서를 통해 사용자에게 전달되었다. 같은 게임이라도 업로더가 어떻게 플레이했느냐에 따라 감각이 천양지차기 때문에 사람들은 타인의 플레이 로그를 감각하고, 자신의 감각을 나누는 걸 즐겼다. 게임의 불법 공유를 막는 차원에서 시각, 청각, 촉각 중 최대 두 가지만 남길 수 있다는 제한이 붙었다. 대부분은 시각과 청각을 택했지만 가끔 촉각만 남기거나 청각만 남기는 업로더도 있었다. 로운은 기도했다. 제발 라비아 루트에는 촉각만 남긴 이상한 사람이 없기를. 업로더가 시청각을 공유하지 않고 촉각만 남기는 경우 사용자는 현실의 밋밋한 모니터를 보고 현실의 소음을 들으면서 간지러움, 따가움, 차가움 등을 느껴야 했다. 그걸 즐기는 사람들도 있다지만, 데이터베이스를 수집해야 하는 입장에서는 아무 도움이 안 되었다. 게다가 〈마지막 왕〉은 개발 당시 촉각 센서가 그다지 발달하지도 않았기 때문에 촉각만으로는 거의 정보를 얻을 수 없는 형태였다. 아스도 기도했다. 누군가 미스트리스를 아주 열심히 플레이했기를.

로그 탐색은 이상한 곳에서 꼬였다. 쿼터베리온 캐릭터는 성직자였고 성직자는 언데드 계열이 아니면 사냥이 영 신통찮았다. 당연히 호문쿨루스에 남은 플레이 로그도 진행이 엄청나게 느렸다. 라비아 연맹의 전사가 두 방이면 잡는 몬스터를 잡기 위해 쿼터베리온 연맹에선 다섯 방은 날려야 했다. 플레이 타임 최소 두 배. 대체 사람들은 이걸 어떻게 했는지 신기하네. 로그를 감각하던 아스가 장비를 빼고 길게 드러누웠다.

"한나, 이거 쿼터베리온 연맹으로 플레이했댔지?"

"응."

한나가 드러누운 아스를 내려다보았다.

"퀘스트 하는 거 되게 힘들었겠다."

아스가 탄식을 담아 말하자 한나는 무슨 소리냐는 듯 되물 었다.

"왜 힘들어? 쿼터베리온 연맹 루트가 제일 빠른데."

"응? 데미지가 안 나오는데?"

아스가 반쯤 몸을 일으켰다. 한나는 딱하다는 표정으로 아스에게 음료 캔을 건넸다.

"PVP 상점에서 파는 아이템 중에 '그들 안의 악몽'이라는 스크롤이 있었어. 그거 쓰면 모든 몬스터가 일정 시간 동안 언데드 속성으로 변해. 설정상으로는 그 스크롤을 사용하면 몬스터들이 자기 안의 어둠을 깨닫고 폭주하게 되는 거였지, 아마. 레벨도 엄청 올라가고."

"그런 게 있었나? 난 왜 몰랐지?"

"PVP 존에선 성직자들의 피 튀기는 난투가 일상이었다네. 그런데 그런 로그는 사람들이 호문쿨루스에 굳이 안 올리지. 화면이 다 시커멓고 으스스하기도 하고, 호문쿨루스 시스템이 전체 관람가만 등록 가능해서 공포 요소가 일정 비율 이상 차지하면 등록해도 지워져. 공포 게임이나 성인 게임은 호문쿨루스에 로그가 없잖아."

전체 관람가라. 아스는 지끈거리는 머리를 가누며 음료 캔을 땄다.

"당장 필요한 건 주요 아이템이랑 루트마다 나오는 대사지? 로운이 그걸 받아야 시나리오 작업할 쪽에 넘기니까. 그러면 클라이언트랑 서버 연결해서 로운한테 플레이시켜."

아스가 한나의 조언을 들으며 캔을 비웠다.

"PVP 상점에서 나오는 걸 못 얻으면 소용없는 거잖아."

아스의 투덜거림에 한나가 헛소리 말라는 듯 빈 캔을 손 안에서 구겼다.

"운영툴 써서 스크롤 왕창 지급해주세요. 로운은 공포 게임도 잘하니까 금방 할 거야."

세상엔 어떻게든 살아날 길이 있네. 아스는 멍하니 한나를 올려다보았다.

"한나 님 대천사."

한나가 피식 웃었다.

"네가 순진한 거야. 세상에는 언제나 성질 급한 유저가 있고 그걸 만족시킬 수단이 존재하지. 운영툴 쓰는 김에 레벨도 막 올리고 유료템도 팍팍 퍼줘. 다른 기획자 시켜도 되는데, 로운이 콘텐츠 담당이니까 제일 나을걸."

로운의 일이 세 배쯤 증가되는 순간이었다.

며칠 뒤, 라비아 연맹과 쿼터베리온 연맹의 플레이 로그가 정리되었다. 눈 밑이 퀭한 로운이 정리된 로그 파일을 프로젝터에 띄우며 간단한 시나리오 브리핑을 했다.

"먼저 라비아 연맹부터 볼게요. 라비아 연맹은 루트가 대부분 사냥이에요. 기사 라비아가 플레이어와 만나서 세력을 키우고 '마지막 왕'의 자격을 얻으려고 필드를 돌아요. 〈마지막 왕〉 플레이는 기본적으로 플레이어가 선택한 군주가 앞에

서고, 플레이어가 보조하는 콘셉트로 전투나 채집이나 조합을 합니다. 중간중간 다른 군주들을 만나서 군주끼리, 그러니까 NPC끼리 대화하는 컷신이 나오는데 이건 전부 성우 음성 녹음한 풀 보이스. 라비아 루트 컷신은 다 저장해놨어요. 아스, 이번에도 풀 보이스 할 거예요?"

아스가 고개를 끄덕였다.

"그렇겠지? 그런데 풀 보이스인지 아닌지가 왜?"

한나가 대답했다.

"풀 보이스면 녹음 일정 잡아야 하잖아. 성우 비용하고 녹음실 비용 들고."

"퍼블리셔하고 의논해봐야겠네. 그런데 요즘도 성우가 직접 녹음해? 합성 음성 안 써?"

"차이가 심해. 예민한 유저들은 바로 합성인지 아닌지 알아차릴걸."

한나의 대답에 지훈이 말을 얹었다.

"그러면 어느 때 어느 음성 나와야 하는지 표시해줘야 된다. 예전 음성 파일 써도 되긴 하는데, 대사가 그때랑 많이 바뀔 테니까."

"알았어요. 다음, 쿼터베리온 연맹은?"

로운이 펜라이트를 몇 번 움직이자 프로젝터 화면이 어두 컴컴해졌다.

"어둠 스크롤 써서 플레이 캡처가 이렇습니다."

화면 속에서는 뾰족한 송곳니를 드러낸 토끼가 울부짖고,

늑대가 이족 보행을 하며, 양이 털 대신 수북한 가시를 빳빳하게 세우고 있었다. 이게 대체 뭐야. 한나는 익숙한 듯 고개를 끄덕였고 지훈은 '자비의 숲'이라는 필드명을 보고 끅끅거리며 웃었다. 아스는 한숨을 간신히 억눌렀다.

"그, 스크롤 쓰기 전의 화면 좀."

로운이 고개를 끄덕이고 화면을 움직였다. 푸른 풀밭에 토끼, 잠든 늑대, 몽실몽실한 양 떼. 당시 아트팀이 왜 이런 이중 고생을 했는지 알 수가 없네. 아스는 정상적이고 평화로운 초보자 필드를 보며 '개노가다 쩐다'라는 생각을 했다.

"원래는 평화로운 필드인데, 쿼터베리온 루트가 사냥이 너무 힘들어서 유저들 항의가 많으니까 긴급 패치 했다는 소문이 있어."

지훈이 웃음을 참으며 말했다.

"소문이지?"

아스의 간절한 바람을 담은 질문은 가볍게 묵살되었다.

"로운 님, 브리핑 계속해주세요."

"네. 쿼터베리온 연맹은 성직자 쿼터베리온이 신의 계시를 받아 플레이어와 함께 여정을 떠나는 콘셉트이고요…."

3. 미스트리스, 젤소미나

남은 건 미스트리스 연맹 루트였다. 로운이 또 플레이를 시키면 병가 낼 거라고 으르렁거린 탓에 아스가 호문쿨루스를 뒤져 미스트리스 연맹 루트 플레이 로그를 찾았다. '젤소미나'라는 업로더 계정에 수십 시간의 시청각 로그가 남아 있는 것을 보고 아스는 속으로 만세를 불렀다.

미스트리스는 인기가 낮았고 플레이 로그도 거의 없었다. 이펙트야 그럴싸했지만 촉각 센서가 발달하지 않은 시대의 게임에서 마법을 쓰기란 허공에 삽질하기 이상도 이하도 아니었다. 심지어 몇몇 스킬은 시동어를 외쳐야 발동이 되었기 때문에 당시 게임 커뮤니티에서는 '쪽팔려서 플레이하기가 힘들다'는 글이 올라오기도 했다. 뭐, 일부 사람들에겐 그게 좋다며 먹히는 캐릭터기도 했지만.

"중간중간 스킵해도 돼. 미스트리스 상향해달라는 얘기는 안 나왔어."

로운에게 로그 재생을 부탁하며 아스가 말했다. 퍼블리셔 중에 미스트리스 연맹 추종자가 있지 않은 이상 미스트리스의 비중을 높일 일은 없을 것이다. 시나리오야 좀 고칠 수도 있겠지만. 현재 센서로도 마법 사용 시 느낄 수 있는 감각은 약간의 압각 정도였다. 열기나 냉기가 패치되는 게임도 있었다. 하지만 발열과 냉각이 센서의 수명을 무지막지하게 깎아먹는다는 사실이 밝혀지자 확 줄었지. 마법사는 살기 힘든 시대였다.

"라비아랑 쿼터베리온 스토리로도 어느 정도 유추는 되니까. 정 힘들면 필수템이랑 명대사만 추려."

로운은 알겠다며 게임 룸에 틀어박혔다. 이틀 정도 걸리려나. 아스는 그사이에 이미 파악된 두 연맹의 아이템 리스트를 먼저 작성할 예정이었다. 좋은 것만 추리고 별로인 건 버리고, 소량의 아이템을 상향시키는 쪽으로 밸런스를 잡는다면 한나가 질색하는 90종의 감각 만들기를 할 필요도 없겠지.

"노가다네, 노가다야."

예나 지금이나 게임을 다른 구동 기기로 이식하는 일은 노가다였다. PC 게임을 모바일로 이식할 때도 그랬지. 있는 거 가져다 쓰면 된다고 하지만 넣어보면 해상도고 이펙트고 다 엉망이라 새로 만드는 게 절반 이상이고. 그래도 투자해준다니 해야지 어쩌겠어.

아스가 한창 리스트를 만들고 다른 기획자들과 밸런스며 스킬 시스템을 정리하면서 며칠을 보냈을 때, 로운이 아스를 불렀다.

"아스, 〈마지막 왕〉에서 미스트리스는 7챕터에 떠났잖아요? 라비아랑 쿼터베리온 루트에서도 7챕터 이후 미스트리스 만나는 컷신도 없었고."

"그렇지. 그때 유저들 반발 꽤 있었지. 다른 연맹으로 옮겨가야 했으니."

"젤소미나, 이 사람 플레이 로그에 8챕터가 있어요."

"엥?"

아스가 미간을 좁혔다.

"컷신 모음이나 그런 거 아냐? 없는 챕터가 어떻게 로그로 남아."

"제가 7챕터까지 다 보고 나오려는데 8챕터가 뜨더라고요."

"챕터 제목이 뭔데? 미스트리스 7챕터가 '운명의 갈림길'이었는데."

"'눈이 내리는 들판'이요. 히든 챕터일지도 모르니 볼까요?"

변수네. 아스는 캘린더를 체크했다. 이틀 정도 여유가 있었다.

"체크해줘. 네 앞으로 된 일은 다른 팀원들한테 넘겨볼게."

로운은 이틀 동안 다시 게임 룸에 틀어박혔다.

4. 어쩌다가 이런 엔딩이 되었나

로운이 제출한 로그는 7챕터까지였다. 8챕터에 대해 묻자 "있긴 있는데, 그게…"라며 말을 흐렸다. 로운은 아스를 끌고 건물 안 카페로 내려갔다. 한나와 지훈도 함께. 넷이 아메리카노 네 잔을 앞에 두고 탁자에 둘러앉았다.

"미스트리스 스토리는 7챕터에서 끝난 게 맞아요. 8챕터는 없어요."

"그럼 그 플레이 로그는 뭐야?"

"제가 기억이 잘 안 나서 셋 다 모여달라고 한 거예요. 지훈 님, 미스트리스 연맹 플레이한 적 있어요?"

지훈이 얼음을 와작와작 씹으며 고개를 끄덕였다.

"응. 7챕터 끝나고 8챕터 업데이트되더니 8챕터 초반에 주군 바꾸래서 접었지."

"마지막 챕터 내용 기억해요?"

지훈이 얼음을 씹는 사이 한나가 대신 대답했다.

"7챕터까지 잘 나가다가, 8챕터 시작하니까 갑자기 자신은 이 세계를 구하지 않겠다고 선언했어. 그런데 난 그러려니 했지. 이슈가 있었으니까."

"이슈요?"

로운이 묻자 한나가 태블릿으로 기사 하나를 띄워 보여주었다.

"7챕터 업데이트되고 얼마 안 있어서 미스트리스 담당 성우님이 돌아가셨거든. 사고로."

"아."

"그럼 8챕터 시작 때 나온 음성은 합성이야?"

아스가 끼어들자 한나가 고개를 끄덕였다.

"합성 음성. 플레이어도 회사도 어쩔 수 없었겠지. 이후 진행을 계속하자니 성우가 없이 합성 음성만으로 풀 보이스를 지원하는 건 자동차 내비게이션이랑 수다 떠는 거나 마찬가지라."

"기억났다. 그때 공식 홈페이지에 추모 페이지도 떴는데."

지훈이 얼음을 삼키고 그때의 기억을 이야기했다.

갑작스러운 사고, 사망, 혼란. 인지도가 가장 낮은 캐릭터고 유명한 성우도 아니었다고. 다시 대사를 녹음하려면 초반

챕터부터 다른 성우를 투입해서 교체 작업을 해야 하는데 그
럴 만큼 돈이 잘 들어오는 캐릭터가 아니어서 당시 개발사 측
이 미스트리스를 보내버렸다고.

"그래서 그랬구나."

로운이 혼자 중얼거리자 한나가 잔 안의 얼음을 짤그락 소
리가 나게 저었다.

"8챕터에 뭐가 있었어?"

"책이요."

로운이 대답했다.

청각으로는 미스트리스의 메인 테마곡이 나오고, 시각으
로는 책 한 권이 펼쳐지고, 손짓하면 그 책의 페이지를 넘길
수 있었다고 로운은 말했다. 지훈은 '클라이언트를 뜯었으면
가능한 일이긴 한데, 그렇게까지 해야 할 필요가 있냐'며 이
해가 안 간다는 반응을 보였다.

"사설 서버에서 돌리는 클라이언트에는 실제 게임에 없는
장비가 들어가기도 하더라."

"사설 서버는 아닌 거 같아요. 책 읽는 동안은 아이템 창도
아무것도 안 떴거든요. 그냥 책을 다 읽고 나면 로그가 끝나
요. 미스트리스 메인 테마곡 점점 느려지면서."

아스가 고개를 끄덕였다.

"큰 문제는 아니네. 그러면 스토리 정리해서 시나리오팀으
로 넘기자."

"젤소미나 말고 다른 업로더도 같은 로그가 있는지 확인만

하고요."

로운이 말을 마치고 일어섰다.

5. 오로지 텍스트로만 존재하는 이야기

젤소미나는 네임드 플레이어가 아니었다. 받은 자료들 중
2차, 3차 전직 완료 플레이어 리스트와 PVP 톱 랭커 리스트
가 있었다. 젤소미나는 그중 어디에도 없었다. NPC가 이름
을 부를 때 "젤소미나"라고 텍스트가 뜨는 걸 봐서는 플레이
어가 젤소미나라는 아이디를 사용한 게 분명했다. 그렇다면
이 사람은 무슨 생각으로 이런 길고 긴 플레이 로그를 남긴
걸까. 클라이언트를 뜯고 자작 리소스까지 넣어가며.

"마이너 캐릭터 파는 마음이야 나도 알지만."

로운이 라비아 연맹을 선택한 건 무기를 휘두르는 감각이
좋다는 게 제일 큰 이유였다. 하지만 '이번에는 메이저 팬덤
좀 해보고 싶다'는 마음도 강했다. 그전에는 아이돌 키우는
리듬 게임에 푹 빠져 있었는데 가장 좋아하는 캐릭터가 인기
투표 10위 밖에서만 맴돌았다. 정말 좋아했지만 그 캐릭터로
는 톱 자리에 오를 수도, 스페셜 카드나 컷신이 나오기를 기
대할 수도 없었다.

"라비아는 선방했지. 쿼터베리온에게 질 때도 컷신 끝내
줬고."

로운이 씁쓸하게 웃었다.

"당신이 마지막 왕이 된다면, 나는 마지막 왕을 지키는 검이 되겠다. 나의 주군, 쿼터베리온. 당신이 이 세계의 마지막 왕이 되어라"라는 대사. 한쪽 무릎을 꿇고 검을 세우는 라비아의 붉은 머리카락. 그리고 그 어깨 위로 내리는 쿼터베리온의 축복의 광채. 끝내줬어. 끝내줬지. 승복할 수 있었어.

하지만 젤소미나는 승복할 수 없었던 것 같았다. 적어도 책 안의 내용은 그랬다. 푹 빠져들 만한 글솜씨는 아니었다. 하지만 자신이 보고 느낀 미스트리스의 행동을 플레이어 시점에서 서술해놓은 기록은 볼 가치가 있었다. 메타 로그인 셈이지. 우리는 실제 유저가 어떻게 느끼는지 알기가 어려우니까.

그러니까 이것만 보고 일하자. 로운은 호문쿨루스에 접속했다.

오로지 텍스트로만 존재하는 이야기를 읽기 위해서.

음성 지원도 없이, 책 넘어가는 이펙트도 없이, 주변에는 잔잔한 미스트리스의 메인 테마곡이 흘렀다. 보컬이 없는 버전이었다. 누구의 목소리도 귓가에 들리지 않았다. 다만 이야기가 거기 있었다. 초보 마법사 미스트리스가 어느 날 오래된 마법서를 발견한다. 그 안에는 이 세계가 곧 멸망할 것이며, '마지막 왕'이 된다면 그 멸망조차 막을 수 있는 거대한 마력을 갖게 될 거라는 말이 있었다. 허공으로 마법서가 떠오르며 미스트리스의 작은 연구실 안을 광채로 가득 채운다. 그리고 미스트리스는 연구실 밖으로 나와 플레이어를 처음 발견한다. 은빛 백발을 묶어 등 뒤로 길게 늘어뜨린 미스트리스의 첫 대사는 "너, 내내 날 따라다니고 있었지?"다. 플레이 시작한 지 겨우 3분 됐는데 '내내'라니. 좀 이상하지 않느냐고 하면서도 플레이어는 "그렇다"고 대답하고 "마지막 왕의 여정에 동행하고 싶다"고 미스트리스에게 제안한다. 그리고 둘은 수많은 '자격'을 얻기 위해 마법사 파티가 되어 모험을 시작한다.

미스트리스는 강해진다. 플레이어도 강해진다. 여정은 처음에는 낡은 로브와 나무 지팡이로 시작하지만 진행될수록 인챈트 로브와 마나 포션, 주문 스크롤, 장인의 지팡이가 등장한다. 젤소미나가 가장 많이 기록으로 남긴 것은 미스트리스가 '얼어붙은 나무의 땅'을 지나가는 부분이었다.

얼어붙은 나무의 땅은 빙결 속성 저항을 가진 몬스터들의 서식지다. 이곳에서 미스트리스는 하얀 늑대의 혼이 담긴 목걸이를 얻었다. 미스트리스는 많이 다쳤다. 내가 힐링 마법을 제대로 쓰지 않아서였을까? 아니면 원래 다치게 되어 있었을까? 나는 게임 내내 미스트리스의 등을 보며 달렸다. 흰색과 푸른색 나무가 가득한 필드에서 미스트리스는 계속 화염 마법을 사용했다. 많이 힘들었다. 빙결에 걸리면 스크롤이 한 번에 찢어지지 않아서 캐스팅에 시간이 많이 걸렸다. 그래도 나는 이 필드가 좋았다. 미스트리스의 머리카락이 좌우로 흔들리는 걸 보는 게 좋았다. "너희는 차가운 원망으로 이루어진 존재들이다. 돌아가라, 안식의 초원으로! 이곳이 다시 새싹의 옷을 입게 하라!" 미스트리스가 보스 몬스터인 얼어붙은 눈물과 싸울 때 했던 말이다. 그 말이 너무 좋아서 몇 번이나 다시 들었다.

미스트리스와 모닥불을 피우고 쉴 때 미스트리스는 말했다. "젤소미나, 세계가 멸망하지 않게 되면 난 뭘 해야 할까? 다시 평범한 마법사로 돌아가서 연구도 하고, 실험도 하고 그렇게 되겠지? 너와 함께. 지긋지긋한 일상을 지내려고 세계를 구해야 한다니 이상하지 않아?" 그 말을 끝내고 미스트리스는 일어서서 내게 손을 내밀었다. "어쨌든 너와 내가 선택한 길을 가자." 정말 미스트리스의 손을 잡은 것처럼 장갑에 진동이 왔다.

나는 미스트리스를 주군으로 삼은 게 다행이라고 생각했다.

'얼어붙은 나무의 땅'은 6챕터 중반이었다. 원래 시나리오를 보면, 이 뒤에 화염의 숲을 지나고 고독한 덩굴들의 담벼락을 지나게 되어 있었다. '운명의 갈림길' 챕터인 화염의 숲까지는 예정된 시나리오대로 잘 진행되었다. 화염의 숲에서 미스트리스는 "이 세계를 지키는 것이 네게 무슨 소용인가"라는 불꽃 정령의 속삭임을 듣고 도플갱어-미스트리스와 싸운다. 그리고 승리한다. 승리 후 환영이 사라지고 다시 돌아온 필드에는 두 갈래의 갈림길이 나 있다. 각각 라비아 혹은 쿼터베리온과 싸우는 루트다. 예정대로라면 8챕터의 배경인 고독한 덩굴들의 담벼락에서 다른 주군인 둘 중 하나와 만나게 되어 있었다. 그렇다고 해도 그건 왕이 되기 위해 떠나는 길에서 만나는 다른 NPC와의 이벤트 결투였다. 이렇게 미스트리스가 사라지는 건 시나리오에 없었다.

'시나리오 수정-이슈 발생' 파일을 열어보면 "미스트리스 아웃, 미스트리스는 왕위 결정전에 참가하지 않기로 함"이라는 말이 있고 그 아래 다른 부서와의 회의 요약이 남아 있다. 새 동작 업데이트 취소. 미스트리스 전용 무기 업데이트 리소스 만들지 말 것. 미스트리스 액세서리 취소 전달. 컷신 수정. 음성은? 합성 음성 사용하기로. 이후 챕터 전부 수정 필요. 건조하게만 쓰인 문서라 그때 시나리오 작가가 어떤 생각이 었었는지 로운은 짐작할 수 없었다. 그 사람은 미스트리스를 좋아했을까? 좋아했든 싫어했든 시나리오상의 한 인물을 통째로 빼버린다는 것은 수많은 분기점이 생기는 일이다. 더 이상 미스트리스와 관계된 것은 게임에 등장할 수 없다. 미스트리스의 대사는 더 늘어나지 않는다.

급작스러운 이별이다. 로운은 마우스 휠을 아래로 아래로 내리면서 문서의 공백 부분을 들여다보았다. 게임 시나리오 기획자는 아니지만, 짬밥이 있으니 게임 시나리오가 어떻게 구성되는지는 얼추 알 수 있었다. 어쨌거나 이렇게 하루아침에 돌아서는 이별은 옳지 않았다.

그래서 젤소미나는 미스트리스가 '마지막 왕'이 되는 이야기를 썼겠지.

화염의 숲에서 도플갱어와 싸운 후 미스트리스는 말한다.

"왕이 되어서 나에게 좋을 게 뭘까. 하지만 왕이 되겠다고 나는 결심했어. 마법서가 나에게 나타난 것도, 젤소미나 너를 만났다는 것도 우연이라고 생각하지 않아. 라비아든 쿼터베리온이든 나는 상대할 거고 이길 거야."

그리고 8챕터에서 태도를 바꿔 말한다.

"나는 이 세계를 지킬 수 없어. 역량 부족이라고 해야 하나. 미안해. 나는 다른 세계로 갈 거야. 그러니 젤소미나, 너와는 여기서 헤어져야 해."

최선이었을 것이다.

젤소미나의 플레이 로그에서, 책 속의 미스트리스는 다른 말을 했다.

미스트리스가 말했다. "좋아. 나는 졌어. 뼈아픈 패배네. 라비아도 쿼터베리온도 정말 강하다. 그렇지? 하지만 젤소미나, 나는 여기서 멈추기 싫어. 더 나아갈 거야. 계속 강해져서 두 사람을 이길 거야. 그렇게 해서 둘의 뒤를 잇는다면, 내가 마지막 왕이 되는 거잖아. 젤소미나, 나와 함께 가자"라고.

그리고 젤소미나는 미스트리스를 왕으로 만들었다.

시간이 지나, 대마법사가 된 미스트리스는 평화롭게 왕위를 넘겨받았다. 미스트리스는 마법으로 세계를 다스렸다. 나는 곁에서 미스트리스를 도왔다. 미스트리스의 초상화는 왕실 홀에 '마지막을 막아낸 왕'이라는 제목을 달고 걸렸다. 세계는 존재했다.

6. 우리의 엔딩으로 와요

1년도 되지 않아 그 세계는 '서비스 종료'라는 이름 아래 멸망했지. 그렇지만 젤소미나는 다른 연맹으로 넘어가지 않았을 것 같다고 로운은 생각했다. 틈틈이 젤소미나라는 플레이어가 다른 기록을 남기지 않았나 살펴보았지만 소득은 없었다. 아이디를 바꾸기만 해도 실패하는 추적이란 게 별수 있겠냐만. 로운은 5챕터 이후의 미스트리스 전용 아이템을 리스트에 적어 넣으며 젤소미나는 지금 뭘 하고 있을지 궁금해했다.

"저기, 아스."

"응?"

로운은 머뭇거리며 입을 열었다.

"이번에도 미스트리스는 7챕터에서 끝나요?"

아스는 말도 안 된다며 손사래를 쳤다.

"에이. 그런 식으로 하면 큰일 나지. 중반에 빠질 영웅을 누가 따르냐. 끝 챕터까지 갈 거야. 이번엔 아예 셋 다 왕이 되는 멀티엔딩 만드는 걸로 합의했어. 시나리오 작성하는 사람한테도 전달된 거니까 거의 확정이야."

"다행이네요."

아스가 싱글싱글 웃으며 로운을 올려다보았다.

"미스트리스한테 정들었나 봐?"

"정은 무슨. 은백발 계속 보고 있으려니 눈 되게 아파서 힘들었는데."

"그래? 하지만 어쩔 수 없어. 컬러는 캐릭터의 정체성이라 바꿀 수도 없고."

"네. 네. 그럼 일하러 갑니다."

로운은 기획팀 자리로 돌아가며 생각했다. 미스트리스가 아니라 젤소미나한테 정들었죠. 유감이네. 엔딩이 난 플레이로그. 젤소미나는 아직도 〈마지막 왕〉을 기억할까? 리메이크가 된다는 말에 기뻐할까? 혹은 그런 게임이 있었지, 하고 넘어갈까? 로운은 의자에 앉아서 마일스톤 문서에 "아이템 및 스토리 파악 완료"라고 적어놓았다. 내 역할은 여기까지려나.

그래도 할 수 있는 일이 있다면 좋겠는데. 얼어붙은 나무의 땅에 NPC를 하나 만들어서 젤소미나라고 이름을 붙인다거나. 아이템 이름에 젤소미나를 넣는다거나. 미스트리스가한 번이라도 젤소미나라는 사람에 대해서 언급할 수 있으면 좋을 텐데.

하지만 그런 식으로 시스템에 사적 감정을 넣기 시작하면 끝도 없겠지. 안 될 일이야. 로운은 다른 기획 문서를 열고 아이템 사양을 입력하기 시작했다. 무엇보다도 그렇게 게임 안에 젤소미나라는 이름이 들어가면 곤란한 일이 생겨.

플레이어 네임에서 젤소미나가 금지어가 될 수도 있으니까. 젤소미나가 이 게임에 다시 접속해서 젤소미나로 플레이하는 게 제일 좋겠지.

"로운, 빌드 나왔으니까 테스트 플레이 좀 도와줘요. 그리고 여기 이 수치 확인 좀."

기획팀원이 손을 흔들며 로운을 불렀다. 로운은 슬렁슬렁 일어나며 대답했다.

"네에, 갑니다아."

　이 게임, 꼭 론칭했으면 좋겠다. 백 개를 만들면 열 개가 론칭하고 하나가 살아남는 세상이라지만. 그래도 미스트리스가 왕이 되는 세계를 꼭 봤으면 좋겠어.

　젤소미나가 호문쿨루스에 플레이 로그를 남겨줬으면 좋겠어.

　'엔딩 보게 해드릴게요.'

너와 함께 밤나들이

✦ 2019년 〈한겨레〉 ESC 수록

눈이 안 내려서 다행이네. 유나는 세종대왕상을 올려다보며 생각했다. 휠체어를 타고 오는 지현이 아니더라도 눈은 골칫거리였다. 오른쪽 눈의 시야를 자꾸 가리고 왼쪽 인공안구 앞의 고글에 물방울을 맺히게 했다. 2월, 땅은 잘 말라 있고 추위도 이 정도면 나쁘지 않았다. 밤의 광화문은 불빛으로 환하게 반짝거렸다. 인공안구가 아직은 완벽한 상이 아니라 빛 분간만 할 수 있는 정도라고 해도 없는 것보단 나았다. 그런데 눈부셔, 양쪽 다 고글 쓸까. 오른쪽 눈을 찌푸리다가 유나는 손목에 찬 스마트워치 버튼을 꾹 눌렀다. 지현이는 어느 출구로 나오려나. 전화를 걸어봐야겠다.

손목에서 전화 신호가 서너 번 울리자 지현의 경쾌한 목소리가 흘러나왔다.

"다 왔어! 조금 늦었지? 엘리베이터 고장 나서 계단 없는 출구로 갈게."

통화가 끊기고 잠시 후, 지현이 전동휠체어를 타고 유나에게 손을 흔들며 다가왔다.

"오랜만이다. 유나 너 서울 올라가고 못 봤으니까 한 2년 넘었지?"

"응. 너 혼자 왔어?"

유나의 질문에 지현은 고개를 끄덕였다.

"엄마가 따라온다고 했는데 내가 싫다고 했어. 세상천지에 어느 스물한 살이 밤나들이에 엄마를 데리고 가냐고."

유나가 작게 웃었다.

"시외버스 타고, 지하철 타고. 그걸 혼자 다 한 거야? 멋있네."

"아. 그래도 집에 갈 때는 시외버스 정류장에 데리러 나온대. 그건 어쩔 수 없지."

하여간 엄마들은 딸을 너무 과잉보호해. 지현이 투덜거리며 전동휠체어 기어를 바꿨다. 위잉, 소리가 나며 '평지모드로 전환되었습니다'라는 안내음성이 흘러나왔다.

"뭐냐. 이제 기어도 달렸어? 좀 있으면 계단도 올라가겠네."

유나가 신기한 듯 휠체어를 들여다보았다. 유나의 고개가 내려오자 지현과 눈높이가 맞춰졌다.

"계단 좀 올랐으면 좋겠다. 그러면 대학에서도 보조활동인 신청 안 해도 되는데."

지현이 유나의 눈앞에서 손을 흔들어 보였다.

"오, 이게 그 인공안구야? 고글 빼봐. 나 구경 좀 하게."

유나가 고글 옆 버튼을 누르자 고글 렌즈가 테 안으로 필름처럼 말려들어 갔다. 지금 유나의 인공안구 눈동자 색은 지현이 골라준 어두운 녹색이었다. 메신저로 착용샷을 서른 개쯤 보내준 뒤 한참 이게 낫니 저게 낫니 입방아를 찧다가 지현이 골라준 것. 그 이야기를 하자 지현은 혀를 길게 빼물며 투덜거렸다.

"그때 내가 얼마나 놀란 줄 알아? '사고 났어' 다음에 내가 막 괜찮으냐고 물어보는 거엔 대답도 안 하고. 그다음에 떡하니 보내는 메시지가 뭐? 인공안구 무슨 색으로 할까? 내가 살다 살다 너 같은 애는 처음 본다. 우리 할머니도 그거엔 기함하셨을걸."

지현의 할머니는 1년 전에 돌아가셨다. 상경한 유나가 일하던 중 가스버너 폭발 사고로 손과 눈을 다치기 전이었다. 유나는 일하느라 바빠 장례식에 가지 못했다. 다만 기억은 하고 있었다. 유나의 등짝을 냅다 후려치다가 고맙다고 하시던 할머니.

"정말 기함을 하셨을까? 등짝 때리고 골라주셨을 거 같은데."

"어쨌든 등짝은 맞았을 거야."

유나가 지현의 할머니에게 처음 등짝을 얻어맞은 것은 고등학교 1학년 때였다. 시험 끝나고 다 같이 노래방에 가자고 멤버를 모으다 지현이 끼게 되었다. 그 노래방 건물에 엘리베이터 있으니까 휠체어도 가져갈 수 있잖아. 유나의 말에 지현

은 휠체어가 안 되면 보행보조기구라도 끼고 가겠다고 맞장
구를 쳤다. 문제가 있다면, 지현이 너무 신나게 노느라 휴대
용 호출기를 눌러야 하는 걸 잊고 있었던 점이었다. 청소년
장애인은 안전 점검을 위해 2시간마다 호출기를 꼭 눌러야
하는 법이 있는데 말이다.

신나게 샤우팅을 하고 있을 때, 노래방 주인이 문을 열고
들어왔다.

"여기 휠체어 타고 온 애 이름이 혹시 최지현이냐?"

온 팔을 휘두르며 춤을 추던 지현이 머쓱하게 그렇다고 했다.

그러자 지현의 어머니가 한숨을 쉬며 노래방 주인 뒤에서
나타났다.

"최지현. 얼마나 찾았는지 알아? 빨간색 이상한 휠체어 탄
애 본 적 없냐고 동네를 다 뒤졌어. 이 건물에도 없었으면 경
찰 부르려고 했다."

빨간색 이상한 휠체어, 라는 말에 같이 노래를 부르던 친
구들이 키득키득 웃었다. 고등학생이 되어 받은 보급용 흰색
휠체어에 아크릴 물감과 매직으로 그림을 그리고 장식을 달
아준 건 친구들이었으니까. 유나는 뒷머리를 긁으며 고개를
숙였다.

"죄송해요. 지현이가 너무 신나게 놀아서, 저희도 연락드
리는 걸 잊어버렸어요."

"그래. 호출하는 거 잊어버린 게 지현이 잘못이지 너네 잘
못이니. 최지현, 너는 이번 시험 성적 두고 보자."

"아, 엄마 좀!"

항의하는 지현과 엄마가 돌아가고 일이 끝난 줄 알았는데, 정작 사건은 그 다음 날 일어났다.

복도에 웬 할머니가 지나가는 아이들마다 붙잡고 '이유나가 누구냐'고 물어보고 계셔. 웅성거리는 소리를 들은 유나가 의자에서 일어섰다. 무슨 일이지? 유나가 중얼거리자 지현이 잔뜩 겁먹은 눈치로 휠체어를 굴려 다가왔다.

"야, 우리 할머니인가 보다. 어제 집에 가서 나 대판 혼났거든. 같이 간 애들 이름 다 불라고 해서 네 이름 댔어."

유나는 눈앞이 깜깜해지는 것을 느끼며 복도로 나섰다. 왜 하필 나야. 근데 내가 지현이 끌고 가긴 했지. 그래도 고등학생이 노래방 간 게 뭐 그렇게 죽을죄라고 그런담. 적당히 혼날 각오를 한 유나가 할머니 앞에 서서 말했다.

"제가 이유나인데요."

"네가 지현이 친구 유나냐?"

"네."

"노래방 가자고 한 게 너지?"

"네. 그래도… 지현이도 재밌다고…."

우물쭈물하는 유나의 등에 할머니의 손바닥이 날아들었다.

"으악!"

"아이고, 이 녀석아. 어떻게 노래방 갈 생각을 다 해? 응? 우리 애가 다리도 불편한데."

"아, 아파요! 폭력 반대! 일단 때리지 말고 말로 하세요!

선생님 부를 거예요!"

항의하며 뒤로 물러나는 유나가 본 건, 눈물을 흘리고 있는 할머니였다.

"어떻게 우리 지현이랑 노래방 갈 생각을 다 했어. 장하다. 너무 고마워."

"예?"

아니, 최지현 노래방 되게 잘 가는데요. 걸린 게 처음일 뿐인데. 당황스러운 유나의 손을 붙잡고 할머니는 연신 고맙다고 하다 떠났다. 지현은 이야기를 전해 듣더니 '우리 할머니가 20세기에 태어나서 그래. 좀 이상한 데서 감동을 잘 하셔.'라며 고개를 절레절레 저었다.

✳

"그때 생각하면 지금도 쪽팔려."

휠체어가 고속버스 탑승도 못 하는 시대에 태어나신 분이니까 이해해야지. 내가 대학 간다고 했을 때도 엄청 우셨거든. 우리 교수님도 휠체어 타신다고 하니까 너무 좋다고 대학 본부에 오시려는 거 말렸다. 투덜투덜대며 휠체어를 조종하는 지현을 따라 유나도 낄낄거리며 걸었다.

경복궁 야간개장 입장은 30분 정도 더 기다려야 했다. 매표소 직원이 휠체어를 보고 '보호자가 없냐'고 묻자 지현이 휴대전화를 직원에게 내밀었다.

"여기 사진 보시면 오늘 야간개장은 휠체어 입장 가능이라

고 되어 있는데요. 보호자는 없지만, 휠체어를 탄다고 꼭 보
호자가 필요한 건가요? 저는 성인인데요. 게다가 요새 휠체
어가 못 들어가는 데가 어디 있어요."

직원이 곤란하다는 듯 대답했다.

"문화재는 문화재보호법 상 문턱이나 계단을 다 없앨 수가
없어요. 턱 넘는 게 좀 불편하실 거 같아서요."

지현이 고개를 끄덕였다.

"그렇겠네요. 그럼 제 친구가 왔으니까 얘를 보호자로 할게
요. 성인이고 고등학교 때 장애인 활동보조 교육 이수했어요."

직원은 유나를 올려다보다가 고글 너머의 진초록색 눈동
자를 마주했다.

"저기, 그쪽 분은…."

"저는 턱 잘 보고 잘 넘어다녀요. 이 휠체어 경량형이라 제
가 좀 도우면 문턱 넘는 건 괜찮아요."

그렇게 하세요. 승낙 후 직원이 멀어지자 유나가 지현과
눈을 마주쳤다.

"창덕궁은 후원 경사가 심해서 휠체어가 아직 못 들어가거
든. 그래서 일부러 경복궁으로 한 건데."

지현이 변명하자 유나가 왼쪽 손으로 뺨을 문질렀다. 엄지
와 검지가 플라스틱 관절로 된 의수였다.

"어쩔 수 없지. 문화재도 보호해야 하고 너도 보호해야 하고"

둘은 산책이라도 하면서 시간을 보내자며 경복궁 앞 인도
를 이리저리 돌아다녔다.

"계단 오르는 것보다 문턱 넘는 휠체어 보조바퀴가 먼저 나와야겠네."

아직까지 문턱이 있는 곳이 있을 줄은 몰랐어. 지현이 한숨을 쉬었다.

✳

"의수는 괜찮아? 추우면 막 얼고 그러진 않아? 나 핫팩 있어. 줄까?"

걱정스러워하는 지현의 질문에 유나가 고개를 저었다.

"좀 춥긴 한데 견딜 만해. 재활훈련도 열심히 해서 이제 의수로 가위바위보도 해."

"병뚜껑은 아직 못 따지?"

"그건 어려워. 오른손으로 따면 되긴 하는데, 나 원래 왼손잡이잖아."

"그러네. 왼손용 의수는 작업하기에 좀 힘들 거 같아. 사용자가 적으니까 개발도 느리고."

"괜찮아. 사람들 쳐다보는 거에도 익숙해졌고."

유나가 한쪽 입꼬리를 올려 웃었다.

"너랑 놀다가 사람들 시선을 엄청 받았잖아. 그거 덕에 사람들 시선이 이제 신경 안 쓰여."

휠체어가 원활하게 탑승하도록 교통수단이 변하고, 문턱이 사라지고, 인공안구가 시신경과 연결되어 빛 분간이 가능하게 되어도 사람들의 시선은 쉽게 변하지 않았다. 지현과 유나가 고등학생이었던 몇 해 전보다는 나아져 있었지만, 아직도 불쌍하다, 나는 저렇지 않아서 다행이다, 그런 말을 대놓고 하는 사람도 있었다. 그런 사람들이 이상한 거야, 라고 어릴 때부터 휠체어를 탄 지현이 유나를 위로했지만 소용없을 때도 많았다.

"우리가 엄청 설치면서 살자. 우리가 어른이 되면 더 나아질 거야."

사고 후 왼손 재활훈련이 너무 힘들다고 유나가 펑펑 울며 전화한 날, 지현은 그렇게 말했다.

✳

"너는 뭐 재밌는 일 없었어?"

휠체어 바퀴 휠의 야간등을 켜며 지현이 물었다.

"음, 별로. 아. 얼마 전에 나 자격증 시험 쳤거든? 그런데 시험 전에 전자기기를 다 끄라는 거야. 그런데 누가 '저 어깨 근육에 전류기 삽입했는데 꺼야 되나요?' 그러는 거 있지. 그 사람 말에 시험감독관이 넋이 나가 있는데, 서른 명씩 들어가는 시험장 안에서 열 명이 손을 든 거야. 저는 다리 근육에 전류기가 있어요, 저는 인공안구 안에 배터리 들어가는데요, 전류형 청신경 꺼요? 심폐보조장치 꺼요? 난리도 아니었어."

"대박. 시험감독관 비장애인이었나 보다."

"그런가 봐. 뭐, 그럴 수 있지. 근데 나는 고글 빼래. 고글이랑 스마트모니터 연결해서 컨닝하다 적발된 사례 있다고."

유나가 고글을 벗는 시늉을 하며 어깨를 으쓱거렸다.

"진짜 기술의 발전은 끝이 없고, 인간의 악용도 끝이 없다. 유럽에서 인공안구 안에 마약 넣어서 밀매하려다 적발된 사례 때문에 지금 인공안구 사용자 유럽 입국제한 걸렸잖아."

휠체어 바퀴가 빗자국을 남기며 광화문 앞 인도를 조용히 흘러갔다.

"오늘 야간개장 재밌었으면 좋겠다."

지현이 두 손을 호호 불며 말하자 유나가 맞장구쳤다.

"응. 나중엔 우리끼리 막 여행도 가고 그러면 좋겠다."

지현이 씩 웃었다.

"우주여행도 슬슬 가능하지 않을까? 유인우주탐사 다시 시작했잖아."

"오, 좋네."

입장 시간 10분 전을 알리는 소리에 둘은 걷던 방향을 틀었다.

우리 어디든 가자.

밤나들이든 어디든 우리 원하는 곳으로 가자. 2050년 오늘은 우리가 경복궁 야간개장으로 만족하지만, 나중에는 세계 어디든 마음대로 가버리자.

밤이든 낮이든 우리가 원하는 시간과 장소로.

미래에게 가르치다

데이터 레이블링, 소위 데이터 눈알 붙이기라고 불리는 아르바이트에 손을 댄 계기는 당연히 돈이었다. 중소기업에서 일하면서 월세를 내고 생활비를 내면 가계부 앱은 '조금 더 저축하세요!'라는 조언을 내뱉었다. 하지만 말이 쉽나. 줄줄이 떠오르는 투자 상품이며 주식 추천 종목을 보면서 나는 고개를 절레절레 저었다. 5천 원을 투자하면 12개월 이후 9프로의 이자를 받는다지만 12개월 후까지 기다리기엔 막막했다. 퇴근하고 나면 재택 아르바이트를 찾아 헤맸다.

블로그 원고 쓰기, 레포트 대필 아르바이트 등등 재택 아르바이트는 많았다. 하지만 그것도 직장을 다니며 겸업으로 하기에는 시간이 많이 들었다. 하루가 30시간쯤 되고 4시간만 자고도 쌩쌩한 몸이라면 몰라도, 스트레칭 할 때마다 아이고야 신음이 절로 나는 몸으로 밤을 새우면 결국 약값이 더 나간다는 사실을 나는 이미 알고 있었다. 그러다가 데이터 레이블링이라는 아르바이트를 찾았다. 이거 뭐, 돈 나가는 건 아닐까. 다단계 같은 건 아닐까? 혹시나 하는 마음에 '데이터 분석가'라는 타이틀을 단, 잘 나가는 친구에게 물어보자 친구는 자못 엄숙한 목소리로 대답했다.

"그거 괜찮아. 인공지능의 성장에 이바지하는 셈 치고 해라."

아니, 그러니까 내가 지금 이바지고 자시고 할 때가 아니라니까? 하지만 나에게는 27인치 모니터와 괜찮은 시력과 그럭저럭 움직이는 손이 있었다. 딱 그것만 있으면 할 수 있는 아르바이트였다. 사진을 보며 지정된 사물에 한없이 박스를 그리고, 또 그리고, 또 그리고. 박스 하나당 2백 원만 받는다 쳐도 매일 아침 털어 넣는 종합비타민 값 정도는 나올 듯했다. 그래서 호기롭게 사이트에 가입 신청을 한 나는 밤마다 박스를 그리는 작업에 몰두했다.

그리고 인공지능에게 뭘 가르치는 게 그렇게 쉽지만은 않은 거라는 사실을 깨달았다. 사흘 만의 일이었다. 도로에 차들이 줄줄이 늘어선 사진 한 장에서 서른여섯 개의 차량을 찾아내 박스를 그리며 나는 욕설을 다섯 번 내뱉었다. 똑같은 모양의 차들이 줄지어 안전운행만 하는 세상이라면 얼마나 좋으랴. 하지만 사진에는 겹친 자동차, 칼치기하는 오토바이, 무단횡단 중인 행인, 방치된 자전거가 섞여 있었으며 나는 세 살 조카와 대화하는 듯한 기분을 느꼈다. 이모, 저건 차야? 응. 차야. 저것도 차야? 응. 차야. 바퀴가 두 개 달린 거는 차야? 응. 차야. 그럼 자전거는 차야? 응. 이륜차야. 그런데 왜 사람 다니는 길로 막 달려? 그러게. 확 신고해버리고 싶다.

오토바이를 찾아서 박스를 치라는 프로젝트를 받았을 때는 울고 싶었다. 정말 세상에는 어디에나 오토바이가 있는 것 같았다. 나는 운전면허도 없는데, 저게 바이크인지 오토바이인지 스쿠터인지 어떻게 알아보란 말인가. 완전 자율주행 자동차에 사용될, 차와 행인을 구별하는 중요한 시스템의 근간이 될 거라는 친구의 위로를 듣는 것도 별 소용은 없었다. 반려, 반려, 반려가 쌓여갔다. 좀 더 타이트하게 박스를 그려주세요. 백미러를 가리지 않게 해주세요. 하, 씨. 크라우드 플랫폼이라더니, 이건 집단지성이 아니라 집단 노가다를 해야 하는 일이 아닌가. 그래도 초보 작업자가 할 수 있는 아르바이트는 별로 없었다. 포인트를 쌓아서 다음 단계 작업을 하려면 초보 작업자의 본분을 다해야 했다. 간신히 포인트 1만 점을 채워서 다른 단계의 프로젝트를 시작하게 되었을 때는 과장을 보태서 춤이라도 추고 싶은 심정이었다. 어쨌든 지나가는 모든 것이 데이터로 보이기 시작할 무렵이었으니까.

그다음 레벨에서는 요약이라고 할 수 있는 일들을 했다. 영상을 보고 핵심 구간을 태그했다. 웹툰을 5화 정도 보고 맞는 해시태그를 달았다. 매우 애매하고 귀찮은 작업이었다. 코로나 시국을 맞이하여 카페에 갈 수도 없고 독서실에 갈 수도 없는 환경이었다. 퇴근해 집 안에서 눈이 시리도록 뭔가를 보고 요약하는 작업은 이 세상에 얼마나 많은 콘텐츠가 있는지 느끼게 해주었다. 하지만 한편으로는 이런 생각이 들었다. 이걸 이렇게 요약을 하면 의미가 있나? 아니, 책 한 페이지로 설명할 수 있는 내용을 10분짜리 유튜브 영상으로 만들더니 이제 그 영상의 핵심 구간을 태그하라니 세상이 어떻게 돌아가고 있는 건가. 물론 내가 했던 작업들은 정보의 바다에서 소비자의 취향을 분석하고 맞춤 콘텐츠를 추천하는 데 도움이 되겠지만, 웹툰 태그 작업을 하고 나서 나는 보던 웹툰을 일주일 정도 끊었다. 사람을 어떤 일에 진저리 나게 하려면 그 일만 종일 시켜보면 된다더니 내가 딱 그 꼴이었다.

하지만 제일 싫었던 건, 단가가 꽤 높음에도 불구하고, CCTV로 촬영된 듯한 저화질 영상에 '폭력'과' 위험' 태그를 붙이는 일이었다. 이 일은 분석도 아니었고, 요약도 아니었다. 어디서나 있을 법한 후줄근한 골목길에서 사람들이 끊임없이 등장했다. 얼굴은 다 모자이크 처리가 되어 있거나 너무 화질이 낮아 알아보기도 힘들었다. 5분 정도의 영상 안에 별일이 일어나지 않으면 '없음'이라고 태그를 붙이고 제출했다. 하지만 결코 낮지 않은 빈도로 내가 태그를 붙여야 하는 일들이 등장했다. 사람 둘이 갑자기 서로 멱살을 잡는 사건이 나타나면 폭력. 술에 취해 대자로 누워 있는 사람이 나타나면 위험. 주먹질을 하면 그건 다시 폭력. 골목길에서는 정말 별일이 다 일어났다.

그리고 나는 수많은 고민에 시달려야 했다. 가이드라인은 명백하게 행동이 일어난 상황에만 태그를 달라고 했다. 하지만 수많은 애매한 상황이 존재했다. 사람과 사람이 멱살을 잡으면 폭력인데, 사람이 길고양이를 걷어차면 폭력에 해당하나? 그건 폭력이 아닌가? 한쪽이 고개를 푹 숙이고 있고 한쪽이 끊임없이 삿대질하며 다른 한쪽을 몰아붙이면 폭력인가, 아닌가? 목줄을 맨 개를 억지로 질질 끌고 가는 것은 폭력인가? 길고양이 사료가 든 듯한 그릇에 담배꽁초를 버리고 침을 뱉는 행위는 위험인가? 동물이 든 박스를 골목길 구석에 내려놓고 도망가는 행위는 폭력인가? 그렇지만 그런 애매한 상황들이 저화질 영상을 지켜보는 걸 그만두게 만든 결정적 요인은 아니었다.

어느 주말, 캔맥주 하나를 홀짝이며 영상을 쭉 보다가 어른 한 명이 아이의 팔을 끌고 골목길로 들어오는 것을 발견했다. 만약 저기서 어른이 아이를 때리면 폭력이다. 아이가 어른을 때리면 그것도 폭력이다. 나는 폭력일 가능성이 크다고 생각하고 태그 버튼을 누르려고 캔맥주에서 손을 뗐다. 하지만 어른은 아이를 때릴 듯 몇 번 손을 들어 올리다 가버렸다. 아이는 우는 건지 고개를 푹 숙이고 연신 얼굴을 훔치고 있었다. 나는 캔맥주로 다시 손을 뻗으며 중얼거렸다. 아, 아깝다.

'없음'으로 처리된 영상은 실제 폭력이나 위험 태그가 붙은 영상보다 단가가 낮게 책정되었다. 이해는 할 수 있었다. 이건 아마 CCTV와 연동된 인공지능이 특정 상황을 포착하면 경고음을 내거나 경찰을 부르도록 돕는 데이터 작업일 테니까 실제로 사람이 위험하고 폭력이 일어나는 상황에만 태그를 붙여야 하고, 그런 데이터가 더 '필요한' 데이터라는 걸 알 수 있었다.

나는 또 중얼거렸다. 때리면 폭력이니까 50원 더 받는데. 그 순간 나는 나 자신이 좀 혐오스러워졌다. 위험이나 폭력이 일어나기를 기대하는 사람이 되고 싶지는 않았으니까. 그리고 나 말고도 수많은 사람이 비슷한 작업을 하고 있을 테니까 나는 CCTV 관련 아르바이트 프로젝트에는 접속하지 않아도 되는 일이었다. 크라우드 작업이란 게 본래 그런 거였다. 내가 아니어도 누군가는 할 테니까 막대한 데이터 속에서 조용히 할 만큼 하고 떠나도 되는 일. 그러니까 나는 단계에 맞고, 적성에 맞는 다른 작업을 하면 되는 거였다.

하지만 한동안 다른 자잘한 일을 하면서도 나는 계속 의문이 들었다. 결국 우리는 우리의 현재 기준으로 폭력을 판단하고 있고, 그걸 인공지능에게 학습시키고 있다. 세상은 내가 살아가는 찰나에도 많은 것들을 폭력으로, 상해로, 위험으로 인정하고 있는데 우리는 현재의 기준을 미래에 학습시키고 있는 게 아닐까. 딥러닝을 아무리 한다 한들 인간이 폭력이라고 태그를 달지 않은 행동을 인공지능은 폭력이라고 인식할 수 있을까. 인공지능은 결국 사람의 기준보다 한 발짝 늦게 학습하고, 한 발짝 더딘 판단을 내리게 되지 않을까. 결국 데이터를 입력하는 것은 인간이니까. 이것은 바둑의 기보나 문학의 문장과는 또 다른 것이어서, 옳다 그르다를 가르는 인공지능의 판단이 인간보다 공정해지는 날이 올 수 있을까.

친구와 줌을 켜놓고 술을 마셨다. 직접 만나기는 어려운 시국이니 화상카메라로 건배라도 하고, 수다라도 떨고 싶었다.

"본업도 아니고 진짜 인형 눈알 붙이는 수준의 부업에 왜 그렇게 진지해?"

친구는 비난하기보다는 흥미롭다는 어투로 나에게 물었다.

"껄끄러워. 어쨌건 내가 한 작업으로 뭔가가 학습을 한다는 거잖아?"

"바퀴벌레 있을까 봐 컴퓨터 본체 청소 못 하는 소리 하고 있네. 아무 데이터도 주입하지 않으면 딥러닝도 못 해."

"그거야 그런데."

나는 말문이 막혀 캔맥주를 한 모금 마셨다. 친구가 턱을 괴고 카메라를 바라보았다.

"우리 회사 두꺼비 징계 먹었다."

친구의 말에 나는 반사적으로 박수를 쳤다. 두꺼비는 친구 옆 팀 팀장의 별명이었는데, 취미가 신입사원 트집 잡기였다. 이렇게 바짝바짝 군기를 잡아놔야 나중에 실수를 안 한다며 자랑스럽게 말하는 사람이었고, 친구도 몇 번 당한 적이 있었다.

"신입한테 소리 지르면서 서류철 모서리로 어깨 쿡쿡 찌르고 머리 때리고 손으로 민 거, 하나하나 동영상으로 찍어놨거든. 티 나게 설치하면 안 되니까 신입 책상에 공기계 하나 두고 CCTV 앱으로 연결해서 움직임이 감지되면 찍히게 했지. 기술 좋아졌더라. 그렇게 괴롭힌 게 한두 번도 아니라 증거 모이니까 직장 내 괴롭힘으로 인정받았어."

"잘했다. 진짜."

친구는 피식 웃으며 자신의 캔맥주를 마셨다.

"예전 같았으면 그냥 넘어갈 일이라고 하지만, 세상이 다르니까. 증거 있느냐고 우길 때 동영상 제출을 받았다고 하니까 얼굴이 확 굳더라고. 두꺼비는 사람만 우습게 본 게 아니라 기술도 좀 우습게 본 듯."

"그러네."

내가 맞장구치자 친구가 다시 턱을 괴었다.

"조금 늦어도 아예 아무것도 발전하지 않는 것보단 나을 거야. 내가 이런 말 한다고 네가 하는 걱정이 단번에 사라지진 않겠지만."

그래도 그 날은 오래간만에 푹 잘 수 있었다.

✳

띠링. 새로운 프로젝트가 오픈되었습니다. 나는 퇴근길에 터덜터덜 걸어가며 메일을 확인했다. 새 프로젝트가 생기면 이런 식으로 맞춤 메일이 오곤 했다. 이번 건수는 포인트가 4천이었다. 나는 와, 하고 스마트폰의 글씨를 키웠다. 4천이면 박스를 스무 개 치고, 스무 개 모두가 보류 없이 통과되어야 하는 포인트였다. 대체 뭐기에 그러나. 나는 상세요강을 확인했다. 그리고 윽, 짧게 신음을 내뱉었다. 일반인 사진 모집 프로젝트였다. 60대 사진이 4천으로 가장 많고 그다음은 24개월 이하 유아. 뭐, 애먼 데 말고 인공지능이 사람의 표정을 분석하는 데 쓰인다지만 사진 속 개인의 동의를 필수적으로 받아야 하고, 그러지 않아서 생기는 향후 문제는 모두 작업자가 책임을 지게 되어 있었다. 나는 '돈 벌자고 이렇게까지 해야 하나'라고 생각을 하면서도 내게 가장 가까운 60대 여성에게 전화를 걸었다. 엄마에게 전화를 했다는 이야기다.

역시나 엄마는 펄쩍 뛰었다.

"어휴. 데이터고 뭐고 해도 생판 모르는 사람들이 내 사진을 보고 분석한다는 거 아냐. 난 그런 거 싫어. 안 한다."

"엄마 아니면 아빠라도 좀."

"됐어. 할 거면 너네 외할머니 사진 갖고 해."

일가친척이 팔도며 외국에 뿔뿔이 흩어져 사는 터라 이모며 고모도 부탁하기 어려운데, 외할머니라니. 나는 순간 엄마가 말을 잘못한 줄 알았다. 그도 그럴 것이, 우리 외할머니는 85세까지 사시다가 3년 전에 돌아가셨으니까. 심령사진도 포함이 되나? 아니, 이런 걱정을 할 때가 아니었다. 나는 집으로 와서 엄마에게 전화를 다시 걸었다.

"외할머니라니, 무슨 소리야. 돌아가셨잖아."

"그래. 뭐, 증명사진 구도로 찍어야 된다며? 외할머니 영정 사진이면 딱 맞겠네."

"아이고, 어머니. 진심입니까."

생전에 외할머니는 엄마와 사이가 좋은 것도 나쁜 것도 아니었다. 나는 그렇게 알고 있었다. 늘상 온갖 간식을 들고 먹어라 먹어라 하고 날 쫓아다니시는 외할머니와 애 살찐다고 그만 좀 주라는 엄마의 타박 정도를 기억한다. 엄마는 외할머니가 돌아가시기 전 투병을 하실 때는 형제들과 돌아가면서 간병을 했다. 엄마는 외할머니가 장지로 갈 때 정말 바닥에 주저앉아 애처럼 엉엉 울었다. 그런데 지금 그 엄마가, 외할머니 영정 사진을 데이터로 써도 된다고 하다니. 이건 신종 부모 욕보이기인가 아닌가. 고인에게 개인동의서를 받을 수야 없겠지. 초상권도 상속되나? 나는 검지로 관자놀이를 꾹꾹 누르다가 두 번째 질문을 했다.

"60대라니까? 외할머니 80대에 돌아가셨어. 컴퓨터한테 보여주는 거라니까. 컴퓨터가 설마하니 80살이랑 60살을 구분 못 할까."

그리고 만에 하나 80대 이상의 얼굴을 수집하는 프로젝트가 열리면 그때는 포인트가 더 비쌀지도 모를 일이니 말이다. 하지만 엄마는 갑자기 우스운 일이라도 생각났는지 깔깔거리며 내 말을 가로막았다.

"너 정말 하나도 기억 안 나는구나? 2002년에 우리 딸, 몇 살이었더라? 열다섯 살?"

사정을 들어 본즉 이러했다. 외할머니는 죽는 날까지 스마트폰이며 컴퓨터는 가까이하지도 않는 분이셨지만 2002년 한일 월드컵 때만큼은 다르셨단다. 어릴 때 꼴도 보기 싫던 일본이랑 월드컵을 공동개최하는데 뭔가 해야겠다 결심을 하셨다고. 엄마 말로는 2000년 밀레니엄 새천년이 되면 우리 구주 내려오셔서 천년왕국 만드시리라 믿었는데 2002년이 되도록 천년왕국은 코빼기도 안 보이니까 실망하셔서 그런 거라고 하셨지만. 아무튼 그때 할머니는 영정사진을 찍기로 결심하셨더랬다. 그런데 영정사진을 혼자 찍기는 쑥스럽고, 마침 설이라고 외갓집에 다들 모인 날, 말씀을 하셨단다.

"나 더 늙기 전에 영정사진 찍을란다. 환갑도 넘었으니 언제 주님 품에 갈지 모르는데, 세상에 남은 얼굴이라고 한 살이라도 젊을 때 해야지. 마침 내 어릴 때 웬수 같던 일본하고 우리나라하고 그 뭐냐, 뽈도 같이 찬다며?"

당연히 생일날 무슨 영정 타령이냐고 집안은 뒤집혔다. 지금 생각해보니 월드컵을 공동 개최한다고 해서 한일전이 열리는 것도 아닌데. 하지만 그때의 기억이 전혀 안 나는 걸 보니, 나는 아마 사춘기라도 호되게 치르느라 귀에 이어폰을 꽂고 있었던 모양이다. 아무래도 집안의 큰어른이 찍으시겠다면 찍으셔야죠. 할머니가 딱 버티고 앉은 자리엔 풀도 안 날 만큼 고집 센 양반이었다는 건 나에게도 기억이 날 만큼 선명했다. 그리고 정말로 할머니는 그 해 5월에 한복 곱게 입으시고 영정사진을 찍으셨다고 한다. 그해 5월 31일, 한일월드컵이 시작되고 우리나라는 4강에 진출했다. 대—한민국. 짜작 짝짝짝.

"아니, 그래도 살아 계시면 88세시니까 되짚어봐. 2002년에 이미 70세신데?"

나에게는 간식 먹이려던 기억밖에 없는 외할머니지만, 그래도 사자(死者)의 존엄이라는 게 있지 않은가. 그때 나는 어떻게든 자기 대신 외할머니의 영정사진을 데이터 바다에 물방울 하나로 보태려는 엄마를 말리고 싶었던 것 같다. 음. 하지만 엄마는 한 번 더 한국 근현대사를 휘둘러서 날 한 방 먹였다.

"너네 외할머니 주민등록증에 다섯 살 어리게 올리셨어. 그러니까 서류상으론 60대야."

"뭐? 대체 왜?"

"아유, 그때야 뭐. 자기 나이 제대로 등록한 사람 반 올리고 내린 사람 반이었어. 엄마 지금 친구랑 통화해야 돼. 끊어."

아아아아. 그래. 나야 주민등록제도가 철석같이 자리 잡은 때 태어났다지만 우리 엄마도 주민등록제도 시행 전에 태어난 사람이었다. 그래서 3년인가 늦게 올라갔댔지. 그때야 지금처럼 딱딱 산모수첩 갖춰서 애 백신 맞춰라 건강발달 검사해라 학교 보내라 하는 시기도 아니었고. 1962년에 시행된 주민등록제도에 앞서 이미 우리 엄마를 낳았던 할머니 심정을 어찌 알랴. 아무튼 서류상으로도 인물이 60대요, 찍은 것도 무려 20년이 다 되어가는 영정사진은 대체 어디 있단 말인가. 마지막으로 외갓집에 갔을 때 휑한 방 안 외할머니 물건은 전부 사라져 있었다. 엄마에게 전화를 해보았지만 통화중이었다. 나는 네 평짜리 원룸에 가습기를 틀어놓으며 엄마에게 문자를 보냈다.

그래서 그 영정사진은 어디 있는 거냐고.

✳

"멀다, 멀어."

엄마가 알려준 곳은 납골당이었다. 나는 처음 들어가는 거였다. 외할머니를 납골당에 모시던 날, 날이 너무 추워서 애들은 차 안에 있으라고 했고 나는 조카들을 돌보느라 차 안에 남아 있었다. 그러니 납골당에 들어가보는 건 처음이었다. 요즘은 뭐, 납골 항아리를 땅에 다시 묻느니 납골함을 메모리얼 북으로 만드느니 온갖 게 다 있던데 외할머니가 있는 납골당은 그냥 납골당이었다. 탄탄한 전면 유리 장식장 안에 납골 항아리가 하나 있고, 할머니 사진과 외할머니가 생전 늘 쥐고 기도하시던 반질반질한 십자가가 하나. 진짜, 납골당에 와서 이런 불경한 생각을 하면 외할머니가 내 입에 넣어주시려던 약과로 맞을 것 같았는데 그래도 말하자면, 두 가지 생각이 들었다. 하나는 무슨 사물함도 아니고 참 썰렁한 곳에 외할머니가 계시다는 것. 하나는 납골함 앞에 하나씩 놓인 영정사진들을 보고 '와, 이거 다 찍어다가 앱에 올리면 대체 포인트가 몇 만이야?' 싶었다는 것. 외할머니의 납골함 앞에서 나는 휴대전화 카메라를 켜서 영정사진을 찍었다. 유리에 빛이 반사되어 희뿌연 점이 남아서, 몇 번이고 다시 찍었다. 에이씨, 하고 짜증을 내다가 나는 주머니에 있는 안경닦이를 꺼내

뽀득뽀득 외할머니 영정 앞 유리를 닦았다. 사진 속의 외할머니는 한복을 차려입고 입꼬리를 살짝 올려 웃고 계셨다. 확실히 내가 기억하는 외할머니의 모습과는 차이가 크게 났다. 20년이 지나면 노인도 늙는구나. 나는 외할머니 납골함을 뒤로하고 다른 사람들의 납골함을 둘러보았다.

새삼스러운 건, 죽음은 사람의 나이를 가리지 않는다는 거였다. 다섯 살도 안 되어 보이는 어린애가 눈을 동그랗게 뜨고 놀란 듯 찍혀 있는 사진도 있고, 교복 입은 학생이 두 손을 꼭 모아쥐고 찍힌 것도 있었다. 아마도 이 사람들도, 죽음은 누구에게나 나이 상관없이 닥쳐온다는 걸 알면서도, 이 사진이 자신의 영정이 될 줄은 몰랐겠지. 대체로 영정 안의 얼굴이 어릴수록 사람들이 함께 넣은 물건이 많았다. 사랑한다는 편지, 작은 장신구, 좋아하던 장난감 같은 것들. 나는 하, 하고 짧은 숨을 내쉬었다. 어쩌면 누군가는 정말 이런 곳만 돌아다니며 죽은 사람의 사진을 훔쳐다 데이터로 써먹을 수도 있겠지 싶었다. 하면 안 되는 일이지만 죽은 사람은 말이 없고, 하지 말란 짓을 인간이 모두 하지 않았다면 세계는 턱없이 평화로웠을 테니까. 사진이 연령대에 따라 이목구비의 위치, 피부의 탄력도, 골격으로 나뉘는 데이터 세계에서 죽은 자와 산 자가 무슨 차이가 있으랴. 나는 납골당 밖으로 나와 커피 하나를 뽑아 벌컥벌컥 마신 후 캔을 쓰레기통에 집어넣었다. 할머니의 영정 사진만 메모리에 남기고 나는 집으로 돌아왔다. 집 앞에서 번호키를 누르며 나는 엄마에게 전화를 걸었다.

"다녀왔어. 납골당."

"외할머니가 반가워하셨겠네. 그렇게 비쩍 말랐던 애가 이렇게 건장해졌으니."

"엄마는 거기 가? 난 별로던데. 괜히 으스스하고 찝찝해."

"엄마는 돈 좀 더 쓰더라도 추모공원에 묻어줘. 위에 꽃도 좀 심고."

드르륵, 문이 열리고 나는 안으로 들어가 신발을 벗었다.

"근데 할머니는 화장 싫어하시지 않았나? 전쟁 때 보니까 불이 그렇게 무서웠다고."

"미리 장지라도 사놓고 그런 말을 하셨으면 몰라도, 장지가 없는데 어쩌냐."

"집단 불효 아닌가. 청개구리 가족도 아니고."

나는 컴퓨터를 켜고 휴대전화를 연결해 사진을 불러왔다. 멀리서 찍고, 가까이서 찍고, 고화질로 찍고. 영정사진이라고 곱게 찍어달라고 땅땅 못을 박으셨다니 포토샵 처리를 했겠지. 그 영정을 한 번 유리 액자에 넣고, 그걸 또 납골당 유리 한 겹 너머에서 찍었으니 사진 화질은 떨어졌다. 그래도 이렇게 2002년 당시의 외할머니를 보는 것은 반갑기도 하고 그리운, 알 수 없는 무언가를 불러일으켰다. 포토샵을 켜서 사진을 되도록 선명하게 하고, 반사된 빛이며 외할머니의 머리 양옆에 있는 검은 리본을 살살 지웠다. 차라리 2010년대쯤 찍으셨으면 디지털 원본도 받았을 텐데, 20여 년 전의 사진 원본이 어디 있는지 누가 알겠는가. 아마 어디서 찍으셨을 지는 몰라도 그 사진관도 망했을 확률이 높았다.

검은 리본까지 지우고 나니 유리 너머로 반사된 다른 영정 사진이 보였다. 여성 노인이었다. 희미하게 보였지만 쪽까지 단정하게 찌고 옥색 한복을 차려입은 모습에서는 꼬장꼬장함 이 흘러나오는 것 같았다. 아마 저분도 미리 찍었겠지. 나는 마우스 휠을 돌려 그 할머니가 찍힌 부분을 확대해보았다. 딱 여학교 교장 선생님처럼 생기셨네. 입꼬리는 너무 희미해 보 이지 않았다. 하지만 다시 외할머니의 영정 사진을 다듬으면 서, 나는 그 할머니의 입꼬리도 올라가 있을 것 같다는 생각 이 들었다. 세상에 마지막으로 남길 사진이라면 웃는 게 낫지 않을까. 으으으 하고 나는 내 양 볼을 손으로 잡아 늘여보았 다. 입꼬리의 각도와 눈매, 얼굴의 주름으로 진짜 웃음과 가 짜 웃음을 가려낼 수 있다는 이야기를 들은 적이 있었다. 사 진관에서는 웃으라고 하고 웃음을 찍으니까, 어떻게 보면 증 명사진 속의 웃음은 가짜 웃음인 거였다. 하지만 이런저런 지 우개질로 다듬어낸 외할머니의 사진 속 웃음은 진짜 같았다. 찍은 당시에는 웃으래서 웃은 거였어도, 할머니 뜻대로 영정 사진이 되어 나를 보는 웃음은 진짜가 아닐까. 시간이 지나서 야 진짜가 된다니, 웃음이 무슨 묵은지도 아니고, 그저 말도 안 되는 가정뿐이라는 것을 알면서도.

"이거 영 가성비 안 나오네."

증명사진 모으기 프로젝트에 대한 내 감상은 그랬다. 멀리

경기도 어디까지 가는 버스 비용에, 외할머니 뵌다고 차려입은 옷에, 꽃다발에, 자판기에서 뽑아 마신 커피 한 캔 값까지 치고 포토샵으로 다듬는 시간까지 합하면 아무리 잘 봐줘도 적자였다. 정말 그 납골당에 있는 사진들을 다 쓸어 와서 데이터로 제출한다면 몰라도. 하지만 개인정보 보호법과 초상권 침해를 떠나서, 자기가 언제 죽어 어디 안치될지도 모르는 채로 찍은 그 사진들을 데이터 더미에 때려 넣었다가 무슨 에러라도 일어나면 골치 아프지 않을까? 아니, 물론 원한령이 있든 없든 컴퓨터 데이터가 오가는 서버를 조작할 수야 없겠지만. 있다면 그거야말로 진짜 SF와 오컬트의 콜라보레이션이지. 아마 천도제는 비트코인으로 치르겠군.

증명사진으로 수집된 데이터는 여러 곳에 쓰인다는 프로젝트 안내 메일을 나는 다시 한 번 꼼꼼하게 읽어보았다. 모 노인 대상 대화용 안드로이드의 얼굴 인식용, 표정 분석 로봇의 데이터용, 노인의 특징을 인공지능에 합성시키는 용도 등. 그렇군. 외할머니, 4천 포인트 감사히 받겠습니다. 나는 제출 버튼을 누르고 기지개를 쭉 켰다. 그리고 다른 프로젝트들을 훑어보다가 포토샵 창을 다시 열었다. 외할머니의 사진 옆에서 잘라낸 닳은 십자가, 멀리서 찍어 놓은 봉안당의 사진들이 남아 있었다. '저장하시겠습니까'에 '아니오'를 누르기 전, 조각조각 잘린 사진 찌꺼기들을 나는 보았다.

왜 그때 친구가 해준 말이 생각났는지는 잘 모르겠다. 증거가 모이니 됐다고. 친구는 징계위원회에 들어가 자기가 동영상을 하나하나 재생해가며 증언했다고 했다. 여기 소리 질렀죠? 폭언이에요. 파일 모서리로 머리 때렸죠? 폭력이죠. 사람들 다 있는 데서 공개적으로 망신 주는 거, 이거 인격 모독에 해당할 수 있고요. 그때 두꺼비는 그렇게 항변했다고 한다. 그래 봤자 여기 찍힌 게 폭력 하나, 폭언 하나, 인격모독 하나인데 하나쯤 실수할 수도 있지, 이렇게 사람을 소집하나? 징계위원회에서 친구는 말했다. 하나하나가 모여서 쓰리아웃이에요. 지금 권위적 관계를 이용해서 하급자에게 직장 내 괴롭힘을 시행하신 거죠. 한 사람의 고발만으로 이럴 수 있느냐는 호통에도 친구는 대답했다. 촬영 기획에 기획팀 신이수 사원, 촬영 카메라 프로그램은 제가 깔았고요, 피해자인 김진수 사원은 혼나지 않으려고 최선을 다했고, 사전에 우리 팀장님과 어떤 절차가 필요한지도 우리 팀 양소라 사원이 상담했어요. 한 사람의 증언이 아니라, 우리 모두가 목격자입니다. 이건 그냥 증거일 뿐이에요. 데이터라고요.

모아서 쓰리아웃이라. 외할머니의 사진에서 잘려나간 닳은 십자가는 그냥 십자가지만, 외할머니 옆에 놓으면 그건 그리움이 된다. 아이의 눈을 동그랗게 뜬 사진은 그냥 사진이지만, 그게 납골당에 놓여 있다면 영정사진과 안타까움이 된다. 합쳐지면 달라지는구나. 사진 한 장이 여러 개의 프로젝트에 쓰이는 데이터가 되는 것처럼. 나는 외할머니의 영정 사진을 60대 노인이라는 기준으로 분류했지만 무언가에게는 미소로, 무언가에게는 피부의 주름살로, 무언가에게는 자신이 우선 구해야 하는 노약자로 분류되기도 하겠구나. 나뉘면 달라지기도 하겠구나. 갑자기 좀 외할머니에게 죄송해졌다. 외할머니, 저는 아무래도 외할머니를 생각보다 많은 곳에 팔아먹은 것 같습니다. 4천 포인트로 할머니 납골당에 레쓰비 캔커피라도 하나 사 갈 걸 그랬나요. 생전에 마시면 잠이 안 오니 어쩌니 하셔도 냉장고에 항상 다섯 캔씩 구비해두시고. 제가 마시면 화내셨잖아요. 늙은 할미 주전부리 뺏어 먹는다고.

그러게. 나의 외할머니가 60대에 영정사진을 찍은 노인이고, 서기 2천 년 천년왕국을 믿는 개신교도였고, 80대까지 살다 돌아가셨고, 주민등록에 실제 나이보다 어리게 등재된 사실을 모두 모아 나의 외할머니가 되었듯이. 인공지능에게 하나하나를 가르치는 일은 더디고 답답해 보이고 현실보다 느린 속도로 걸어가는 것 같다. 그러나 내가 폭력을 가르치는 순간 다른 사람은 같은 데이터로 동물학대를 가르쳤을지도 모른다. 어디 사는 누군가는 몸짓으로 행동을 추정하는 알고리즘을 짰을지도 모른다.

데이터는 그냥 데이터지만, 나와 다른 사람들이 그것에 개입하는 순간 자료가 되니까. 친구 말마따나, 아무것도 가르치지 않으면 딥러닝도 되지 않겠지. 언젠가는 골목길 CCTV의 화질이 선명해지고, 아이의 우는 얼굴이 감지되고, 손을 올리는 어른이 폭력의 징조로 감지되어 아이를 위험에서 구할 수 있을지도 모른다. 길고양이를 학대하면 벌금이 나올지도 모른다. 희망하는 대로 되지는 않을 수도 있지만, 나는 미래에게 그렇게 바라기로 했다. 내가 박스를 치고 해석한 모든 것이, 데이터로 등록한 모든 것이 미래에게 안내자가 되기를. 개당 250원으로 내가 미래에게 공정함과 신뢰를 부여했기를.

지평선 그리티를 수묘스타

✦ 2020년 웹진 〈거울〉 발표

1. 아주 단단하니 살아야 한다

시외버스터미널 대기실, 큼직한 캐리어 두 개를 옆에 놓은 아이 옆에 할머니가 앉아 있었다. 귀찮음이 얼굴에 역력한 단발머리 여자아이 옆에서 할머니는 연신 손을 잡고 중얼거렸다.

"단단하니 살아야 한다. 니가 오래 못 살 거라 점쟁이가 그래서 이름도 바를 정에 돌 석자 정석이로 지었는데, 혼자 멀리 보내 함미가 어찌 살까 모르겠다. 하이고. 부모라곤 돈 벌러 외국 간다고 소식도 없고. 애가 고등학교 간다고 하는데 얼굴도 안 비추고. 하이고."

정석은 '안 들린다'를 속으로 중얼거리며 천장에 달린 구식 티브이에 시선을 고정시켰다. 할머니가 이름 이야기를 시작하면 20분은 걸리는데, 버스가 그 안에 올라나. 손을 슬쩍 빼자 할머니가 손목을 움켜쥐었다.

"니 내 얘기 안 듣제. 정석아. 응? 기숙사 밥 준다니 잘 챙겨 먹고, 주말마다 전화 걸어라. 알제."

"함미, 쪽팔리다. 내가 얼라도 아니고."

정석은 툴툴거리며 잡힌 손목을 잡아 뺐다. 버스가 들어오고 있었다. 정석이 일어서자 할머니는 정석의 귀를 잡아당겼다.

"그리고 니, 알제."

"뭐를 또."

정석이 캐리어 손잡이를 손에 쥐자 할머니가 목소리를 낮춰 말했다.

"다리몽둥이 부러졌다는 연락 오면, 그때는 고등학교고 뭐고 없다. 산에서 못 내려오는 거다. 니, 나하고 지장 찍었다."

정석은 어깨를 움츠렸다. 잡힌 귀가 아프기도 했지만 시뻘건 지장이 찍힌 종이가 눈앞에 선했다. 함미, 뭔 각서를 받아 왔나. 됐고 찍어라. 다섯 살부터 정석을 살펴 온 동네 의사가 보는 앞에서 정석은 붉은 인주에 손가락을 눌렀다. '나 지정석은 고등학교에서 한 번이라도 다리를 다칠 시 학업을 포기하고 할머니랑 살겠습니다.' 할머니가 귀를 놓아주자 정석은 캐리어를 끌고 버스 줄에 섰다. 줄 중간중간에 정석 또래의 아이들이 보였다.

초등학교가 분교 하나, 중학교도 분교 하나인 마을이었다. 고등학교부터는 다른 시로 다녀야 했다. 산촌이라는 게 그런 데가 한둘이 아니니 좀 큰 고등학교마다 기숙사가 하나씩 있었다.

버스에서 정석은 꾸벅꾸벅 졸다가 잠이 들었다. 고등학교에 도착하면 깨우겠지. '학생들 내려!'라는 소리를 듣고 눈을 떠보니 정석이 입학할 한울고등학교에 도착해 있었다. 입가를 손등으로 훔치며 내린 정석 앞에 '한울고등학교 신입생을 환영합니다'라는 현수막이 교문 위로 나풀거렸다. 크긴 크구마. 정석은 앞서 걸어가는 몇 명의 캐리어 부대 뒤를 졸졸 따라갔다.

"여학생은 진리관이에요. 2인 1실인데, 아직 도착 안 한 학생들이 있으니 며칠은 혼자 써야 할지도 몰라요. 바로 뒤 산에서 새나 벌레 날아와도 너무 놀라지 말고. 알러지나 주의사항 서류 더 없죠?"

"없어요."

건강한 게 장점이지. 정석은 1학년이 맨 위층이라는 설명을 듣고 501호 열쇠를 받아들었다. 높은 층이라. 낮은 층보다야 낫겠지. 산짐승하고 산새야 익숙하고. 그러나 정석은 기숙사 정문에 들어서 '엘리베이터 수리중'이라는 팻말을 마주하고, 할머니와의 약속을 깨버리면 안 될까 진지하게 고민했다.

"함미가 다리몽둥이 부러뜨리지 말랬지, 뛰지 말라고는 안 했는데…."

정석은 주변을 살폈다. 아무도 없나? 아직 2월이라 학생들이 입학하지 않은 탓에 기숙사 주위에는 사람이 없었다. 정석은 조심스럽게 건물 뒤로 돌아가 나무들 사이로 숨었다. 맨 꼭대기 층이 저 정도 높이면, 할 수 있을지도 모르겠는데.

정석은 크게 숨을 들이쉬고, 무릎을 굽혔다가, 쭉 펴며 뛰어올랐다.

"무리네."

다음 순간 정석은 3층 높이 언저리쯤 있는 나뭇가지 위에 올라서 있었다.

"두 번 뛰면 안 될라나. 아니다. 캐리어 들고는 이만큼도 못 뛰지."

그리고 여기서 더 뛰었다간 내 다리몽둥이는 진짜 부러질 거고.

정석은 한숨을 푹 쉬고 나무를 껴안았다. 아, 올라갈 때는 3층 높이까지 점프가 되면서 내려올 때는 위치에너지를 그대로 받는다니 너무 불공평한 능력이야. 둘 다 되든지, 둘 다 안 되든지. 정석은 얼굴을 찡그리며 옷에 붙은 나무껍질을 떼어 냈다. 이것도 문제야.

"무슨 가시나 옷이 가슴팍부터 걸레짝이여!"

내가 엄청 혼났지. 함미. 내가 뛰어내리면 다리가 부러지고, 나무 타고 내려오면 껴안고 내려와야 하니 옷이 찢기는데 어쩌겠나. 나도 아이언맨처럼 가슴팍에다 뭐 딴딴한 거 하나 붙이고 싶다. 캐리어에 있는 옷 중에 나무 탈 때 입을 만한 게 뭐 있더라. 정석은 캐리어를 챙겨 5층 계단을 하나하나 올라가며 고민했다.

요컨대, 안 뛸 생각은 요만큼도 없다는 이야기였다.

✳

　산으로 둘러싸인 마을 중에서도 가장 윗집. 또래는 한 명
도 없었다. 할머니 일하는 걸 따라가는 것도 하루 이틀이었
다. 낫이며 사다리 같은 위험한 물건이 많은 곳에서는 애를
데리고 오지 말라 하니, 별수 있나. 집에서 놀아야지. 정석은
집에 있던 낡은 만화책이나 무협 소설을 읽으며 빈둥거렸다.
어느 날, 일을 마치고 돌아온 할머니는 계단에 앉아 질질 울
고 있던 정석을 보고 소스라치게 놀라 달려왔다.

　"아가, 정석이 왜 우나. 벌에 쏘였나?"

　"함미… 나 다리 아프다."

　반바지 아래 드러난 다리가 부어 있었다. 이걸 어쩌나. 날
이 밝는 대로 할머니는 차를 몰고 병원으로 달려갔다. 의사는
눈물 콧물 질질 흘리는 정석의 다리를 진찰해보고 말했다.

　"금이 간 것 같지는 않은데, 어디서 굴러떨어졌나 보네요."

　"하이고. 나는 다리몽댕이라도 부러진 줄 알고. 감사합니
다. 차 빼 올게. 정석이 니는 여기서 기다리라."

　할머니가 안도의 한숨을 쉬며 나가자 정석은 기다리란 말
도 무색하게 진료실 밖으로 쪼르르 달려나갔다. 다리가 아직
부었는데, 안 아픈가. 장년의 의사는 진료실을 잠시 비워두고
정석의 뒤를 쫓았다. 정석은 날래게 병원 뒷마당으로 향했다.
의사가 뒷마당으로 들어서자, 정석의 모습은 보이지 않았다.
보이는 건 뒷마당 중앙에 옛날부터 있던 늙은 나무 한 그루뿐

이었다.

"정석아?"

의사가 두리번거리자 머리 위에서 목소리가 들렸다.

"네에?"

세상에나.

의사는 위를 올려다보고 허겁지겁 주변을 살폈다. 2층은 되어 보일 높이의 가지에 정석이 태연하게 앉아 있었다. 애가 저러다가 떨어지면 큰일인데. 정석은 다리를 까닥거리며 콧노래를 부르고 있었다.

"거, 거기서 뭐 하냐. 퍼뜩 내려와라."

"네에."

정석은 가장 빠른 방법으로 땅에 내려왔다.

"웃차!"

"아이고, 이놈아!"

뛰어내렸다는 소리다. 의사는 정석이 병원에 올 때마다 그때 오른 혈압이 아직도 안 내려간다며 잔소리를 했다. 다친 것 같지는 않았지만 높은 가지에서 발부터 착지한 아이가 무사할 리 없다는 생각에 의사는 정석을 안아 들었다.

"선샘미. 나 하나도 안 아픈데."

"거긴 어떻게 올라갔냐! 내가 분명히 바로 따라 왔는데. 아이고. 엑스레이 찍어야겠다."

"아니이. 안 아픈데요. 내려줘봐요."

정석이 옷을 잡아당기며 채근하자 의사는 반신반의하며

정석을 내려주었다. 정석은 씨익 웃더니 나무 앞으로 가 훌쩍 뛰어올랐다.

다음 순간, 정석은 아까 그 가지 위에 태연하게 서 있었다.

"함미네 집 책에서 봤어요. 하루에 옥수수 싹을 이백 번씩 넘으면 나중엔 하늘을 날고 그런단드마. 해봤더니 하늘은 못 날아도 이건 되데요! 어라… 샘미?"

정말 그때는 기절하는 줄 알았지. 의사가 뒷목을 잡고 쓰러지기 직전에 정석의 할머니가 나타났다. 정석의 할머니도 기겁하는 표정을 짓더니 정석이 다시 뛰어내리자 벼락같이 달려가 등짝을 내리쳤다.

"니가 고양이여, 청설모여! 어딜 겁도 없이 올라다녀!"

할머니. 지금 겁이 문제가 아닙니다. 의사는 그렇게 말하고 싶은 것을 꾹 누르며 둘을 다시 진찰실로 데려갔다.

"정석아. 사람은 하늘을 못 난다. 옥수수 싹을 이백 번이 아니라 오백 번을 넘어도 안 돼."

"그래요? 난 내가 백 번만 넘어서 이런가 했는데."

"집에 가면 그놈의 책들을 싹 불태워야지 원."

한 달간의 관찰 끝에 의사가 내린 결론은 '큰 문제는 없음'이었다. 점프력뿐만 아니라 다리의 회복 속도도 보통의 몇 배는 좋아서 간단한 염좌 정도는 하루면 낫는 체질이었다. 하지만 몸이 계속 자라도 다리의 회복 속도가 유지될지는 미지수. 게다가 낫는 게 빠를수록 큰 문제가 있었다.

"정석아. 네가 빨리 낫는다는 거는, 부러진 뼈도 빨리 붙는다는 거야. 그런데 뼈가 뚝 부러졌다가 잘못 붙으면, 그때는 양쪽 다리 길이가 달라지거나 다리를 못 쓰게 될 수도 있다."

이해를 못 하는 정석에게 순간접착제로 나무젓가락을 삐뚤게 붙여가며 설명을 거듭하자 정석은 앞으로는 뛰어 올라가더라도 천천히 내려오겠다고 약속했다. 다만 어린이들은 늘 눈앞의 이익에 홀려 약속을 잊기 마련이라, 서너 번 정도는 다리가 부러졌다. 마지막 한 번은 정석이 부러진 걸 숨기다가 기어코 뼈가 어긋나 붙기 직전까지 가는 바람에 한바탕 난리가 났다. 병원비도 병원비고, 엑스레이 결과가 하루가 다르게 변하는 걸 어떻게 진료기록에 남기란 말인가. 힘 조절하는 걸 익혀서 '그냥 뛰기'와 '높이 뛰기'를 구분하는 게 천만다행이었다. 정석이 초등학교와 중학교를 무사히 마치기까지 할머니와 의사, 간호사 일동은 함께 늙는 기분을 견뎌야 했다. 정석의 키가 크고 몸무게가 느는 만큼 회복속도가 더뎌지는 게 다행이라면 다행이었다. 의사는 할머니에게 '운동선수를 시키라'고 넌지시 권해보기도 했지만, 저 천둥벌거숭이를 어디 약장수가 잡아가면 잡아갔지 어떻게 운동을 시키느냐는 말로 할머니는 딱 잘라 거절했다. 사실 늘 노심초사하는 부분이기도 했다. 온갖 게 다 티브이에 나오는 마당에, 누가 애를 찍어서 방송국에 제보라도 하면 어쩌나. 유명해져 봤자 인생하나도 편할 게 없고 사람은 자고로 분수에 맞게 먹고 사는게 최고라는 게 할머니의 지론이었다.

덕분에 정석은 방송국의 눈도, 약장수의 눈도 피해 무사히 중학교를 졸업할 수 있었다.

이제부터가 문제였다.

2. 뒷산의 도원결의

남학생 기숙사 자유관 7층, 707호 조태연은 한숨을 쉬고 있었다. 입학식까지는 열흘이 남았고 2인 1실 룸메이트는 입학에 맞춰 들어올 모양이었다. 제발 그 자식은 아니어야 할 텐데. 누군가 7층 복도를 돌아다니는 것 같을 때마다 태연은 흠칫흠칫 놀랐다. 그 미친놈이랑 같은 방 되면 난 자퇴해야 돼. 진짜로. 조태연은 베개에 얼굴을 파묻었다. 같은 동네 놈이랑 한 학교가 되는 건 어쩔 수 없다 쳐도, 정말로 그놈은 마주치고 싶지 않았다. 제발 기숙사 말고 하숙집 가라.

입학식까지는 때 되면 주는 밥 먹고 통금 시간에 점호하는 것만 빼면 할 일이 없었다. 태연은 방문을 꼭 잠근 걸 확인하고 주머니 안에서 주사위 두 개를 꺼내 위로 던져 올렸다.

주사위가 공중에서 멈췄다.

하나, 둘, 셋. 속으로 3초를 세자 주사위는 땅으로 떨어졌다.

정말 별것도 아닌 능력이었다. 중학교 때 오락실에서 꼼수 쓸 때나 유용할 줄 알았다. 그래서 중학교 내내 별명이 크리티컬이었다. 격투 게임에서 지기 직전이면 귀신같이 필살기를 쓴다고. 아주 짧은 순간 상대 조이스틱을 안 움직이게 하면 그만이니까. 그냥 그 정도만 하려고 했다. 남들 눈에 띄지 않는 선에서.

"내 인생 왜 이러냐."

주사위를 주머니에 집어넣고 태연은 몸을 일으켰다. 뒷산 산책이나 나갈 생각이었다. 산길을 걸으면 마음이 안정되는 기분이었다. 바람에 흔들리는 나뭇잎을 멈추는 것도 재미있었다. 그러나 그 날, 조태연은 나뭇잎보다 훨씬 무거운 걸 멈춰야 했다.

진리관 501호의 강윤아는 뒷산 바위 앞에 쭈그리고 앉아서 답답해하고 있었다. 윤아의 앞에서는 어미고양이가 호소하듯 울고 있었다. 윤아의 귀에는 그 뜻이 고스란히 들렸다. 애기가 위험해. 도와줘. 도와줘. 고양이 말을 알아듣는다는 건 윤아의 비밀이었다. 알아듣기는 해도 고양이가 알아듣게 말을 할 수가 없으니 일방통행이었다. 뭘 어떻게 도와달라는 거야. 난 못 해. 못 한다고. 고개를 세차게 저었지만 어미고양이는 요지부동이었다. 말을 다 알아듣는 걸 이미 알고 있는 듯이.

"나도 엄마 있어. 도와달라고 해도 엄마가 다 도와줄 수 있는 거 아니야."

윤아는 서글프게 중얼거렸다. 고양이는 거짓말을 하지 않지만, 윤아가 감당할 수 있는 위험인지 아닌지 판단할 줄 모른다. 네 아이를 괴롭히는 게 무서운 사람이거나 그러면 어떡해. 그러면 나도 다친다고. 하지만 어미고양이는 더 소리 높여 울었다. 아이고. 이러다 기숙사 사람 다 나오겠네.

"알았어. 알았어."

따라가보기만 할게. 윤아가 몸을 일으키자 고양이는 빠르게 산을 가로질렀다. 야트막한 산이라고 해도 통통한 윤아에겐 힘겨운 속도였다. 부모님은 작은 슈퍼에서 팔다 남은 먹을거리를 버리기 아깝다며 집으로 자주 가져왔다. 먹성 좋을 때는 그게 좋았지만, 어느 순간부터 남은 음식들이 고스란히 살이 되었다. 기숙사 가면 남은 거 안 먹어도 되니까 살 빠질 줄 알았는데, 며칠로는 어림도 없네. 헉헉거리며 겨우내 쌓인 나뭇가지와 반쯤 썩은 낙엽을 밟으며 윤아는 앞으로 나아갔다.

정석은 나무 위에서 새끼고양이 한 마리를 안아 들고 고민에 빠져 있었다. 어째서 나는 고양이를 구하겠다고 2단 점프를 한 거냐. 목청이 터져라 울던 고양이는 정석이 한 번에 뛰기에는 높은 가지에 매달려 있었다. 중간에 다른 가지에 한번 올라갔다가 뛰면 넉넉히 고양이에게 닿겠다 싶어, 정석은 그렇게 했다. 중간 가지가 정석이 뛰는 순간 뚝 부러져버릴 걸 알았더라면 처음부터 시도도 하지 않았을 일이었다.

과학을 좀 더 열심히 배울 걸 그랬나. 정석은 품에 매달려 제법 편안해 보이는 고양이를 멍하니 쓰다듬었다. 나무줄기를 혼자 타고 내려가려면 어떻게든 할 수야 있겠지만, 고양이를 데리고 나무를 탈 자신은 없었다. 음. 이걸 어쩌면 좋나. 룸메이트가 있긴 했지만 이런 일로 전화를 하고 싶진 않았다. 좀 더 버텨볼까나. 얘가 잠이 들면 주머니에 넣고 내려갈 수도 있고. 한 뼘짜리 고양이가 여긴 어쩌다 올라왔냐. 정석은 하늘을 보고 중얼거렸다. 함미, 나 좀 살리라.

태연은 고양이가 바락바락 우는 소리를 듣고 그쪽으로 향했다. 산이라야 깊은 산도 아니니 길을 잃을 것 같지는 않았다. 산짐승이 나타나면 어쩌지 싶으면서도 태연은 계속 걸음을 옮겼다. 중간부터 뚝, 소리가 멈췄다. 아기 고양이 같던데 어미가 데려갔나. 태연이 걸음을 반대로 돌리려 할 때, 이번에는 제법 큰 고양이 소리가 들렸다. 어미인가? 그런데 왜 울지? 소리는 움직이고 있었다. 그리고 자신이 가는 쪽으로 향하고 있었다. 태연은 주사위를 한번 꾹 쥐어보고 속도를 높였다. 고라니 정도까지의 크기면 3초는 멈출 수 있겠지.

어미고양이는 윤아에게 빨리 좀 오라며 울었다. 윤아는 헉헉 숨을 몰아쉬며 이마에 맺힌 땀을 닦았다. 2월에 땀 날 일을 하다니, 세상에나. 강윤아 고생한다. 어미고양이는 한쪽을 바라보고 길게 울었다. 저기, 야. 윤아는 그 말을 듣고 무거운 다리를 질질 끌듯 걸어갔다.

정석은 이제 '다리 말고 다른 데가 부러져도 고향 내려간다고 했나?'라는 생각에 잠겨 있었다.

"어?"

나무 왼쪽 아래에서 당황스러운 듯한 목소리가 들렸다. 곧이어 휴대폰 라이트 빛이 정석을 비추었다. 고양이는 눈이 부신 듯 정석의 등 쪽으로 돌아가 발톱으로 붙었다. 얌마, 네가 그리로 가면 나보고 어쩌라고. 정석은 라이트를 끄라는 뜻으로 휘휘 손짓을 했다.

나무 위에 여자애가 있었다.

고양이 소리였는데?

태연은 위로 휴대폰 라이트를 비추었다. 여자애였다. 체육복 같은 걸 위아래로 걸친. 여자애는 손을 휘저었다. 알았어. 나도 너 발견했어. 태연은 응답하듯 휴대폰 라이트를 흔들었다.

"사람이야?"

윤아는 나무 위의 커다란 그림자를 보고 멈춰 섰다. 어미 고양이도 '저깄어'라고 길게 울었다. 쟤가 고양이를 해친 거구나. 윤아는 주변에 굴러다니던 돌멩이 하나를 쥐었다. 던지고 튀면 되지. 던지기 전, 윤아는 어미고양이 쪽으로 혀를 찼다.

"야, 이것밖에 할 수 있는 게 없다."

내가 슈퍼 과자 훔치는 애들 잡느라 돌멩이 던지다 소프트볼 투수까지 한 실력이야. 이 정도면 쟤도 찔끔하겠지. 윤아는 투구폼을 잡고 엄지손가락만 한 돌멩이를 나무 위 그림자를 향해 던졌다.

다리에 돌이 날아와 맞았다. 정석은 반사적으로 몸을 숙여 다리를 살폈다.

"저쪽에선 라이트를 비추더니, 이쪽에선 웬 짱돌이 날아와? 너네 쟀냐?"

다리를 보려는데 왜 몸이 이렇게 기울지. 잠시 생각하다 정석은 깨달았다. 아, 나 나무 위에 있었지. 망했다. 속절없이 정석의 몸은 땅으로 떨어지고 있었다. 정석은 눈을 질끈 감고 기도했다.

다리 대신 팔이 부러지는 게 낫겠어요. 등에 고양이도 있잖아요.

그리고 신은 팔다리 둘 다 부러지지 않는 자비를 베푸셨다.

"윽."

갑자기 무거운 물체를 정지시킨 태연에게 온 과부하를 제물 삼아.

어찌어찌 버틸 수 있는 무게였다. 지면에 닿기 전에 딱 3초만 멈추면 덜 다치겠지. 태연은 온 정신을 여자애에게 집중시켰다. 덜컥, 공기의 흐름이 한 곳에서만 멈추는 게 느껴졌다. 잠시 후 태연이 힘을 빼자 여자애의 고함 소리가 짜랑짜랑하게 울려 퍼졌다.

"야, 둘 다 나와! 웬 미친놈들이 남의 기숙사 뒷산에서 하이빔에 돌팔매야!"

하이빔 아닌데. 근데 너 괜찮냐. 태연이 다가섰다.

어둠 속에서 총알같이 어미고양이를 향해 날아오는 아기 고양이를 보며 윤아가 주춤주춤 나섰다.

태연의 노력으로 추락 후 충격이 대폭 줄어든 정석이 씩씩거리며 휴대폰 라이트를 켜 좌우를 비추었다.

"어, 너, 정석이야?"

얼씨구, 나한테 짱돌 던진 게 내 룸메라니. 정석은 어이가 없어서 허어, 하고 웃었다.

"저기, 제대로 멈춘 거 맞지? 많이 안 다쳤지?"

주춤주춤 다가오는 남자애가 하나. 그러고 보니 떨어지다 중간에 확 멈췄는데, 얘가 무슨 짓을 한 건가? 정석은 라이트를 태연 쪽으로 비췄다. 태연이 겁을 먹은 듯 주춤거렸다.

그리고 저쪽 아래에서 휴대폰이 아니라 제대로 된 라이트 빛이 날아들었다.

"기숙사 학생들이야? 거기서 뭐 해!"

씨, 경비 떴잖아! 소리는 자기가 질러놓고 정석은 있는 대로 신경질을 냈다. 그리고 아직 굳어 있는 태연과 자기보다 키는 작지만 족히 5킬로그램은 더 나갈 윤아를 잡아끌고 몸을 날렸다. 산에서 복숭아 따고 사과 상자 나르는 알바 하면서 다진 노동근육아, 일해라! 정석이 낮은 바위 두어 개를 훌쩍 뛰어넘어 몸을 날렸다. 경비원의 라이트가 다시 닿기 전에 정석과 둘은 제법 큰 바위 뒤에 숨을 수 있었다.

"정석아, 헥, 여기서, 뭐…."

"나인 줄 모르고 던진 건 맞냐? 아니, 그 전에 너 어떻게 찾아왔냐?"

"나, 난 왜 끌고 왔… 콜록콜록."

"너, 아까 나한테 뭐 했냐? 떨어지기 전에 멈췄는데."

정석이 쏘아보자 태연의 어깨가 움츠러들었다. 누가 노려보기만 해도 작아지는 건 질색인데. 이게 다 그 미친놈 때문이야. 정말 싫어. 짜증 나. 태연은 용기를 다 모아 받아쳤다.

"너, 뭐, 천하장사 같은 거야? 우릴 들고 어떻게 뛴 거야? 나무엔 어떻게 올라갔어?"

이상했다. 중간에 잡을 곳도 마땅치 않던 나무. 그 위에 올라간 것치곤 너무 태연하던 여자애.

정석은 뒷머리를 긁었다.

"함미가 떠들고 다니지 말라 했는데, 몸이 방정이여."

"야, 근데 우리 어떻게 내려가?"

해가 일찍 지는 겨울에 산이라 금세 추위가 찾아왔다. 덜덜 떨며 윤아가 묻자 정석이 떨떠름하게 대답했다. 그러게. 도망치다 보니 여기가 어딘지 모르겠다. 태연은 협상 카드를 내밀어야겠다고 마음먹었다.

"내가 길 찾을 수 있어. 그러니까 어떻게 된 건지 나중에 설명해줘. 너랑 너 둘 다. 그러면 데려다줄게."

빨리 안 내려가서 비상 점호라도 걸리면 골치 아팠다. 정석은 고개를 끄덕였다. 윤아도 이를 딱딱 마주치며 고개를 끄덕였다. 태연은 길눈이 밝아 다행이라고 생각하며 휴대폰 라이트로 발아래를 비추며 천천히 발걸음을 내디뎠다.

뒷산의 도원결의였지. 정석은 누군가 셋이 친해진 계기를 물어보면 그렇게 대답했다.

복숭아잎 하나 날리지 않는 2월의 뒷산이었지만.

3. 귀신보다 싫은 사람

기숙사 호실은 달랐지만 셋은 모두 1학년 3반이었다. 전체 인원의 삼분의 일 정도는 기숙사에서 지냈고, 나머지 중 몇은 시내 하숙집에 살았고, 대부분은 집에서 통학했다. 3월의 추위가 가시고 봄날이 되자 아이들의 경계심도 노곤노곤해졌다. 서로가 어디에서 학교에 다니건 상관없이 어울려 얘기를 했다.

"기숙사 방에 가보면 안 돼?"

"들어갈 때 경비 선생님이 체크해. 친구 데려오려면 주말만 될걸?"

"에이, 내가 주말에 학교를 왜 와. 안 가."

입을 뾰로통하게 내미는 유민의 행동에 정석과 윤아는 낄낄 웃었다. 키 크고 단단하게 생긴 정석과 작고 통통한 윤아가 룸메라는 것은 반의 재밌는 이야깃거리였다. 정석이나 윤아의 능력에 대해서는 아무도 몰랐지만.

유민은 의자 아래로 다리를 주무르며 투덜거렸다.

"기숙사에 귀신 나온다며. 나 괴담 되게 좋아하는데."

"그런 게 나와?"

정석은 처음 듣는 이야기였다. 윤아가 고개를 끄덕였다.

"아, 나도 들었어. 3층에 2학년 살잖아. 3층 창문을 새벽에 누가 툭, 툭, 툭 두드리고 지나간대."

"5층도 그랬어? 난 한 번도 못 들었는데."

정석이 묻자 윤아가 어깨를 으쓱했다.

"그랬다고도 하는데, 너나 나나 한번 잠들면 알람 울리기 전엔 절대 안 깨잖아. 우린 창문 밖에서 드럼을 쳐도 모를걸?"

"하긴 그러네."

정석은 뒷자리에 엎드린 태연을 쿡쿡 찔렀다.

"남자 기숙사에도 나와?"

"몰라…."

고개를 든 태연의 눈 아래 시커멓게 그늘이 져 있었다.

"네가 더 귀신 같다. 잠 못 자?"

"어… 요새 좀…."

태연은 얼버무리며 다시 고개를 파묻었다. 윤아가 혀를 찼다.

"잠 못 자면 상추 많이 먹어, 호두도 먹고. 편의점보다 시내에 그, 농협이 더 싸. 주말에 좀 사다줘?"

슈퍼 집 딸내미였던 전적답게 윤아는 어디엔 뭐가 좋다더라 하는 생활정보에 빠삭했다. 가격 정보도 물론. 기숙사에서 주말에 간식을 싸게 사려면 일단 윤아에게 묻는 게 먼저였다. 윤아는 자기네 슈퍼 매상 오르는 것도 아닌데 자기가 왜 이러는지 모르겠다며 멋쩍어했다.

"됐어."

태연은 엎드린 채 대답했다.

기숙사 귀신.

그게 뭔지 태연은 알 것 같았다. 하지만 되도록 자기가 생각하는 그게 아니길 바랐다. 그 미친놈이 자기를 괴롭히려면 굳이 여자 기숙사 창문을 두드릴 필요가 없었다. 남자 기숙사 창문만 두드렸겠지. 자유관 7층은 '사내놈들이 쪽팔리게 그런 거로 떠들어대냐'는 사감의 지시 때문에 아이들이 말을 안 할 뿐, 똑같은 일에 시달리고 있었다. 태연의 룸메이트도 머리만 대면 잠들어버리는 체질이지만 태연은 아니었다. 게다가 창문을 두드리는 소리는 톡, 톡, 톡이 아니라 명확히 메시지를 보내고 있었다. 타다다다닥, 타닥, 타다다. 5, 2, 3. 그게 뭔지 알 수가 없어서 태연은 더 머리가 아팠다.

제발 나 좀 조용히 살게 해줘.

그건 내가 막을 수 있는 일이 아니었다고.

이 학교에 입학했다는 소문은 없었다. 모든 반을 돌았지만 그놈과 똑같은 이름을 가진 애도 없었다. 그런데 밤마다 왜 와서 괴롭히는 거야. 차라리 귀신인 게 낫겠어. 태연은 진저리를 쳤다.

귀신일 리는 없었다. 살아 있으니까. 단지 특이한 능력이 있을 뿐이었다. 태연이 물체를 잠시 멈추고, 정석이 턱없이 높이 뛰고, 윤아가 고양이의 말을 알아듣는 것처럼. 그놈은 가벼운 물체들을 자유자재로 손대지 않고 움직일 수 있었다. 나뭇가지나 가벼운 돌이 두드리는 거라면 그놈의 장난일 터였다.

아주 나를 말려 죽이려는 건가.
아마 그럴 것 같았다.
돌로든 주먹으로든 때리고 싶었으면 진작에 두들겨 팼겠지.

태연은 그놈이 하루라도 빨리 그만두기를 빌었다.
태연의 소망과 반대로, 귀신 소동은 조용히 꾸준하게 계속되었다. 기숙사 창밖에 널어둔 수건이 밤사이 전부 날아가 높은 나뭇가지에 걸려 있는 날도 있었다. 경비 교사가 순찰을 밤마다 돌자 잠잠해졌다가, 순찰을 그만두자 다시 시작되었다. 스트레스로 자살한 학생이라느니, 터를 잘못 잡았다느니 흉흉한 소문이 돌았다.
소문이 사라진 건 뒷산에 사는 너구리가 발견되면서였다.
새벽에 견디다 못한 3학년이 창문을 벌컥 열고 '고3한테 무슨 짓이냐, 개새끼야! 귀신이고 뭐고 나 대학 가야 된다!'고 외쳤더니 산 중턱에서 붉은빛들이 번뜩였다고 한다. 소리를 지른 학생이 재빨리 핸드폰 플래시를 터트려 파노라마로 사진을 찍었다. 사진에는 너구리 떼가 기숙사 쪽을 쳐다보다가 후다닥 도망가는 장면이 찍혀 있었다.

"너구리가 호기심이 많아."

아침 조회 시간에 '뒷산에 덫을 놓겠다'는 말이 나온 이후, 새벽은 조용해졌다.

그 대신 태연의 앞으로 직접, 귀신보다 더 싫은 그놈이 찾아왔다.

＊

"조태연 자는데."

점심시간, 엎드려 비몽사몽 하던 와중에, 태연은 정석이 누군가에게 대답하는 소리를 들었다.

"에이, 잠깐만 깨울게. 나 얘랑 같은 중학교 나왔어."

목소리를 들은 순간, 숨이 턱 막혔다.

다음 순간 태연의 고개가 강제로 들어 올려졌다. 손으로 들어 올린 게 아니라, 보이지 않는 힘이었다. 질끈 감았던 눈을 억지로 뜨자 죽어도 보기 싫던 얼굴이 그 앞에 있었다. 옆 학교 교복을 입은 이세진.

"조태연, 오랜만이다?"

입이 열리지 않았다.

이세진은 싱글싱글 웃으며 태연의 어깨를 툭툭 쳤다.

"우리 학교 오늘 일찍 끝났거든. 너 이 학교 들어갔다며. 딴 애들 보는 김에 너 좀 보려고 왔지."

태연이 이를 악물자 이세진이 씩 웃으며 말했다.

"와, 몰랐는데 우리 학교 옥상에서 너네 학교 다 보이더라고. 중간에 작은 산 하나만 넘으면 바로 와."

이 새끼구나.

이 새끼 맞구나.

"친구들하곤 잘 지내?"

개새끼야. 너 때문에 잘 못 지내.

몸이 굳어서 아무 말도 못 하는 태연의 앞을 윤아의 손이 가로막았다.

"조태연 아픈 거 같은데, 그만 가지? 친구면 나중에 만나고. 우리 점심시간 다 끝나가."

"그래? 아쉽다. 그럼 밖에서 한번 보자."

이세진은 엎드리려는 태연의 팔 아래로 작게 접은 쪽지 한 장을 밀어 넣었다.

"폰 번호 바꿨어. 이리로 연락해."

할까 보냐.

태연은 이세진이 나가자마자 그 종이를 집어던지려다 멈췄다.

저 새끼가 나한테 대체 무슨 짓을 하려는지 좀 알아야겠어.

"너 진짜 아파 보인다."

윤아가 종이를 펴는 태연의 손이 벌벌 떨리는 것을 보고 중얼거렸다.

태연은 종이 안에 인쇄된 인터넷 신문 기사를 보고, 그대로 책상 위에 엎드렸다.

작년 5월 23일의 기사였다. 아주 작게 실린 지역 신문 단신. '상가 창틀에 물건 놓지 말아야'. 모 중학교 앞 상가에서 떨어진 화분이 학생을 덮치는 사고가 일어나 양궁부 2학년 학생 한 명이 부상을 입었다는 기사.

학생의 이름은 이세정. 기사엔 실리지 않았지만 태연은 그전과 후에 어떤 일이 있었는지 똑똑히 기억하고 있었다. 이세진과 세정, 태연까지 셋이 편의점에서 나오는 길이었다. 튀어나온 아스팔트에 발끝이 걸린 태연의 몸이 비틀거렸다.

"아, 좀 기다리라고!"

"싫거든?"

몸을 바로잡는 사이를 기다리지 않고 세진과 세정이 웃으며 앞서 가고 있었다. 그때 상가 건물 창틀에 위태롭게 얹혀 있던 머리 크기의 화분이 떨어졌다.

그 찰나가 5분처럼 길었다.

상가 쪽으로 걷던 세정의 어깨로 떨어지던 화분. 화분이 세정의 어깨에 닿기 전, 심겨 있던 화초가 먼저 허공으로 뜯겨나가던 일. 중심을 바로잡지 못하던 태연이 한발 늦게 화분을 멈췄지만, 이미 화분이 세정의 어깨를 내려친 뒤였다. 화분은 세정의 가슴께에서 잠시 멈췄다가 땅으로 떨어졌다. 세정이 어깨를 감싸고 쓰러졌다. 그보다 느리게, 뽑혀나간 화초가 땅으로 떨어졌다.

세진의 능력은 알고 있었다. 세진이 먼저 태연에게 자신의 능력을 자랑했으니까.

태연의 능력도 세진이 알고 있었다. 조이스틱 꼼수를 처음 알아챈 게 세진이었으니까.

세진의 동생이었던, 국가대표 양궁 선수가 꿈이던 2학년 이세정만 다쳤다. 쇄골 골절. 체전 유망주는 물 건너갔고, 아예 양궁을 그만둬야 한다는 진단을 받았다.

그냥 그것뿐이었는데.

세진이 세정을 많이 아끼긴 했다. 한 살 터울 남매가 그렇게 붙어 다니는 건 학교에서 유일했으니까. 세정의 대회 일정이며 사소한 간식까지 다 챙기는 세진은 학교에 소문난 '매니저'였다. 그렇다고는 해도.

겨우 1초만 빨랐으면 되는 게 아니었냐고. 세진은 태연에게 화를 냈다.

세진의 능력은 끽해야 책 몇 권 움직이는 게 전부였지만, 태연은 중학생 사내놈이 무식하게 꺾어대는 조이스틱을 멈출 수 있을 만큼 강했으니까. 계단에서 뛰어내리는 세정과 세진을 번갈아 멈추는 놀이를 자주 했으니까.

겨우 1초라고 해도.

나보고 대체, 어떻게 하라는 거야.

체전에 못 나가게 된 세정이 이제 대체 뭘 해야 할지 모르겠다고 펑펑 우는 앞에서, 세진은 태연을 노려보았고, 태연은 발끝만 보았다.

세진은 그 이후 노골적으로 태연을 괴롭혔다. 태연이 자신의 능력을 드러내는 걸 싫어한다는 걸 알면서도. 여름이, 가을이, 겨울이 지옥 같았다. 세진은 태연보다 키도 크고 힘도 셌고, 친구도 많았다. 세진이 '마음에 안 든다', '찐따 같다'라는 이유를 대는 것만으로 태연을 괴롭히는 것이 정당화되었다. 태연의 친구들도 같이 괴롭힘에 시달려 하나둘 태연에게서 멀어졌다.

모른 척 졸업해서 다른 학교로 가는 게 유일한 방법이었다.

태연의 속이 메슥거렸다.
내가 뭘 어떻게 하길 원해?

4. 너 대신 네 친구

태연은 살얼음판을 걷는 기분이었다. 고작 산 하나 너머에 있는 세진이 언제 다시 또 자신을 찾아올지 몰라 속이 조여들었다. 덩달아 답답한 건 윤아와 정석이었다. 셋은 휴일이면 산책 겸 뒷산 여기저기를 쏘다녔다. 뒷산의 낮은 지대는 학생들이 운동을 하러 다니는 구역이기도 했다. 높은 곳까지 올라가는 학생들은 드물었다. 별로 볼거리도 없고, 안전 때문에 곳곳에 감시 카메라까지 달린 산. 데이트를 하려고 해도 밖으로 나가서 하지 축축하고 벌레 많은 뒷산이랴. 바위에 걸터앉은 정석이 태연에게 물었다.

"너 개한테 돈 빌렸냐?"

무슨 소리야. 태연이 들고 온 음료수를 마시며 대꾸했다. 정석은 다시 물었다.

"지난번에 네 친군지 뭔지 왔다 갔잖아. 다른 학교 애. 그 다음부터 너 되게 똥마려운 강아지 같다."

"너는 꼭 말을 해도….'

태연이 투덜거리며 음료수 뚜껑을 닫았다. 사실이긴 했지만 비유가 그게 뭐냐.

"걔 너랑 친하냐?"

정석이 웃음기를 거두고 물었다. 태연은 꿀꺽, 침을 삼켰다.

"…왜."

정석이 긴장 풀라는 듯 손을 내저었다.

"별 건 아니고, 나 윤아랑 시내 나갔을 때 걔 봤거든. 너랑 친구 아니냐고 물어보던데."

태연은 머리가 지끈거렸다.

"나보곤 여친이냐고 물어보던데."

윤아가 옆으로 다가온 고양이의 턱을 긁어주며 웃었다. 2월에 윤아에게 새끼를 찾아달라던 고양이였다. 그사이 또 새끼를 뱄는지 배가 잔뜩 부풀어 있었다. 태연의 표정을 본 윤아는 피식 웃었다.

"아니라고 했으니 걱정 마."

무슨 속셈일까. 정말로.

윤아는 천가방을 집어 들고 바위에서 일어났다.

"태연이 너 먼저 내려갈래? 우린 얘랑 얘기 좀 더 하고 갈게."

애라는 건 고양이겠지.

"뭔 얘기를 하려고."

태연이 부루퉁하게 물었다.

"새끼 낳을 것 같잖아. 애 낳을 만한 자리도 봐주고, 방석이랑 사료 같은 것 좀 깔아주고 가게."

"산후조리원이냐."

"할 수만 있다면 그러고 싶지."

윤아가 천가방 안을 들여다보며 중얼거렸다.

"애들 산책로에서 좀 벗어난 데서, 안전하게 몸 풀게 도와줄 거야. 약한 짐승 괴롭히는 것들은 어디나 있더라고."

태연은 손을 흔들어 보이고 먼저 산에서 내려왔다. 해가 떠 있는 동안이면 둘도 알아서 길을 찾아 내려오겠지. 윤아는 고양이 말을 알아듣고, 정석은 제 한 몸은 물론이고 윤아까지 지킬 만한 애니 자신은 없는 게 나으리라 생각했다.

자유관 경비 교사에게 꾸벅 인사를 하다가, 태연은 문득 생각했다.

내가 없는 게 낫다고?

이상하다. 이 감각, 예전에도 느낀 적이 있는 것 같은데. 그것도 아주 어둡게.

"신경과민이야."

휴일이니 잠이나 자야겠다. 태연은 잊어버리려 애썼다.

＊

 그다음 주 내내 윤아는 틈만 나면 뒷산으로 올라갔다. 감시 카메라도 피하고, 애들도 피할 곳에 자리를 만들어줬다며 뿌듯해했다. 시내 마트에서 고양이 캔도 왕창 쓸어 왔다고 했다. 정석은 자기 용돈도 고양이 산후조리에 털렸다며 울상이었다.

 "우리 함미가 고양이 먹이라고 용돈 줬냐고."

 그래도 좋은 게 좋은 거지. 뒷산에 쥐가 들끓는 것보다야 낫지 않겠냐. 태연은 매점 빵을 건네주며 위로했다. 그 주 금요일, 윤아는 퀭해진 눈으로 히죽히죽 웃으며 태연에게 브이자를 그려 보였다.

 "새끼 낳았다."

 "어, 봤어? 사진은?"

 태연이 사진이라도 보여달라고 하자 윤아는 코웃음을 쳤다.

 "짐승이 새끼 낳으면 얼마나 예민한데. 나도 못 봤어. 말만 해주고 후다닥 갈 길 가더라."

 그렇단 말이지. 태연은 고개를 주억거렸다. 다행이네.

 잘 됐어.

 어미고양이가 새끼를 직접 보여주진 않아도 윤아가 가져다주는 음식은 먹으러 오는지, 윤아는 사나흘에 한 번씩 새끼고양이 얘기를 전해주었다. 애들도 한 달쯤 지나면 돌아다닐 수 있을 거야. 그때 가서 보면 되지. 용돈만 뜯기고 새끼고양

268

이 꼬리도 못 봤다며 시무룩해하는 정석의 등을 툭툭 두들기며 윤아는 연신 싱글벙글하였다.

"야, 저출산 시대에 큰일 했다 쳐라."

"인간이냐, 고양이지? 너 고양이들 젖 떼면 중성화시킬 거라며."

"개체 수 조절을 해야 되잖아!"

잘도 싸우네.

이세진은 포기한 걸까. 태연은 더위가 강해지는 운동장을 내려다보며 생각했다.

그러면 좋겠는데.

5. 폭력은 가장 약한 자에게

오산이었다.

몇 주 후, 태연은 눈이 새빨개진 채 울고 있는 윤아를 보고 탄식했다. 밤새 울었는지 정석의 눈 밑도 어두침침했다. 게다가 하복 소매 아래로 드러난 윤아 팔의 상처. 태연은 죄책감에 어떻게 된 거냐 묻지도 못하고 우물거렸다. 이건 전부 내 탓이야. 윤아는 울 만큼 울었는지 코밑을 훔쳤다.

"고양이 집, 부서졌어."

윤아가 이를 으드득 갈았다.

"아직 젖도 안 뗀 애들이 있는 집에 돌을 던져? 어떤 미친

놈인지 잡히면 내 손에 죽는다."

"팔은 왜 그래."

태연이 떨리는 목소리로 물었다. 윤아는 딱지가 앉은 팔을
흘긋 쳐다보았다.

"고양이 집 보러 갔는데, 어디서 돌이 날아오더라고. 고양
이는 다 피한 것 같은데."

당분간은 겁을 먹었으니 고양이들이 나타나지 않을 거라
며 윤아는 툴툴거렸다.

"인간이 왜 그러냐. 왜 고양이를 괴롭혀. 걔네가 무슨 잘못
을 했다고."

아냐.

고양이가 아니라.

태연은 눈을 질끈 감았다.

'나는 빠져도 된다'는 생각과 함께 올라오던 스멀스멀한 어
둠이 무엇인지 알아버렸다. 중학교 3학년, 세진은 태연뿐만
아니라 태연과 함께 다니던 아이들까지 괴롭혔다. 태연의 곁
에 아무도 남지 않도록. 폭력과 더불어 외로움까지 얹어주려
고. 아이들의 수군거림까지 듣게 하려고. 그걸 더 일찍 기억
했어야 했다. 세진이 자신만 괴롭히지 않으리라는 걸. 태연이
아픈 것 같다며 앞을 막아선 윤아. 시내에서 친구냐고 물어봤
다고 했지. 그건 인사가 아니라 타겟을 확인한 거였다.

왜 대체 이렇게까지.

태연은 주춤주춤 말을 꺼냈다.

"나 때문이야. 나 때문에 윤아 너랑, 고양이들까지 괴롭힘을 당한 거야."

"무슨 소리야?"

아. 결국 이렇게 되나. 윤아의 날 선 목소리에 태연은 크게 숨을 들이켜고 고백했다.

"이세진도 초능력자야."

내가 걔한테 미움을 사서 그래. 걔 동생이 나 때문에 다쳤거든. 산 뒤가 걔네 학교야. 산 위에 서면 네가 어디 있는지 보였을 거야. 네가 고양이를 찾아가는 것도. 이세진도 가벼운 돌멩이 정도는 날릴 수 있어. 안 보이면 망원경이라도 썼겠지. 미리 말을 안 해서 미안해. 네가 다칠 줄은….

"정말로 몰랐어."

나도 잊고 있었어. 너무 힘든 일이라.

텅 비어버린 것 같은 마음으로 태연은 눈을 감았다.

따악, 옹골진 주먹이 태연의 정수리에 내리꽂혔다. 억 소리도 나오지 않을 만큼 정확한 타격에 태연은 눈을 뜨는 대신 제자리에 주저앉았다. 아, 이건 제대로다. 정수리 쪼개지는 줄 알았네. 눈물이 찔끔 나는 걸 참고 눈을 뜨자 어이가 없다는 표정을 한 윤아와 정석이 보였다. 주먹을 쥐고 있는 것은 정석이었지만 윤아도 나이스 타격이라며 파이팅 포즈를 하고 있었다.

"생각보다 완전 개찌질이네!"

정석의 호통이 텅 빈 교실에 울렸다. 태연은 고개를 주억거렸다.

"알아. 나 개찌질이야."

"아, 너 말고! 그 새끼 이름 뭐야?"

"이세진?"

얼떨떨하게 태연이 대답하자 윤아가 창문을 확 열어젖히고 소리쳤다.

"이세진 이 개찌질아! 상한 양파 훔쳐먹고 식중독으로 앓다 죽을 새끼!"

슈퍼 딸이라더니 욕 한번 실생활 밀착형으로 하네. 정석이 앉아 있는 태연의 멱살을 잡아 일으켰다.

"그 새끼 뭐야? 화분이 떨어진 게 화분을 거기 놓은 사람 탓이지, 네 탓이냐? 어? 네가 없었으면 지구 중력을 저주했을 거야? 그건 화풀이지! 1년도 넘은 일을 찌질하게 끌고 와서 윤아까지 괴롭히는 건 찌질하단 말로도 모자라고!"

"뭔 시들어빠진 오이 같은 새끼가!"

정석과 윤아의 욕 콤비네이션에 태연은 오히려 얼떨떨해졌다. 속사포처럼 생활 밀착형 욕설을 쏟아부은 둘이 씩씩대다가 태연을 향했다.

"조태연, 하나만 확인하자."

머리 하나는 더 작은 윤아가 태연의 눈을 올려다보았다.

"이세진 말고 걔 동생이 너 원망했냐? 네가 잘못해서 자기가 다쳤대?"

"그건, 그건 아니지만."

이세정은 단 한 마디도 태연을 원망하는 말은 하지 않았다. 태연과 세진의 초능력을 알면서도, 자기 꿈이 날아간 걸 슬퍼하고 우울해하면서도 태연의 탓은 한 적이 없었다.

"당연하지! 네 잘못이 아니니까!"

윤아가 주먹으로 태연의 명치를 훅, 올려쳤다. 정석만큼은 아니지만 단단한 펀치였다.

"투수가 사람을 패면 쓰냐."

정석이 워워 소리를 내며 윤아를 뒤로 끌어당겼다.

윤아가 분을 못 이겨 바닥을 발로 굴렀다.

"네가 잘못했으면 동생이 말을 했겠지! 이세진은, 그냥 널 괴롭힌 거잖아! 자기 힘이 약해서 동생을 못 도와준 게 아니라고 자기합리화를 하는 거잖아!"

그렇게 생각할 수 있구나.

그렇게 말해주는 사람이 있구나.

한 대씩 맞은 정수리와 명치 말고도 목구멍이 울컥 뜨거워졌다.

"진짜 개찐따새끼. 야, 걔네 학교에 꼰지를까? 이거 학교 폭력 아니냐?"

"참아라. 윤아야. 그러다가 태연이부터 초능력 소년으로 '세상에 이런 일이' 출연한다."

"난 평화롭게 살고 싶어…."

농담을 섞은 태연의 말에 셋이 피식 웃었다.

✳

태연은 자유관 707호 침대에서 뒤척였다. 세진에게 괴롭힘을 당하면서도 막상 세정이 자신을 어떻게 생각하는지 한 번도 고민해본 적 없다는 게 새삼스러웠다. 당연히 싫어할 거라고 생각했다. 원망스러울 거라고. 그 일 이후로 연락 한번 해본 적이 없었다. 같은 학교니까 그래도 마주쳤을 텐데. 마주쳤을 때 어떻게 했는지 기억이 나지 않았다. 자신이 먼저 도망친 것 같았다. 어쩌면 정말로, 정말로 세정이 자신을 원망하는데, 원망하는 말조차 할 수조차 없어서, 세진에게 자신을 괴롭혀달라 부탁했을 수도 있다는 생각도 들었다.

그러나 그런 경우라고 해도, 윤아와 고양이들이 돌을 맞고 보금자리를 빼앗길 이유는 없었다.

정석이 한 말이 떠올랐다.

"넌 어떻게 할래?"

복수하라고 강요하지 않았다. 복수하지 말라고도 하지 않았다. 윤아는 잘 모르겠다고 했다. 나한테 돌을 던진 게 걔가 맞는지 정확히 모르잖아. 확인을 해야 따지지. 모든 건 심증이었다. 아귀가 잘 들어맞지만 진실이라 단언할 수도 없는 심증. 그렇다면 이 모든 걸 정확하게 아는 건 누구일까. 감시카메라에도 닿지 않는 곳에 보금자리를 꾸린 고양이에게 물어봐야 할까.

고양이에게 물어본다고?

"고양이!"

태연이 벌떡 일어났다. 룸메이트가 미쳤냐고 버럭 소리를 질렀다.

있다. 증언할 수 있는 존재가.

그 존재의 말을 알아들을 수 있는 사람도 있다.

태연은 오랜만에 푹 잠들었다.

6. 바늘 도둑은 처벌받지 않으니까

태연이 '증언을 들을 수 있다'며 둘에게 말을 꺼냈을 때, 둘의 반응은 의외로 미적지근했다. 정석은 '멀리서 돌을 던졌으면 고양이도 못 봤을 거다'라고 했고 윤아는 '고양이는 사람의 인상착의를 서술할 수 없다'고 했다. 게다가 집을 잃은 고양이는 어디로 숨어버렸는지, 사료를 뿌려주면 다음 날 사라져 있으니 먹었구나 할 뿐 윤아에게도 다가오지 않는다고 했다. 게다가 정신적 육체적으로 타격을 받은 고양이를 찾아내서 증언을 해달라고 하는 건 영 못 할 짓이었다. 숨은 고양이를 인간이 어떻게 찾나. 태연은 모처럼 달콤하게 잔 밤이 다시 멀어지는 것 같았다.

"인상착의를… 몰라?"

"고양이가 무슨 카메라야? 키 170에 무슨 교복 무슨 명찰

단 사람이 돌 던졌어, 이렇게 말하는 줄 알아?"

윤아가 책상에 올라앉아 발을 까딱거렸다.

"난 고양이 통신기가 아니야. 고양이가 하는 말을 알아만 듣는 거고, 사람이 쓰는 말을 고양이가 전부 알지도 못해. 만약에 고양이가 그렇게 말을 할 줄 알았으면 내가…."

윤아가 입을 다물었다.

둘이 침묵을 지키자 윤아가 조그맣게 말을 이었다.

"동네 고양이 괴롭히는 놈들을… 다 내 손으로 패버렸겠지."

"학교나 경찰서에 신고하는 게 아니라?"

정석이 묻자 윤아가 정석의 옆구리에 펀치를 날렸다. 기습 공격을 당한 정석이 허우적거리다 요란하게 넘어졌다. 윤아가 지긋지긋하다는 표정으로 소리쳤다.

"고양이 괴롭힌 걸 사진으로 찍어서 학교에 가져가도 눈도 깜빡 안 하더라!"

그 정도냐. 정석이 비틀거리며 일어섰다. 윤아는 분통이 터진다며 가슴을 쾅쾅 쳤다.

"슈퍼에서 과자 훔치는 거? 고양이 괴롭히는 거? 동네 개 발로 차는 거? 다 애들이 그럴 수도 있지 않냐, 애들 그러면서 크는 거라고 좋게좋게 넘어가래! 바늘 도둑이 소도둑 된다며, 바늘 도둑은 도둑도 아닌 줄 알아. 진짜!"

"심한데. 하긴 나도 동네 나무 뛰어오르다 들켰을 때 함미가 안 혼냈으면 지금쯤 인신매매단에 팔려갔을 거다."

"넌 할머니 얘기 할 때만 혀가 짧아지더라. 함미가 뭐야."

"버릇이라 그래. 어머니 아버지 함미야."

정석과 윤아가 주거니 받거니 투닥거리는 동안 태연은 고민했다. 정말 방법이 없나? 고양이가 도와줘, 배고파, 아파 정도만 말한다니. 아니, 애초에 고양이가 하는 말을 윤아가 알아듣는다는 걸 누가 믿겠어. 알리고 싶은 사실도 아니고.

그러다가 태연은 2월의 첫 만남을 떠올렸다.

"윤아야, 이번에 다친 어미고양이가 2월에 너보고 도와달라고 한 그 고양이지?"

정석과 윤아가 태연 쪽으로 고개를 돌렸다.

"응. 그러니까, 보자… 2월에 정석이가 나무에 올라간 그때? 그 새끼고양이가… 촌수가… 이번에 집 박살 난 애기들한테 형제지."

"걔가 혹시 알고 있지 않을까?"

"고양이가 인상착의를 설명할 수 있는 게 아니라니까?"

"물어나보자고."

할 수 있는 일도 없는데 앉아 있으면 답답하잖아. 태연의 설득에 둘이 넘어가 셋이 함께 뒷산을 헤매게 되었다.

독립한 고양이는 어미와 다른 영역에서 지낸다. 그건 셋이 찾아야 할 고양이가 뒷산에 있는지 없는지도 불확실하다는 이야기였다. 찾는다고 방송을 할 수도 없고, 이걸 어쩌나. 뒷산을 휘젓고 다니다 지친 셋은 헉헉거리며 주저앉았다. 여름 초입에 이게 무슨 꼴이야. 정석이 땀 흐르는 이마를 손등으로 닦으며 구시렁거렸다.

"고양이 말을 배우든 해야지 진짜."

"고양이한테 야옹, 해봐라. 알아듣나."

"어릴 때 많이 해봤지. 저게 뭐라는 거야 하는 표정으로 보고 가던데."

정석이 제법 그럴싸하게 고양이 흉내를 냈다. 와아옹, 미야아아. 고양이 대신 산비둘기가 푸드덕 날아올랐다.

"비슷하긴 한 거 같은데…."

제일 체력부족인 태연은 거의 바닥에 엎드려 있었다. 아, 죽을 거 같네. 진짜 어디서 고양이 하나 데려올까. 비척비척 일어서며 '이게 대체 뭘 하는 건가'라는 상념에 빠지기 직전, 정석의 목소리가 태연의 머리를 때렸다.

"유튜브 보면 사람 말 하는 고양이도 많잖아."

태연이 고양이를 떠올렸을 때처럼 바닥에서 튕기듯 일어났다.

"그거야! 고양이 유튜브!"

"…너 지금 날 아주 학대하기로 작정을 했나 본데."

태연의 아이디어를 들은 윤아는 이마를 짚었다. 말인즉슨, 지금 가장 필요한 고양이 언어는 '이리와'와 '괴롭힌 사람 봤어?'인데 윤아는 알아듣기는 해도 말하기가 불가능한 상태였다. 대한민국 영어교육의 현주소 같군. 그래서 태연이 주장하는 방법은 유튜브에서 고양이 소리가 나오는 영상을 찾은 다음에, '이리와'를 말하는 고양이 영상을 틀어보자는 거였다.

윤아는 기겁했다. 유튜브에 고양이 영상이 수억 개는 될 테고, 그걸 다 들어보고 '이리와'를 구별하라고? 너 무슨 타자 칠 줄 아니까 소설 쓰라는 얘기를 하나? 그러나 태연은 애걸복걸 빌다시피 했다. 검색어만 잘 찾으면 오늘 하루 내로 찾을 수 있을 거다, 후보를 최대한 줄힐 테니 한 번만 해보자, 이 이상 뒷산을 헤매면 내가 기절할 거 같다…. 마지막 부분에서 정석도 고개를 끄덕였다.

"영상만 찾으면 내가 들고 뛰어다니면 되잖아. 체력이 내가 제일 좋으니까."

"몸만 쓰시겠다 이거죠."

"너넨 몸도 못 쓰잖아. 첫날에 내가 너희 둘을 들고 뛰었어."

열렬한 설득 끝에 윤아가 두 손을 들었다. 조건이 붙었다. 절대 스무 개 이상의 영상은 보지 않겠다는 거였다. 후보를 추리는 건 태연이 맡기로 했다. 집에서 고양이를 길렀으면 좀 도움이 되었을까. 태연은 밤 시간을 이용해 이어폰을 끄고 고양이 영상의 바다를 헤엄쳐 다녔다. 좀 더 자세히 표현하자면, 주먹만 한 산소통 하나 지고 마리아나 해구를 돌아다니는 기분이었다. 몇백 개의 동영상을 보고 그중 윤아에게 줄 후보를 추리다가 태연은 쩝, 입맛을 다셨다.

"그 고양이를 만난다 치고, 설득할 때도 고양이 음성은 필요할 것 같은데."

대사 두 개만 더 골라달라고 하면 윤아가 또 때리려나.

"까짓 거 몸으로 때우자."

빌라면 빌고 밥을 사라면 사고 노예가 되라면 되겠어요.

태연은 밤을 새우다시피 해 영상 마흔 개를 더 추렸다.

윤아는 태연이 저장해 온 유튜브 동영상 목록이 스무 개가 아니라 예순 개인 걸 보자마자 태연의 휴대폰을 바닥에 패대기치려고 했다.

"죽을래? 응? 너부터 내 손에 맞아볼래?"

"뭐든지 다 할게! 진짜로! 방학 때까지!"

태연이 방어 자세를 취하며 말하자 윤아가 땅이 꺼져라 한숨을 내쉬었다.

"너 지금 각서 써라."

태연이 노트에다 '나 조태연은 방학 때까지 강윤아가 시키는 대로 뭐든 하겠음'이라고 휘갈겨 적는 동안 정석이 낄낄거렸다.

"우리 함미 생각나네. 각서가 최고지."

"시끄러워. 넌 증인이야."

"네에. 네에."

정석이 웃음기를 입에 물고 태연을 보았다.

"적극적이네. 만약에 우리가 아무것도 못 해도 넌 윤아한테 잡히는 건데?"

"뭐라도 해내얍죠."

마음만큼은 이미 충실한 종이 된 태연이 대답했다.

"처음엔 그냥 다 자기 탓이라고 하더니."

윤아가 한숨과 웃음을 섞어 말하자 태연은 머쓱하게 뒷머리를 긁었다.

"그렇게 됐네."

억울하다는 걸, 너희 덕분에 알았어.

난 그동안 당연히 내가 잘못했다고 생각했는데, 내가 당한 게 화풀이였다고 너희가 말해서.

그래서 화가 났어.

뭐라도 하고 싶었어.

7. 당신의 개고생에 건배

'이리와', '도와줘', '따라해'. 세 마디 고양이 말을 편집한 동영상이 만들어졌다. 주변 소음도 지워서 음성만 추출한 아주 깔끔한 동영상. 편집은 태연이 했다. 이 무리에서 정석이는 몸을 쓰고, 윤아는 머리와 주먹을 쓰고, 나는 고생바가지를 쓰는구나. 태연은 자기가 번 매라고 생각하며 동영상 파일을 정석에게 건넸다.

"이걸 가지고 뒷산을 돌아다니면 돼."

난 이제 방으로 가서 좀 자게 해줘. 쓰러지기 직전의 태연이 중얼거렸다. 윤아와 정석이 동영상을 재생해보더니 엄지를 내밀었다.

"장하다 조태연."

너무 졸려서 눈앞이 뒤집힐 지경이야. 태연은 건성으로 고
개를 끄덕였다.

"…지?"

"응. 어어. 응."

그래도 무슨 말을 하는지는 끝까지 들었어야 했는데.

그렇지 않은 탓에 정신을 차려보자, 태연은 정석의 등 위
에 짐짝처럼 얹혀 산을 오르고 있었다.

"야아… 사람이 인정머리가 있지….."

태연은 항의할 기운조차 남지 않았다. 정석은 콧노래를 부
르며 산길을 올랐다. 윤아가 까치발을 세워 태연의 눈앞에 얼
굴을 들이대고 웃었다.

"업고 가면 되지? 라고 했잖아."

"너희 가끔 싫어."

"효과를 보러 가는 거야. 참아라."

정석의 등 승차감이 생각보다 좋았기 때문에 태연은 참기
로 했다. 농사일 했다더니 등이 참 탄탄하네. 산 중턱, CCTV
가 없는 곳에 이르자 정석은 허리에 두르고 있던 체육복 윗도
리를 땅에 깔고 태연을 내려놓았다. 아주 공주님 취급이구나.
아이고, 감사해라.

"동영상 틀게."

윤아는 주머니에서 블루투스 스피커를 꺼냈다. 와우, 사람
목소리 동영상에서 안 잘라냈으면 큰일 났겠는데. 기숙사 뒷
산에 외국인 목소리가 블루투스 스피커로 울려 퍼지면 좀 그

렁지. 윤아가 건넨 스피커를 든 정석이 훌쩍 높은 나뭇가지 위로 뛰어올랐다. 핸드폰은 윤아가 들었다.

'이리와'를 편집한 동영상 사운드가 뒷산에 퍼졌다.

뒷산에 고양이가 최소 여섯 마리가 산다는 사실을 알았다.

"저 삼색이가 그때 정석이한테 달라붙은 애, 이 줄무늬가 얼마 전에 새끼 낳은 애. 고등어는 삼색이 형제고, 턱시도는… 넌 뭐냐? 이쪽 흰발이도 삼색이 형제고, 코에 점 있는 애는 새끼 낳은 애 형제래."

야옹야옹야옹야옹. 여섯 마리의 범야옹 대잔치를 들은 윤아가 바닥에 가계도를 그리며 설명했다. 대충 말하자면 엄마 이모 형제 이웃이 다 모인 거구나.

"이 산에 성묘만 여섯이라니. 싹 중성화해야겠는데."

이맛살을 찌푸리는 윤아를 보고 나무에서 내려온 정석이 한탄했다.

"쟤네가 사람 말을 몰라서 다행이다."

사람 말 알아듣는 초능력 고양이 같은 건 없겠지. 당사자들 모아놓고 너희가 원하든 원치 않든 수술을 해버리겠다니, 슬픈 현실이야. 흘끗 태연을 보니 무릎을 껴안고 졸고 있었다. 엄청 피곤했던 모양이네. 정석은 꽤나 가벼웠던 태연의 무게를 떠올리며 '안 깨면 들고 내려가자'는 생각을 했다.

"그다음. '도와줘' 틀게."

마침 당사자가 앞에 있으니, 윤아는 '도와줘'를 한 번 틀고 자신을, 또 한 번 틀고는 줄무늬 어미고양이를 가리켰다. 나랑 애 좀 도와줘. 그런 뜻이었다. 줄무늬가 서글프게 울었다. 고양이들 사이에서 또 웅냥냥냥 범야옹 대잔치가 열렸다. 정석은 윤아를 돌아보았다. 윤아는 가만히 듣다가 고개를 끄덕였다.

"아기, 다쳤어, 도와줘, 알았어."

줄무늬가 윤아의 다리에 몸을 문지르고 울었다. 고양이들끼리 또 몇 마디가 오가더니 삼색이가 앞으로 나와서 줄무늬 고양이와 야옹거렸다.

"못 알아들으니까 답답하다."

태연이 깰까 곁눈질로 흘끔거리며 정석이 중얼거렸다.

"알아들어도 답답해. 뉘앙스만 들리거든."

다리에 비비적대며 대화를 나누는 고양이들을 방해할까 봐 윤아가 작게 대답했다.

아, 다리 간지러워. 윤아가 소리 죽여 속삭이다 입을 다물었다.

줄무늬가 윤아를 올려다보며 길게 울었다.

"그 상한 갈치 같은 놈이."

윤아가 험악하게 구겨진 표정으로 중얼거렸다.

정석은 답답했다. 아, 이래서 외국어를 하든 외계어를 하든 해야지.

✳

　서로 합의를 본 건지 줄무늬와 삼색이만 남고 다른 고양이
들은 흩어졌다. 태연은 덥지도 않은지 계속 졸고 있었다. 윤
아가 표정을 굳히고 정석에게 설명했다.

　"돌을 던진 게 누군지 삼색이도 봤대. 봄에도 가끔 와서 돌
던지던 사람이래. 그 갈치 같은 새끼가 평소에도 고양이들 괴
롭혔나 봐."

　"허어."

　정석도 탄식했다. 함미가 약한 것들 괴롭히면 못 쓴다 했
는데.

　"쫓아가서, 공격했어. 다쳤어?"

　삼색이는 둘의 생각보다도 훨씬 용감하고 날쌘 고양이었
던 모양이었다. 아니면 그놈이 겁도 양심도 없었거나. 고양이
들에게 돌을 던질 때 삼색이가 그놈을 공격해 다치게 만들었
다고 윤아가 통역해주었다.

　"그럼 보면 알 수 있을까?"

　"아마도. 고양이는 해코지한 사람은 잘 기억해."

　정석은 웅크리고 앉아 동영상을 틀었다.

　도와줘.

　삼색이가 갸웃하자 정석은 자신을 가리키고 윤아를, 졸고
있는 태연을 가리키며 동영상을 반복 재생했다.

　애들하고 날 도와줘.

도와줘.

우리도 돕고 싶은 사람이 있어.

우리도 널 도울게.

삼색이는 한참 동안 소리와 손짓을 따라 눈을 굴리더니 길게 울었다.

"알았대."

삼색이가 성큼성큼 앞서 걸었다. 윤아와 정석은 뒤를 따랐다. 삼색이는 발톱 자국이 선명한 나무 아래로 가서 짧게 울었다. 먀.

"여기, 라는데?"

"아. 이건 내가 알겠다."

정석이 고개를 끄덕였다.

"여기가 내 놀이터니까 나랑 놀고 싶으면 여기로 와. 라는 거네. 우리 동네 고양이들하고 똑같다."

"그런가."

정석은 휴대폰으로 나무, 주변, GPS 위치를 촬영해서 기록했다. 앞으로 만나러 오는 건 아마 내가 되겠지. 몸 쓰는 건 나라고 했으니까.

윤아랑 태연이가 날 좀 쉴 수 있게 해줘야 할 텐데.

"이제 애들한테 어떻게 도움을 받을지 고민을… 해야 된다 이거지…."

함미, 나 좀 도와주소.

정석은 정말로 함미에게 조언을 구해야 할지도 모른다는

생각이 들었다.

"근데 우리, 태연이 놓고 오지 않았나?"

"아, 맞다!"

8. 인간이나 짐승이나 다를 것 없느니라

정석은 그 주 주말에 집으로 내려갔다. 할머니는 뭐 하러 왔냐면서도 감자며 옥수수, 메밀전병을 정석이 자리에 앉는 족족 정석의 입에 집어넣었다. 할머니 앞에서 배고프다는 소리 하면 큰일 나지. 정석은 한 손에 감자를, 다른 한 손에는 옥수수를 들고 우물거리며 어쩐지 쉬는 시간마다 매점을 가고 싶더라니 그건 다 학교 급식의 양이 적은 탓이라고 생각했다.

"함미, 나 궁금한 게 있는데."

정석이 입 안에 든 감자를 삼키며 말했다. 할머니는 '고등학교까지 간 년이 함미한테 물을 게 있냐'면서도 정석의 말을 들었다.

"울 학교에 고양이 말을 알아듣는 애가 있다."

"그러냐."

할머니는 삶은 감자를 숟가락으로 으깨며 심드렁하게 대답했다.

"좀 진지하게 들으면 안 되나?"

"구 척을 뛰는 장군 손녀를 가졌는데 괭이 말 알아듣는 애가 뭐 어때서."

"그러네."

정석은 감자 하나를 더 집었다.

"근데, 우리 학교 뒷산에 고양이가 있는데, 누가 돌을 던졌다더라."

"웜메, 썩을 것."

할머니가 감자를 으깨는 속도가 조금 빨라진 듯했다.

"돌 던진 놈을 고양이가 알아볼 수 있을까?"

정석의 질문에 할머니는 코웃음을 쳤다.

"니는 짐승이 얼마나 머리가 좋은지 모른다."

거기부터 할머니가 어릴 때 키우던 백구며, 동네 아이들에게 시달림을 당해서 아이만 봐도 숨는 이웃집 또리, 은혜 갚은 너구리, 밭 철조망에 몇 번 찔리면 근처에도 안 오는 산짐승들 이야기가 줄줄이 이어졌다. 요약을 하자면, 동물들의 기억력은 뛰어나다는 거였다. 특히 생존과 관계된 일에 관해서는.

"걔네는 오로지 사는 게 일이다. 사는 데 필요한 기억이라면 또렷하지."

"그렇구나."

"인간이 오히려 머리가 나빠. 한 잘못을 또 하고 또 하거든."

그 말을 하면서 할머니는 주걱으로 정석의 허벅지를 찰싹 때렸다.

"왜!"

"벌레 붙었다."

그 주걱으로 감자를 계속 으깨는 걸 보면 핑계 같은데. 정석은 감자를 내려놓고 탁상에 턱을 얹었다.

"그 나쁜 놈이 고양이도 해치고, 새끼 낳은 고양이 집도 다 부숴놨는데, 뭐 어떻게 벌을 받게 할 수가 없다. 학교는 그런 거 신경도 안 쓰니까."

그렇지, 라며 할머니는 혀를 찼다. 서리도 도둑질이고 동물 해코지도 생명을 경시하는 건데 애들이 못 하면 학교에서라도 단디 가르쳐야지. 그걸 다들 안 해. 할머니는 다 으깬 감자를 한쪽으로 밀어놓고 삶은 계란 바구니를 앞으로 끌어놓았다.

"어떻게 하지."

달걀 자르는 도구로 계란을 꾹꾹 눌러 자르던 할머니가 정석을 보았다.

"정석아. 단단하니 살라고 한 건, 마음도 단단히 살라는 말이다. 너는 지금 누가 고양이를 해쳤다고 네 힘을 쓸 생각이냐?"

정석은 잠시 입을 다물었다.

"모르겠다. 고양이는… 너무 작고, 사람이 발로 차면 다치잖아. 그런데 내가 고양이 대신 사람을 때리고 싶은 건 아니다. 어쩌면 좋을까."

할머니는 손을 뻗어 정석의 볼에 얹었다.

"그럼 고양이가 알아서 하게 해야지."

"고양이가 그렇게 하게, 돕고 싶은 거다."

할머니는 손으로 정석의 볼을 톡톡 쳤다.

"그럼 고양이를 그놈 앞으로 데려가라. 그다음은 고양이가 알아서 할 거다. 고양이가 화를 내든 아무것도 안 하든, 그건 고양이의 몫이다."

정석은 피식 웃었다.

"그러다가 고양이가 무서워서 줄행랑이라도 치면 어쩌나."

"그건 그 고양이의 몫이지."

정석의 볼을 한 번 꼬집은 할머니가 손을 거둬들였다.

"돕는다는 건 상대가 원하는 판단을 하게 하는 거다. 고양이가 내뺀다고 해도 너는 받아들여야지."

고양이 뜻대로.

"한데 집고양이가 아니라 들고양이야. 그러면 사람 앞까지 가기도 힘들겠다. 산 넘고 물 건너 거기 김서방 계쇼, 하는 게 고양이한텐 천릿길이야."

할머니가 혀를 끌끌 찼다.

"정석이 니가 도울 건 그거다. 고양이가 안전하게 그 썩을 놈 앞까지 가게 해라."

"어떻게?"

"그건 니가 알아서 해야. 함미도 고양이 말을 모르고, 너도 모르니."

정석이 감자를 다 먹고 배불러 드러누웠다. 배 터지겠다. 할머니가 정석에게 베개를 발로 밀어주며 말했다.

"말로 못 하면 계속 반복하고 반복해라. 사람도 처음 뭘 배울 땐 다 몸을 쓴다. 너는 몸 쓰다가 구 척을 뛰었는데, 고양이 하나 설득을 못 시킬까."

그건 맞는 말이었다.

하룻밤을 자고 기숙사로 돌아와 보니 윤아도 태연도 집에 가 있었다. 많이 지친 모양이었다. 마침 월요일도 공휴일이니 이틀쯤 푹 쉬는 것도 좋겠지. 정석은 윤아가 챙겨놓은 간식 몇 개를 들고 삼색이가 있던 장소로 갔다.

동영상을 틀어야 하나, 바위를 타 넘으며 고민하던 정석은 나무 밑을 보고 할 말을 잃어버렸다.

네 마리의 고양이가 정석을 기다리고 있었다. 삼색이, 흰발, 코점이, 고등어. 이야, 외국인들 사이에 둘러싸인 이 상황 어찌합니까. 정석은 간식을 좀 더 많이 들고 올 걸 그랬다고 생각하며 나무 아래에 주저앉았다.

진심은 통하고, 훈련은 반복이다.

어떻게든 될 것이다.

정석은 나름대로 작전을 세웠었다. 원래는 한 마리만 이세진 앞에 데려갈 생각이었다. 하지만 네 마리가 야옹야옹 난리를 피우는 걸 보아하니 넷 모두 같이 가자는 소리인 것 같았다. 윤아를 따라다니며 높아진 고양이 언어 이해도로는 그랬다. 쉴 새 없이 자신에게 번갈아 부비적거리는 것도, 부비적거리는 녀석을 밀어내고 그 앞에서 야옹거리는 것도 아무래도 그런 뜻이겠지.

이렇게 된 거, 좀 요란하게 해볼까.

정석은 주머니에 한 마리쯤 숨기는 작전을 포기하고 자신의 능력과 결합한 작전을 새롭게 세웠다.

"너희들, 내 팔에 한번 올라타볼래?"

말로 설득해서 한 번에 알아들으면 얼마나 좋으랴. 정석의 말을 고양이들이 처음부터 이해하지는 않았다. 정석은 고향에서 어른들이 개를 훈련시키던 장면을 떠올렸다. 잘하면 보상, 보상과 반복, 때리는 건 빼고. 정석은 앉은 채 한쪽 팔을 쭉 펴고 팔에 간식 하나를 놓았다. 그리고 삼색이의 앞발을 잡았다.

"아오!"

할퀴었다. 당연한 일이었다. 인간이 덥석 자기 신체 일부를 잡는데 화나지 않을 동물은 별로 없겠지. 정석은 삼색이에게 사과했다. 이번에는 팔 앞에서 손가락을 이리저리 놀리다가 팔 위로 폴짝 올라앉는 시늉을 했다. 그리고 간식을 먹는 시늉. 열 번쯤 하니 고등어가 주춤주춤 나와서 쭉 편 정석의 팔 위로 뛰어올라 간식을 먹었다. 허, 중심 되게 잘 잡네. 정석은 고등어에게 간식 한 조각을 더 주었다.

다음은 삼색이, 그다음은 흰발, 마지막으로 코점이. 1시간 반 만에 차례차례 올라오게 만드는 데 성공했다. 팔이 아프기도 하고 고양이들의 발톱에 본의 아닌 공격도 당했지만 이게 어디냐. 다음으로 정석은 팔에 간식을 하나, 또 하나 놓았다. 두 마리가 동시에 올라와주렴. 나 팔 떨어진다. 정석의 간절한 바람이 먹힌 것 같았다. 먼저 고등어가 뛰어올라 먹는 걸

보더니 코점이가 같이 뛰어올랐다.

함미, 날 키울 때 엄청 힘들었겠다.

새삼스레 효도해야겠다고 정석은 굳게 다짐했다.

그다음으로는 팔에 고양이를 올린 채 살짝 일어났다. 괜찮아 괜찮아 괜찮아. 쯔쯔쯔쯔쯔. 안심하라는 소리를 계속 중얼거리며 어정쩡하게 숙인 자세를 유지하자 두 마리는 발톱을 세게 움직이면서도 가만히 있었다.

5시간 후, 정석은 양팔에 네 마리의 고양이를 올리고 낮은 비행기 자세로 걸어 다닐 수 있게 되었다.

고양이 밥이 아니라 내 밥을 챙겨왔어야 하는데. 가져온 간식을 다 탕진하자 고양이들도 집중력이 떨어졌는지 나무 밑에서 굴러다니고 싸우고 난리였다. 정석은 '밥 먹고 올게'라며 자리에서 일어났다. 아이고 허리야, 기지개를 쭉 켜는데 고양이 네 마리가 두 팔에 올라탔다.

"먀아아아옹!"

내려가.

나 기숙사 갈 거야.

정석은 자신의 팔이 철봉으로 인식된 것 같아 슬쩍 한숨을 쉬었다.

최종 목표를 이틀 내로 완수할 수 있을까.

✳

월요일 저녁, 기숙사로 돌아온 윤아는 목이며 어깨와 팔이 모두 고양이 발톱 자국투성이인 정석을 보고 기겁해서 약을 가지고 덤벼들었다.

"대체 뭘 한 거야! 네가 무슨 캣닢이야?"

"아. 약 바르지 마. 아직 바르지 마."

정석이 침대 위로 도망가며 몸을 웅크렸다.

"이번 주 토요일이면 최종병기가 탄생할 것 같아."

"뭐든 좋으니까, 너 교실 갈 때 할 변명이나 생각해."

아차.

대체 뭐라고 변명하지.

정석은 여름 감기에 걸렸다며 카디건을 껴입어 팔을 가렸다. 억지로 기침도 했다. 추가로 등에 땀띠를 얻었다.

✳

토요일 아침, 의기양양한 정석과 함께 산으로 올라간 윤아와 태연은 정석이 두 팔에 고양이 네 마리를 얹고 점프를 하기 시작하자 머리를 감싸 쥐었다.

"내가 말렸어야 하는데."

"우리 체력으론 말리기 힘들지."

윤아가 먼저 영혼 없이 반성했고, 태연이 고개를 저었다.

"왜! 멋지지 않아? 십자가에 매달린 예수님 닮지 않았냐?"

저 신성모독을 어디서부터 고쳐줘야 정신을 차릴까. 나중에 정석은 뮤지컬 〈지저스 크라이스트 슈퍼스타〉에서 예수님이 승천하는 장면을 말한 거라고 해명했다. 등짝을 각각 세대씩 총 여섯 대 얻어맞은 후의 일이었다.

정말로 그렇게 보이긴 했다.

9. 복수는 캣셀프

전송 버튼만 누르면 되는데. 태연은 계속 망설였다. 손끝이 떨렸다. 고양이들을 세진과 만나게 하려면 그 전에 일단 태연이 세진과 만나야 했다. 만나서 얘기 좀 하자. 그 문장을 휴대폰에 작성한 뒤 태연은 계속 갈등했다. 보내도 될까. 보내야 할까. 정석과 윤아는 아무 말 없이 태연을 보고 있었다. 차라리 누가 이걸 가져가서 전송 버튼을 눌러주면 좋겠는데. 하지만 둘은 그럴 사람이 아니라는 걸 태연은 알고 있었다. 지금만은 아니었다. 스턴트 배우와 대본을 만드는 것은 둘의 몫이었지만 큐 사인을 날리는 것은 태연의 몫이었다. 태연은 그간 자신이 얼마나 세진을 두려워하고 있었는지를 새삼 느꼈다.

눈을 꾹 감고 전송 버튼을 눌렀다.

셋은 모여서 기다렸다. 답장이 오고, 만날 장소를 정하기까지. 휴일의 오후 뒷산 꼭대기. 세진의 학교와 태연의 학교가 모두 보이는 곳. 세진은 그러자고 답했다. 무슨 생각인지 알 수는 없었다. 그러나 두려워하기엔 너무 많은 일을 저질러 버린 후였다.

지금 포기하면 고양이들과 보낸 시간이 아무것도 아니게

되는 게 너무나 아까웠다.

휴일, 해가 뉘엿뉘엿한 오후, 세진은 체육복을 입고 산 위에 섰다. 돌 던지면 맞을 거리에 태연과 가방을 멘 작은 여자애가 서 있었다. 세진은 같잖다고 생각하며 걸음을 옮겼다. 자신은 철저했다. 사람 눈에 걸릴 짓은 아무것도 하지 않았다.

"왜 보자고 했어?"

세진은 웃으며 태연에게 물었다. 태연은 꿀꺽 침을 삼켰다. 대화를 하는 것은 중학교 졸업 이후 처음이었다. 지난번 세진이 교실로 찾아왔을 때 자신은 아무 말도 못 했다. 태연은 떨리는 목소리를 입 밖으로 밀어냈다.

"고양이 괴롭힌 거, 너야?"

세진은 정말로 소리 내 웃고 싶었다. 고작 그런 이유라니. 맞으면 어쩔 거고, 아니면 어쩔 건가.

"증거 없이 사람 잡네."

통통하고 키 작은 여자애의 팔뚝에 난 상처가 눈에 들어왔다. 그때 그게 저기 맞았네. 세진은 어깨를 으쓱했다. 사람이 다친 게 아니라 고양이부터 들이대는 걸 보면 아직도 태연은 멍청한 겁쟁이였다.

"증거 있어."

여자애가 말을 할 줄 알았는데 의외로 태연이 입을 열었다.

"그리고 얘도 초능력 있어."

두 번째 말에 세진은 눈썹을 치켜올렸다. 초능력? 뭘까, 완전기억능력? 투시? 생각하지 못한 변수였지만 아무래도 상관은 없었다. 대단한 초능력이라면 불러낼 필요가 없이 세진의 학교로 와서 먼저 선빵을 날렸을 테니.

윤아는 크로스백의 덮개를 열고, 츳츳 달래는 소리를 내며 어미고양이를 안아 들었다. 고양이들도 무슨 작전을 짠 건지, 어미고양이는 오늘 오전 셋이 찾아갔을 때 한사코 윤아의 다리에서 떨어지려 하지 않았다. 데려가, 데려가. 윤아는 그 뜻을 알아들었지만 덥석 데려가기도 어려웠다. 새끼를 낳은 지 오래되지 않아 폭력을 당한 고양이었다. 몸이 온전할까. 하지만 윤아가 준비물을 담아 온 크로스백을 비우고 열어 보이자마자 어미고양이는 그 안으로 쏙 들어가버렸다.
"고양이를 어떻게 이겨."
추가 증인이 생겨버렸다.

윤아의 품에 안긴 어미고양이는 세진을 보고 강하게 하악거렸다. 윤아가 꽉 잡지 않으면 튀어나가 세진의 얼굴이라도 잡아 뜯을 기세였다. 윤아가 가만있으라고 달래는 걸 보자 세진은 살짝 등골이 서늘해지는 걸 느꼈다. 말은 가만히 있으라고 하지만, 저 애의 초능력이 고양이를 맘대로 조종하는 거면 어쩌란 말인가. 금방이라도 자신에게 고양이를 던지는 게 아닐까. 세진은 바닥에서 적당한 돌멩이를 골라 떠오르게 했다. 공격 의사를 드러내는 세진을 보며 윤아는 고양이를 다시 가방에 들어가게 했다.

"네 능력은 뭔데?"

세진이 묻자 윤아는 한 손을 높이 들어 올렸다. 세진의 눈이 윤아의 손을 따라 위로 올라갔다. 윤아가 짧게 내뱉었다.

"이거야."

야옹, 야옹, 미야아, 먀아아, 냐아, 미야아아아…. 사방에서 고양이 열댓 마리는 몰려 있는 듯한 소리가 작게 퍼지다가, 점점 커졌다.

세진은 이번에는 진심으로 위험하다고 느꼈다.

보이지 않는 고양이 한 마리라면 돌을 던져 위협하겠지만, 고양이가 이렇게 많으면 손쓸 도리가 없었다.

정석은 가지 위에 숨어서 블루투스 스피커 세 대의 서라운드 사운드를 감상했다. 어깨 위의 고양이들이 어리둥절한 듯 꼼질거렸다. 이 산에 사는 고양이가 그렇게 많을 리가 있나. 이건 순전히 과학 기술이었다. 휴대폰이 정석, 윤아, 태연 것까지 총 세 대. 거기에 출력부가 두 개인 스피커를 연결하면 총 여섯 개의 소리 나는 장치를 만들 수 있었다. 윤아가 손을 튕긴 순간, 윤아와 태연과 정석은 타이밍을 맞춰 고양이 소리가 녹음된 동영상을 하나씩 재생했다. 그 결과 여섯 방향에서 서라운드 고양이 입체 음방이 실행되었다. 소리는 작았다가 점점 크게. 아이디어는 정석이 냈고, 음향 편집은 태연이 했다. 물론 어떤 동영상을 틀지는 윤아가 정했다. 주변 고양이

들이 혹시라도 피해를 입으면 안 되니까. 통역하자면 '시끄러' '저리가' '귀찮아'라는 언어였지만, 세진의 귀에는 위협적으로 들릴 터였다.

지은 죄가 있다면.

실제로도 저리 가! 귀찮아! 시끄러워! 는 어느 정도 위협의 소리가 맞긴 했다.

'쩔어.'

자신의 턴이 될 때까지 기다리며 정석은 마음속으로 박수를 보냈다.

세진이 돌을 떨어뜨렸다. 태연은 그게 세진이 긴장한 증거라고 생각했다. 집중력이 필요한 일을 할 수 없는 상태가 된 거다. 세진은 곧 돌멩이 하나를 다시 떠올려 손에 쥐었다.

야옹. 미야. 먀아아아. 원망이 가득한 고양이들의 비명이 주변으로 점점 다가왔다. 낭패였다. 한편으로는 짜증스러웠다. 고작 고양이 따위가. 고작 조태연 따위가. 고작 저 여자애 따위가. 원한 서린 고양이들이 점점 자신에게 다가오는 것 같은 느낌에 세진은 뒤로 물러났다. 그러다가 턱, 발목이 잡혔다. 이번엔 정말 비명을 지를 뻔했다. 힘껏 걷어차려고 해도 발이 움직이지 않았다. 다시 다리에 힘을 두고 뒤로 물러서려는 순간, 발을 붙잡던 힘이 사라졌다. 세진은 뒤로 넘어졌다.

"뭐 해."

조태연이 자신을 내려다보고 있었다.

이 새끼.

긴장해서 태연이 꽤 무거운 물체를 멈출 수 있다는 것도 잊고 있었다. 세진은 일어나 와락 태연의 멱살을 잡고 들어 올렸다.

혼자서는 아무것도 못 하는 찐따 새끼가.

친구도 다 뺏기고 혼자 놀던 찌질이가.

이세정이 너 때문에 다쳤는데.

멱살을 잡힌 태연은 무표정하게 세진을 올려다보았다.

"세정이 때문이지?"

태연은 이제는 한결 가라앉은 마음으로 물었다.

이세정과 이세진이라는 이름만 떠올려도 마음이 술렁이던 순간이 있었다.

지금은 아니었다.

적어도 이세정이 자신을 싫어한다면, 그것만이라도 세정 에게 직접 듣고 싶었다.

전화든, 문자든, 무엇이든.

"이세정이 나 괴롭히래?"

이세정, 정말 내가 괴롭기를 원해? 이세진이 그러길 바라?

그렇다면 받아들일게.

하지만 그건 나에 대한 공격만이야.

고양이들은 잘못이 없어.

세진은 대답 대신 태연의 멱살을 놓고 명치에 주먹을 꽂 았다.

컥, 꼴사나운 소리를 내며 태연이 쓰러졌다. 뜻밖에도 여자애는 고양이를 다시 안고 가만히 서 있었다. 주변에 가득 찼던 고양이 소리는 어느새 멈춰 있었다. 하아악, 고양이 한 마리의 위협적인 소리뿐. 태연은 웅크린 채 말했다.

"이세정이 시킨 거 아니네."

당연히.

세정은 울면서도 말했다. 오빠, 죄책감 갖지 마. 그 상가에서 잘못한 거야. 내 치료비 다 거기서 물어줬잖아. 오빠도, 태연 오빠도 잘못한 거 없어. 태연 오빠 요새 나 보면 도망 다니더라. 미안해서 가까이 가지도 못 하겠어. 만나면 좀 전해줘. 나 괜찮다고. 양궁은 못하겠지만… 나 양궁 진짜 좋아했는데. 이번 체전 진짜 나가고 싶었는데. 메달 따고 싶었는데.

계속 울면서도 전해달라고 했다.

하지만 그러고 싶지 않았다.

태연이 3초만 빨리 상황을 캐치했다면 이렇게는 되지 않았을 거였다.

아니면 멍청하게 발을 헛디디지 않았다면.

화분 주인은 병실까지 찾아와 사과했고 치료비도 냈다. 재활훈련 비용도 내겠다고 했다.

하지만 내 무력감은 누가 보상해주나.

보상할 수 있는 길은 태연을 괴롭히는 것 하나뿐이었다.

찐따 같이. 싫으면 대들어야지.

대들지도 못했잖아.

너 때문이야.

내가 괴로운 건.

세진은 쓰러진 태연을 노려보다 뒤돌아섰다. 가자. 가버리자. 저깟 건 잊어버리자. 재미없어. 발을 움직이려는데 자꾸만 발이 멈췄다. 겨우 3초짜리 힘으로 뭘 어떻게 하겠다고. 세진은 계속 짜증을 내며 다리를 움직였다. 3초. 잠시 쉬고 또 3초. 또 3초. 멍청한 새끼. 돌이라도 맞아야 제정신을 차릴 건가. 아예 힘도 못 쓰게 밟혀야 정신을 차릴까. 세진은 다시 태연을 향해 몸을 돌렸다.

"아예 기절시켜줘?"

빈정거림과 짜증을 담은 목소리가 세진의 잇새로 튀어나왔다.

"여기 CCTV 없어. 너 하나 밟아도 그만이야. 아니면 저 여자애까지 맞아야 정신 차릴래?"

뜻밖에도, 태연은 웃고 있었다.

아주 미세하게.

"가고 싶으면 가. 난 할 만큼 했어."

아파서 눈앞이 빙글빙글 돌고 구역질이 나는데 어쩐지 웃고 싶었다.

"저 애가 맞구나."

윤아는 어미고양이의 귀 뒤를 긁어주었다. 재야. 재야. 재

야. 야옹거리며 어미고양이가 발버둥 치고 있었다. 하지만 안
돼. 너는 지금 아프잖아.

"그거면 됐어."

태연의 얼굴 앞에서 땅을 걷어차 흙을 뿌리고 걸어가는 세
진의 뒷모습을 보며 윤아가 말했다.

"정석아, 그쪽으로 간다."

                    *

"조태연 맞아 죽는 거 아냐?"

통화용 스피커로 상황을 듣고 있던 정석은 걱정되어 죽을
맛이었다. 윤아가 지시할 때까지 가만히 있어야 했지만, 뛰어
내리고 싶었다. 하지만 그러면 모든 노력이 허사가 된다. 적
어도 이 고양이들이 저놈을 볼 수 있을 때까지 참아야 했다.

"그쪽으로 간다."

윤아의 차분한 목소리가 분노를 담고 들려왔다.

저 멀리서, 산길을 헉헉거리며 걷는 놈이 보였다.

생각 같아서는 당장 저놈을 들고 높은 나뭇가지에 걸쳐놓
고 싶었다. 그렇게 할 수 있었다. 나는 뛰어오르는 것도 뛰어
내리는 것도 두렵지 않으니까. 하지만 저놈은 무섭겠지. 남에
게 없는 힘을 남을 괴롭히는 데 쓰는 것은 너무나도 쉽다.

정석을 붙잡은 네 마리의 고양이만 아니라면.

여기는 길 한중간에 홀로 선 잎 무성한 나무 위. 걷다가 지
쳐 쉬기 딱 좋은 장소. 누군가 등을 나무에 기대며 씨발, 미

친, 을 연발하는 소리가 들렸다. 고양이들이 고개를 빼 아래쪽을 내려다보고 야옹거렸다. 가르르릉, 하악, 위협하는 소리를 냈다.

"그렇구나."

그 뒤로 윤아가 빠르게 세진을 따라잡는 모습이 보였다.

"이세진, 서!"

세진은 비 오듯 흐르는 땀을 닦았다. 조태연만 패는 게 아니라 쟤도 팼어야 했어. 같잖게 어디서 명령질이야. 세진은 후들거리는 다리를 폈다.

"섰다. 됐냐?"

"응."

윤아는 튀어나가려는 어미고양이를 꼭 끌어안고 대답했다.

"나한테 돌 던진 것도 너야?"

"씨발, 나야. 됐냐?

다 집어치우고 쟤도 패버리자.

엿 같아.

그래서 네가 어쩔 건데.

"확인 끝!"

윤아가 소리치며 손을 위로 치켜들었다.

"씨발, 미친년이!"

또 고양이 새끼들 끌어 모으려고? 그 전에 치면 돼. 세진이 윤아의 손을 향해 돌을 날렸다.

그리고 그 돌이 허공에서 정지했다.

허리도 제대로 못 펴는 태연이 윤아의 뒤에 섰다.

정석은 그 소동 틈에 아주 조용히 나무 아래에 내려섰다.

"준비됐어?"

네 마리 고양이가 쭉 편 정석의 두 팔 위에 자리를 잡았다.

"뒤를 봐."

세진의 뒤에 정석이 다가온 것을 확인한 윤아가 말했다.

뒤를 보라니.

그래, 봐주마.

세진은 뒤돌았다.

나무 그림자가 길어지는 저녁, 역광을 받아 얼굴도 안 보이는 그림자. 쭉 두 팔을 편 채 그 그림자가 공중으로 뛰어올랐다. 뭐야, 저 미친 건! 세진이 황급히 눈을 가늘게 뜨며 눈 위에 손으로 챙을 만들었다. 그러자 세진의 눈에 보인 건, 악몽 같은 광경이었다.

3미터는 될 높이에, 단발머리 여자가, 양팔에 고양이를 얹고 허공에 정지해 있었다.

"얘들아, 맘대로 해!"

여자의 목소리가 쩽하게 퍼지자, 양팔에 앉아 있던 고양이들이 허공에서 뛰어내려 세진에게 달려들었다.

윤아는 나중에 말했다. 정석아, 널 십자가에 매달아버리는 게 더 효율적이지 않았을까?

태연도 나중에 말했다. 3초 플러스 3초 연타 훈련 하다가 나 돌아버리는 줄 알았어.

정석은 발목에 반깁스를 한 채 대꾸했다. 정지를 시켜줄 거면 제대로 시켜주지, 내 발목 어쩔 건데.

고양이들은 정말 하고 싶은 마음껏 세진을 공격했다.

그 방식은 평화롭다면 평화롭고, 위협적이라면 위협적이었다.

발톱으로 얼굴과 팔다리를 긁을 수도 있었을 텐데.

고양이들은 세진이 일어나지 못하게 목과 가슴 위에 올라탔다. 두 마리는 끊임없이 세진의 귀 옆에서 소리를 질러댔다.

정석과 태연, 윤아도 귀를 틀어막을 정도였다.

윤아가 귀를 틀어막느라 놓친 어미고양이가 가서 고양이들을 혼내지 않았더라면, 온 동네에 범야옹 대잔치가 울려 퍼질 뻔했다.

어미고양이는 세진의 코를 한 대 앞발로 야무지게 후려치더니 고양이들을 이끌고 사라졌다.

"가자."

윤아가 태연에게 손을 내밀었다.

"정석이 다친 거 같은데."

"뭐야, 제대로 정지 안 시켰어?"

"저렇게 높이 뛸 줄 알았나… 땅 바로 위에서 멈추려고 했는데, 낙하속도가 너무 빠르잖아."

태연은 비틀거리며 정석에게 다가갔다.

"지정석, 괜찮아?"

"발목 삔 거 같다. 조태연, 너 방학 때까지 내 심부름도 해라."

정석이 얼굴을 찡그리며 한쪽 다리에만 힘을 싣고 일어났다.

"내려가자."

우린 할 만큼 했다.

고양이들도 할 만큼 했다.

오늘 이렇게 당하고도 다시 누군가를 괴롭힌다면, 그건 지능의 문제겠지.

그리고 고양이보다 더 강력한 누군가에게 언젠가 응징을 당하겠지.

설령 그렇지 않고 뻔뻔하게 잘 산다고 해도 상관없다.

악당의 뒷얘기 따위 별로 궁금하지 않아.

10. 지정석 크리티컬 슈퍼스타

정석은 발목 인대가 늘어났고 고향 병원으로 호출되어 사흘간 입원했다. 학교로 달려와 정석을 차에 태운 건 할머니였다. 정석은 할머니에게 발목을 뺀 여러 곳을 맞았다. 뼈가 부러진 게 아니라 인대가 늘어난 거니까 고등학교는 다니게 해달라며 뻔뻔하게 구는 정석 앞에서, 윤아와 태연은 자신들이 과연 저 바보를 변호해줘야 할까 진지하게 고민했다.

머리 어깨 무릎 발 빼고 어깨 어깨 허벅지. 신들린 젬베 연주자처럼 정석을 리드미컬하게 두드린 할머니는 정석의 침대 옆에 앉아 코웃음을 쳤다.

"그래, 이겼냐."

정석은 바나나를 우물거리며 대답했다.

"몰라. 나는 안 싸웠다. 고양이가 다 알아서 했지."

짜악, 정석의 허벅지에 할머니 손바닥이 한 번 더 내리꽂혔다.

"자알했다. 잘했어."

"함미, 작작 때리라. 친구들도 다 있는데."

정석이 '친구'라 부르자 할머니는 윤아와 태연을 위아래로 훑어보았다.

"너희도 고생했다. 이 망아지 같은 애랑 같이 있어줘서 고맙고."

할머니는 병실을 나가며 윤아의 귀에 소곤거렸다.

"고양이들은 괜찮나."

윤아는 살짝 고개를 끄덕였다.

"잘 됐네."

＊

"그런데 왜 여기 병원까지 와? 학교 있는 데선 안 돼?"

"내가 이 병원 선생님에겐 좋은 스터디 케이스라고, 꼭 오라 하더라. 10년 넘게 다닌 데라."

"10년 넘게 사고를 쳤구나."

킥킥 웃던 정석이 할머니가 놓고 간 가방에서 노트북을 꺼냈다.

"야, 이거 보자. 우리 이거 꼭 같이 봐야 돼."

"뭔데?"

정석은 가방을 뒤져서 휴대용 블루레이 플레이어를 꺼내 노트북에 연결했다.

"〈지저스 크라이스트 슈퍼스타〉. 테드 닐리 님이 얼마나 쩌는 지저스인지 너희도 알아야 한다."

정석이 혼자 입원한 병실 불을 껐고, 노트북 화면이 환해졌다.

모두에게 축근 당원

✦ 2014년 《신기한 과학 도구 앤솔로지》(에필로그) 수록

스무 살 때는 내가 이런 인생을 살 줄 몰랐다. 적어도 서른셋이 되었을 때의 나는 모닝커피 향기까지는 아니더라도 아내의 부드러운 살갗을 만지며 잠에서 깨는 토요일 아침을 맞을 줄 알았다. 그러나 대부분의 토요일 아침 집 앞 골목에서 들려오는 "차 빼세요!" 소리에 눈을 떴다. 씨발, 난 차도 없는데. 그리고 오늘, 이번 토요일 아침은 한결 더 거지 같았다. 16년 지기이자 나보다 더 안정감 없는 인생을 사는, 그러나 어딘가 나사가 빠져서 나보다는 한결 더 행복해 보이는 윤진익의 호들갑을 들으며 깨어났으니까. 서른세 살의 남자에게 서른한 살 남자가 해주는 걸걸한 모닝콜. 아, 생각만 해도 토할 것 같다. 실제로 들으니 토사물 대신 욕이 나왔다.

"야야야야야. 광현아. 봤어? 성공했어? 했지?"

나는 분명 군대와 직장 사수에게 들은 욕이라는 욕은 다 모아서 진익이 새끼에게 해주고 싶었다. 그러나 잠이 덜 깬 내 입에서는 "시으아으아….."라는 옆 건물 교회 방언 기도 비슷한 소리만 나왔다. 진익이 새끼의 신신당부에 따라 어젯밤에는 술도 안 마셨고, 사흘 전부터 담배도 안 피웠으며, '뇌파와 원활한 접속을 하기 위해서' 심지어 야동도 안 보고 잤는데 머리가 깨지도록 아팠다. 나는 관자놀이를 한 손으로 꾹꾹 누르며 진익에게 대답했다.

"봤다. 개새끼야."

"뭔데? 뭐였는데? 어디까지 봤어?"

후으으으…. 나는 이를 악물고 한숨을 쉬었다. 지금 이 미친놈이 떠들어대는 걸 간단히 설명하자면, 자기가 보낸 '꿈'을 내가 제대로 보았냐는 이야기다. 1년 전부터 이놈은 사람들의 수면 시 뇌파에 접속해서 원하는 '메시지'를 전송하는 실험에 성공했다고 떠들어댔다. 물론 방방곡곡 소문은 안 냈고 나에게만 이야기했을 거다. 이놈은 친구가 없고 소심하니까. 그러다가 갑자기 녀석과 연락이 끊겼다. 한참 지나 겨우 연락이 닿은 녀석은 안 그래도 작은 몸이 바짝 말라 있었다. 연구 이야기는 하지도 않았다. 녀석은 그렇게 한 반년 정도 조용했다. 그래서 나는 이놈이 그 연구를 포기한 줄 알았다. 한 달 전에 갑자기 '대전 옥탑방으로 집을 옮겼다'며 전화를 하기 전까지는.

'너에게 300만큼 스탯이 있어. 이걸 네 키와 아이큐, 다리 사이 기관 길이에 분산투자할 수 있다면 어떻게 배분할래?' 이건 남자들에겐 꽤 고민스러운 질문이다. 나 같으면 그냥 키를 170으로 하고 아이큐를… 씨발, 잠이 덜 깼나. 아무튼 내가 진익이를 열일곱 살, 고등학교 1학년 때 처음 봤을 때의 소감이 '신이 인간에게 분배한 스탯의 총량은 공정하구나…'였다. 나는 열일곱 살이었고 그놈은 열다섯 살이었다. 한창 자라나는 사내놈들 사이에서 두 살이나 어린 진익이 놈은 학교를 잘못 찾은 것처럼 작고 꺼벙했다. 선생마다 그놈을 '2년 일찍 고등학교에 들어온 천재'라며 추켜세우기 전까지는 정말로 아무도 그놈이 천재라는 걸 믿지 않았을 만큼. 그놈은 스스로 천재라고 말하지도 않았다. 고등학생 평균 키에 맞추어 제작된 교복은 녀석에겐 턱없이 컸으며 변성기가 찾아오지 않은 듯 재재거리는 목소리는 늘 비웃음을 샀다. 녀석이 천재라는 걸 실감할 때는 오직 과학과 수학 시간뿐이었다. 선생들은 그놈의 천재성을 시험이라도 하듯 시간마다 그놈을 불러내 칠판 앞에 세웠다. 꼬부랑 수식과 그래프들이 녀석의 손끝에서 백묵으로 그려지는 것을 보면 수학이나 과학과는 담을 쌓은 나도 '저건 좀 아름답지 않나'라는 생각을 하곤 했다. 그렇지만 진익이 놈은 국어, 사회에는 맹탕이었으며 체육 시간에는 허수아비만도 못한 골키퍼 실력을 보여주는 쪼다였다. 말하자면 신이 진익이를 만들 때 스탯을 수학과 과학에만 퍼부으신 나머지 기타 인문 과목과 신체적 조건 따위는 전혀

고려하지 않았다는 것, 그러므로 스탯 총량 일정의 법칙은 있다는 것을 증명하는 살아 있는 증거물이라는 것이다.

약육강식의 세계에서 놈은 늘 약자였다. 너무 작은 덩치와 해맑은 얼굴, 맹하기 그지없는 미소가 열일곱 살 사내들의 측은지심이라도 불러일으켰는지 맞고 다니지는 않았다. 그러나 나는 놈과 가까이 산다는 이유로 담임에게 진익이의 신변 보호를 부탁받았고 귀찮지만 나름 묵묵히 그 임무를 수행했다. 그리고 어느 날 집에 가는 길에 그런 이야기를 꺼냈다.

"왜 과학고에 안 갔냐?"

이왕 월반을 할 거면 과학고를 가지, 왜 우리 학교에 왔느냐고. 진익이는 맑게, 너무 맑아서 '도를 아십니까'도 안 건드릴 웃음을 지으며 나에게 말했다.

"중학교 동창 중에 과학고 시험 같이 친 애가, 나보고 가지 말라고 부탁했거든. 내가 안 가면 자기가 예비 1번이니까 붙는다고."

"그 말을 지금 나보고 믿으라고?"

"진짠데…."

아니, 진작에 알고는 있었다. 이 새끼는 전국구급 멍청이다. 국어를 지지리 못해서 그런지 사람 말의 속뜻을 도저히 구분하지 못했다. 그러니까 학교 앞에 매주 금요일마다 나타나 '차비가 없으니 오백 원만 달라'는 할머니에게 20주 동안 돈을 헌납하지 않았겠는가. 그 할머니가 월요일부터 금요일까지 이 동네 다섯 개 학교를 요일별로 정해놓고 돌아다니는

주 5일제 전문 구걸인이라는 걸 귀가 닳도록 말해줬는데도 금요일 아침이면 할머니에게 오백 원짜리 동전을 건네는 진익이를 볼 수 있었다. 그게 내가 이 조그맣고 순진해 빠진 얼뜨기 천재와 등하교까지 같이 해야 하는 이유가 되었다는 건 굳이 밝히지 않겠다. 씨발. 녀석은 그래도 온갖 올림피아드에서 상을 휩쓸어 그 상금과 누구누구의 추천으로 서울 유명한 대학 모 과에 입학했고 나는 적당히 점수 맞춰 어딘가를 갔다. 우리의 인연은 거기서 끝났으면 좋았을 텐데.

✳

각인이라는 개념이 있다. 알에서 갓 깨어난 새끼 오리 같은 게 자기가 태어나서 가장 먼저 본 존재를 엄마라고 생각하며 졸졸 따른다는 말. 분명 비주얼로 보나 역할로 보나 내가 엄마 오리고 진익이 새끼가 새끼 오리인데 왜 나는 대학에 가서까지 그놈을 못 잊고 오매불망 스카이러브에 싸이월드에 페이스북까지 가입시켜 생사를 확인하게 되었는가. 물론 내가 각인 비스무리한 행동을 하게 된 건… 진익이 놈이 군대에 갔던 동안 진익이네 부모님이 한날한시에 교통사고로 세상을 뜨신 탓이 제일 크다. 일병 갓 단 어리바리, 처맞아서 부은 건지 울어서 부은 건지 분간도 안 가는 눈으로 상복을 입고 빈소에 무릎 꿇고 앉아 상주 노릇 하던 스물한 살 윤진익. 상조업체한테 호구로 보일까 봐 옆자리에서 인상 써 가며 수의며 관 재질까지 커스텀 해준 뒤에 나는 진익이를 장례식장 뒤뜰로 불러냈다. 녀석은 그 얼굴에 안 어울리게 담배를 잘도 피웠다. 나는 그 옆에서 담뱃불을 붙여주며 물었다. 그래, 너… 이제 어쩌냐. 진익이는 타들어가는 담뱃불을 보다가 피식 웃었다. 살아야지 뭐. 나는 진익이의 손에서 담배를 빼앗아 내동댕이치며 언성을 높였다. 그래서 어떻게 살 거냐고! 진익이는 나를 물끄러미 보다가 대답했다.

"착하게… 살랬어. 엄마랑 아빠가."

씨발. 하늘에 계신 진익이네 아버지 어머니시여. 당신의 아들에게 사탄처럼 살라고 하셨어도 괜찮았을 텐데. 이 새끼의 호구스러움은 가정교육에서 비롯된 것이었군요.

✳

그리고 녀석은 제대하고 복학하고 졸업해서 대학원 생활을 몇 학기 했다. 나는 졸업하자마자 취업을 준비했지만 결국 녀석이 석사 학위를 딸 때에야 취업했다. 대학원에서 녀석은 박사 과정까지 해보라는 제안을 받았다. 하지만 녀석은 제 발로 대학원을 나왔다. 안 봐도 뻔하다. 박사 다음에 포닥이든 교수 자리든 조교수 자리든 해먹으려면 정치적 지능이라는 게 필요한데 녀석에겐 그게 없었다. 어디에 줄을 서고 누구에게 잘 보여서 어떤 테크트리를 타야 하는지, 그러면서도 자기 잇속은 얼마나 남겨 먹어야 하는지, 존나 아름다운 그래프를 그리고 선형대수를 구구단처럼 푸는 놈이 그 계산을 할 줄 몰랐다. 그래서 딸랑 석사 학위 하나 받아들고 부모님 보험금 털어서 시골로 내려갔다. 가기 전에 나는 또 물었다. 어떻게 살 건데? 뭐 하게? 나는 직장에 갓 들어간 신입이었고 녀석은 앞날이 깜깜한 백수였다. 우리 둘 다 미래가 막막하기는 백색왜성 표면온도 급인데 녀석은 또 웃으면서 대답했다.

"사람들을 행복하게 해줄 거야."

나는 그때 진심으로 빌었다. 그래, 이렇게 된 거 시골로 내려가 대마와 양귀비를 잔뜩 재배해서 마약왕이 되렴. 그게 네가 사람들을 행복하게 해주는 길이란다. 네가 더 이상 삽질하는 걸 보다간 내가 화병으로 죽을 것 같거든.

그러나 나는 화병으로 안 죽었고 진익이와 2주에 한 번씩 통화를 했다. 그리고 1년 전, 수면 시 뇌파 접속에 성공했고 파형을 이용해서 무슨 메시지를 보내는 장치를 만들었다는 진익이는 방방 뛰며 나를 시골로 불렀다. 그러다가 갑자기 새해가 되자 연락 두절. 운전면허증 수령 이후 운전대를 10분 이상 잡아본 일이 없는 내가 그 시골까지 렌트카를 몰고 찾아가 보니 바싹 마른 윤진익이 있었다. 미라처럼 마른 놈이 반년간 아무 말도 안 하다가 내 얼굴을 보자마자 한 달 전부터 다시 들뜨기 시작해서, 오늘 아침까지 나를 '윤진익 모닝콜'로 깨웠다는 이야기다.

"어떤 꿈이었어? 어? 응? 빨리 말해봐. 나 두근거려 죽겠어."

나는 천천히 기억을 더듬었다. 생각 같아서는 나가서 담배부터 한 대 빨고 말하고 싶은데, 이놈을 빨리 해치우고 나가서 대여섯 대 피는 게 나을 것 같았다. 나는 꿈을 되짚다가 피식 웃었다. 결론부터 말하자면 진익이 놈의 실험은 성공했다. 꿈속에서 나는 명멸하는 몇 개의 숫자들을 보았다. 숫자들은 두서없이 나타났다 사라졌지만 나는 꿈에서 깨고도 그것들을 선명하게 기억할 수 있었다.

"3, 1, 4, 1, 5, 9, 2, 6."

전화번호 같기도 하고 도어락 비밀번호 같기도 한 여덟 개의 숫자. 그러나 나는 금방 그 숫자들이 무엇인지 알 수 있었다. 윤진익은 전화 너머에서 환호성을 질렀다. 나는 놈의 환호성이 멎기를 기다렸다가 물었다.

"그런데 왜 하필 원주율이냐?"

"아름답잖아?"

천재들의 미적 감각은 알 수가 없다.

"아무튼, 여덟 자리까지 간 거야? 꽤 안정적이네. 역시 8바이트 단위로 끊어서 보내는 게 제일 안정적인가 봐. 아, 됐어. 완전 신나네. 땡큐! 사랑한다!"

"사랑은 필요 없고 난 지금 술이 필요해. 내일 일요일이니까 너 올라와라. 한잔 하게. 씨발, 너 때문에 내가 불금에 술도 못 마시고 담배도 못 태우고."

"응? 오늘 안 되는데. 나 바빠."

이런 씨. 네가 바쁠 일이 뭐가 있어.

"네가?"

"응."

진익이 놈은 잠시 틈을 두고 대답했다.

"2단계 계획을 실행할 시간이야."

"뭐?"

"아 참, 로또 한 장 사. 수동으로."

전화를 끊은 나는 머리를 벅벅 긁었다. 로또? 하긴 꿈에 숫자가 나왔으니 로또를 사면 되긴 되겠군. 그런데 사서 뭐하게… 네가 내 조상님도 아니고 여의주 문 청룡도 아니고. 나는 대충 씻은 뒤 편의점으로 가서 로또를 한 장 샀다.

"수동이요."

"네, 여기 마킹해주세요."

그리고 나는 잠시 뒤 심각한 고민에 빠졌다. 로또는 여섯 개 숫자를 뽑는 건데 내가 본 건 여덟 자리 숫자였다.

이걸 어떻게 조합하라는 거야?

3, 1, 4, 1, 5, 9, 2, 6. 다음 여섯 개 숫자를 이용하여 45 이하의 숫자를 만들 수 있는 경우의 수는? 이런 씨발 스토리텔링 수학 문제를 봤나. 나는 결국 로또 당첨 확률을 열 배로 올리는 수단을 썼다.

"아홉 장 더 주세요."

대충 경우의 수를 맞춰보며 여섯 개 정도 조합을 만들어 넣었다.

그리고 그 날의 로또 당첨 번호는 3, 14, 15, 9, 2, 8.

보너스 숫자 6.

1등 당첨자는 세 명이었지만, 2등 당첨자가 382명이라는 전무후무한 경우를 낳았다. 당첨금은 1인당 세금 떼고 165만

원. 3등 당첨 금액이 186만원. 뉴스와 통계학자들이 이 사건 앞에 넋을 놓고 있을 때, 나는 서울역으로 달려가 대전행 기차를 잡아탔다.

"윤진익 이 새끼."

대체 무슨 속셈이냐.

✳

여름이 가까워오는 때라 해가 길었지만, 그래도 로또 추첨 방송을 듣고 출발해 대전에 도착하니 한밤중이었다. 대전역에 내리자마자 나는 로또 판매상들이 가게 앞에 '2등 당첨 장소'라는 쪽지를 붙이는 걸 볼 수 있었다. 진익이 놈이 대전에서 전파를 쐈다고 하니 가장 확실하게 전파를 받은 사람이 많은 곳도 대전이겠지. 8바이트. 그러니까 아마 여덟 자리 숫자. 그나저나 사람들이 잘도 조합을 해서 맞춰 냈군. 역시 과학의 도시 대전인가.

그 때문인지 사람들의 표정도 한껏 들떠 보였다. 싱글벙글, 크리스마스 전날처럼. 6월이라 더워 죽겠는데. 나는 손부채질을 하며 진익이를 기다렸다. 그러다가 문득 손을 멈췄다. 진익이와 연락이 갑자기 끊겼던 그때가 크리스마스 무렵이었다. 반년 전이니까, 꼭 그때였다. 저 멀리서 진익이가 손을 흔들며 달려오는 게 보였다.

우리는 진익이가 사는 고시원 옥상에서 캔맥주를 땄다. 구운 오징어 두어 마리와 소금 뿌린 땅콩 한 캔. 로또 2등을 만들어낸 사람과 당첨자치곤 지나치게 조촐한 술자리였다. 하지만 당장 내 손에 당첨금이 들어온 것도 아닌데 뭐 어쩌겠는가. 진익이는 맥주를 마시며 연신 싱글벙글했다. 여기저기서 간혹 환호성이 들렸다. 이러다가 대전이 로또의 도시가 되는 게 아닐까. 진익이는 환호성이 들릴 때마다 키득거렸다. 고시원 옥상 구석에는 전파를 쏘아 보낼 수 있는 거대한 안테나와 안테나에 비하면 턱없이 작아 보이는 모니터, 전류 조절 장치와 키보드가 숨겨져 있었다. 하나같이 꼬질꼬질했고 움푹 찌그러져 있었다. 나는 눈을 두어 번 껌벅거렸다. 나는 저것들을 본 적이 있었다. 안테나만 빼고. 지금보다 더 오래전, 저것들이 연결되어 있는 장면을 본 적이 있었다. …저렇게 찌그러지기 전에.

나는 두 번째 캔맥주를 땄다. 어디서부터 물어야 할지 모르겠다. 잠자는 사람들의 뇌파를 조정하겠다던 놈이 왜 뜬금없이 반년 동안 잠수를 탔는지. 그리고 왜 로또 1등도 아닌 2등을 만들었는지. 어떻게 그랬는지 방법이 중요하진 않았다. 어차피 저놈은 천재고, 나는 놈이 하는 설명을 반도 이해하지 못할 테니까. 다만 나는 이유가 듣고 싶었다.

네가 말한, 사람들을 행복하게 해 주는 과학이 이거냐고.

묻고 싶었다.

"돈이 최고지?"

그렇게 물은 건 내가 아니라 진익이었다. 고등학교 1학년 1학기 내내 '오백 원만' 할머니에게 오백 원을 헌납하던 꼬맹이의 입에서 나올 말은 아니었다. 나는 묵묵히 고개를 끄덕였다. 돈, 최고지. 있으면 좋고.

"사람들에게 얼마만큼 돈을 주면 행복할까 생각을 했어. 십억? 백억? 근데 난 잘 모르겠더라. 가져본 적도 없고, 한 사람이 아니라 사람'들'에게 나눠줄 수도 없는 액수잖아. 정말 모르겠더라고."

"돈 필요했어?"

"아니. 내가 뭐 사고 싶은 게 있다고. 먹고 살 만큼은 부모님이 목숨값으로 주고 가셨는걸."

그제야 진익이 놈은 반년 전, 크리스마스의 악몽을 꺼내놓기 시작했다.

✳

그때 녀석은 저기 시골 산동네 어딘가에 살고 있었다. 수면 시 뇌파에 접속하는 연구는 이미 마무리 단계였고, 오히려 지금보다 더 발전되어 있었다고 녀석은 털어놓았다. 지금은 겨우 숫자 여덟 자리를 보낼 수 있지만 그때는 같은 8바이트라도 한글 자모를 조합해서 보낼 수 있었다고.

그제야 또렷하게 기억이 났다. 나는 이 녀석의 발명품이 무엇인지 알고 있었다. 녀석이 나를 불러서 신나게 이것저것 괴상한 기구와 모형들을 보여준 적이 있었다. 그때는 좀 더 반짝거리고 비싸 보이던 모니터, 키보드, 그리고 전류계와 파형을 나타내는 그래프 출력 장치. 단지 그때의 기억이 내게는 너무 소름 끼치고 너무 징글징글해서 잊고 있었을 뿐이었다.

그때 나는 진익이네 집에 시외버스를 타고 갔었다. 시외버스 정류장까지는 진익이가 마중을 나왔다. 우리는 1시간에 두 대 온다는 마을버스를 타고 진익이네 마을까지 갔다. 마을 가장 외진 곳에 있는 진익이네 집 뒤뜰에는 이름을 알 수 없는 풀들이 난장판으로 자라고 있었다. 새끼야, 시골로 내려왔으면 피망 농사를 짓는 건강한 삶까지는 아니더라도 뒤뜰을 치우든지 식용 작물을 심든지 하지 그러냐. 그러나 진익이 놈은 나를 대청마루 비슷한 곳에 앉히더니 그 장치들을 꺼내왔다.

이쯤에서 한 가지 비밀을 좀 밝혀야겠다. 사실 나도 여느 남자놈들이 그렇듯이 한때는 과학자를 꿈꿨다. 그러나 중학교 과학 실험 시간에 개구리 몸에 전류를 흘려 넣는 실험을 간신히 버티는 게 내 한계였다. 가상 현실을 이용해 표현된 포유류의 뇌가 전기 자극을 받을 때 어떤 부분이 어떻게 활성화되는지 손으로 직접 그 뇌를 만져 가며 실험 보고서를 작성하는 건 도저히 견딜 수가 없었다. 아마 아직도 내 중학교 동창들은 나를 가상 현실 뇌로 실험하다 토한 놈으로 기억할 거다. 그런 나에게 윤진익이 꺼내온 건, 중학교 시절 보았던 조악한 홀로그램보다 몇십 배는 정교하고 생생한, 물질의 형태를 구현하고 있는 뇌였다. 사람 뇌만큼의 실물 크기였다.

"이게, 뭐냐?"

내가 차마 도망가지는 못하고 대청마루 끝으로 물러앉으며 묻자 진익이 놈은 벙글벙글 웃으며 뇌가 담긴 플라스틱 수

조를 나에게 디밀었다. 뇌는 탱글탱글한 젤리처럼 보였고, 분홍색과 갈색을 적당히 섞은 색이었으며, 주름이 세밀하게 표면 가득 고랑처럼 새겨져 있었다. 나는 그게 윤진익의 뇌라고 해도 믿을 것 같은 기분이었다. 내가 하품하는 척, 올라오는 토악질을 막으려고 입을 가린 채 눈을 찡그리는 동안 윤진익은 뇌 이곳저곳에 전극을 연결하느라 손가락으로 푹푹, 그야말로 인정사정없이 쑤셔 댔다. 그리고 전기 신호를 보내자 뇌의 어느 부분이 시퍼렇게 물들었다. 내 안색도 새파랗게 질렸을 거다. 지옥 같은 광경의 배경음으로 윤진익의 재잘대는 소리가 들려왔다.

"사람이 잠을 잘 때 렘수면 상태에 빠지면 뇌파가 달라진단 말이야. 그게 사실은 건전지 수준으로 엄청나게 미약한 전류라서 거기에 간섭하려면 전류 조절을 엄청나게 세밀하게 해야 해. 내가 이거 하나 만들려고 온 동네 뱀이며 개구리며 쥐며 뉴트리아까지 잡아다가 두개골을 잘라 내고 뇌에 전극을 연결해서, 전류를 흘렸거든. 역시 포유류 아닌 애들은 별 반응이 없고 자꾸 죽더라. 그러다가 뉴트리아랑 너구리 정도가 되니까 반응을 보이더라고. 자, 봐봐. 여기 이렇게 전극을 연결했지? 그리고 여기를 이렇게."

뱀? 개구리? 쥐? 뉴트리아? 뭐, 너구리? 이야, 나는 그동안 윤진익이 천진난만한 호구인 줄 알았는데 그 순간은 대마왕 저리 가라는 사악한 존재라고 말해도 믿을 정도였다. 이 새끼야, 착하다는 개념에 생명 존중 사상 같은 건 안 들어가니? 아니, 물론 네가 언급한 모든 동물이 농작물에 해를 끼치는 유해 동물이긴 한데, 아니, 그런데.

윤진익은 수조에 떠 있는 뇌에 안구를 연결하고 '수면 모드'로 컴퓨터를 세팅했다. 눈꺼풀이 없는 안구는 수면 모드로 들어가자 움직임을 잠시 멈췄다. 그리고 '꿈 모드'로 조정하자 미친 듯이 회전하기 시작했다. 바로 그때 윤진익이 내 손을 잡아끌었다. 컴퓨터와 연결된 키보드 위에 내 손이 놓이자 미친 듯 회전하던 안구가 내 손끝에 고정되었고, 뇌의 어느 부분이 새파랗게 다시 발광했다. 그리고 모니터 위에 있던 작은 안테나가 천천히 뇌 쪽으로 겨누어졌다.

"지금 네가 메시지를 입력하면 이 뇌의 꿈에 그게 나타나는 거야. 아, 물론 사람한테 쏠 때는 수면 중이니까 전극 같은 건 안 꽂아. 살아 있는 쥐나 뱀은 꿈틀거려서 할 수 없이 마취한 다음 뇌를 홀라당 까서 전극을 박은 거고. 메시지는 한글 자모 8개 조합까지… 어, 야? 야? 광현아?"

생애 두 번째 기절이었다.

11월 말이었다.

깨어난 다음, 나는 한참 토하고 진익이한테 물었다. 아니, 따졌다.

"이걸로 뭘 하겠다고?"

"사람들을 행복하게 해줄 거라니까."

씨발놈아. 차라리 대마를 재배하라고.

✳

내가 거품을 물고 서울로 올라간 후에도 녀석은 연구에 매진했다. 시골 마을에서 녀석은 몸이 약해 요양 온 젊은이 정도로 여겨졌고 별 탈 없이 연구에 집중할 수 있었다. 마침내 처음으로 그 기계가 완성되었을 때 진익이는 첫 실험 대상 '사람'을 누구로 할까 고민했고, 마침내 마을 사람들을 그 대상으로 결정했다. 거대한 안테나, 지금 내 눈앞에 있는 저 안테나를 마을 뒷산에 설치하고 손을 호호 불며 발전기를 돌렸다.

"열흘 동안 밤마다 '사랑해'라는 전파를 사람들에게 보냈어. 하루, 이틀 지날 때는 사람들이 좀 멋쩍어 보였는데 닷새쯤 지나니까 표정이 부드러워지는 것 같았어. 사랑한다는 말, 행복한 말이잖아. 나는 내가 잘하고 있다고 생각했어."

그러나 이 녀석은 언어의 이면을 읽어내는 데는 턱없이 서툴렀다. 한 단어가 한 가지 뜻만을 가지고 있는 게 아니라고, 모든 게 수학과 물리처럼 명확하지 않다는 것을 아무도 녀석에게 말해주지 않았다. 하다못해 녀석에게는 그 흔한 첫사랑마저도 없었으니.

"열흘째 되는 날이 크리스마스이브였어."

크리스마스이브에 마을을 수놓은 소리는 캐럴이 아니라 경찰차와 구급차의 사이렌 컬래버레이션이었다.

"몰랐어. 나는 단지 사랑한다고 보냈을 뿐인데 그게 그 사람들 머릿속에서 어떤 식으로 재생되는지는 짐작도 하지 못

했어. 나는 사람들과 친하지 않았으니까."

크리스마스로 넘어가기 1시간 전, 한 여자의 비명이 마을을 '고요한 밤'에서 깨웠다. 곧이어 경찰이 들이닥쳤고 산타가 된 마음으로 잠을 청하던 진익이 놈도 허둥지둥 문밖으로 나갔다. 용의자는 현장에서 바로 체포되었다. 오래도록 짝사랑하던 여자에게 마음을 고백하러 갔으나 거절당하자 홧김에 칼을 휘두른 동네 청년.

"네가 그랬잖아! 밤마다 꿈속에 나와서, 나보고, 사랑한다고! 네가 그랬잖아! 씨발년아!"

음주 후 범행, 스토킹 전력, 게다가 망상 장애. 그런 말들이 오고 갔지만 새해의 분위기에 밀려 사건은 조용히 마무리되었다. 범죄자와 같은 꿈을 꾸었다고 나서는 마을 사람은 아무도 없었다. 진익이 놈은 기계를 부수려다가, 자기 손을 부수려다가, 몇 번이고 망설이며 한 달을 폐인처럼 보냈다. 음력 설날이 되기까지. 내가 결국 시골로 내려가 쓰러진 윤진익을 업고 근처 도시의 종합병원으로 실어 나르기까지.

나는 윤진익을 탓할 수 없었다. 사랑이라는 말에 그런 측면이 있으리라곤 아마 아무도 녀석에게 알려주지 않았을 거다. 〈사랑과 전쟁〉 에피소드를 세 개만 봐도 이해가 될 일이었지만, 그걸 보지 않았다고 녀석을 탓할 수는 없었다.

"세상 모든 언어가 한 가지 뜻만 가지고 있다면 좋을 텐데."

천재에게 잘못 분배된 스탯이 부른 참사였다. 그리고 마주한 건, 진익이와 똑같이 천애고아인 그 여자의 병원비를 대

줄 사람이 아무도 없다는 현실이었다. 진익이는 '그냥 아는 사람'을 자처하며 때마다 병원비를 정산했지만 진익이의 통장 잔고라고 끝없이 샘솟는 화수분은 아니었다. 결국 이리저리 모아봤지만 최종 병원비 정산에는 2백만 원 정도가 부족했다.

'2백만 원만 있으면 다 될 것 같은데….'

진익이는 그렇게 생각했다고 했다.

"꿈속에 숫자가 나타났지만 복권을 살 수 없는 미성년자, 혹은 원주율이라는 걸 알아차리고 내가 수학 공부를 너무 열심히 해서 헛것을 봤다고 생각할 사람, 조합을 틀리게 해서 못 맞출 사람들을 다 소거해보니 숫자 조합을 정확히 맞출 수 있는 사람은 2백몇 명 정도가 나오더라고. 그 정도면 로또 2등 상금을 나눴을 때 1인당 2백만 원 정도가 돌아갈 거라고 생각했지."

그 사람들이 1인당 한 장씩만 산 게 아니라는 게 진익이가 계산하지 못한 함정이었다. 그래서 최종 금액은 2백만 원보다 조금 모자란 165만원.

"내가 꼭 2백만 원이 필요해서 그런 건 아니었어. 생각해보니까 2백만 원으로 할 수 있는 게 꽤 많더라. 옥탑방 보증금도 되고, 고물 중고차 한 대 뽑을 돈도 되고, 좀 더 보태면 한 학기 대학 등록금도 만들 수 있고… 사람들이 현실적으로 한 번 벌었을 때 기쁠 정도, 그리고 다음 요행을 기대하지 않을 정도의 돈이 그 정도일 거라는 생각이 들었어. 로또 1등은 정말로 행운이 가득한 사람에게 돌아갈 테니까 2등쯤이야 한 번쯤 조작해도 되지 않을까, 그런 생각도 들었고."

"그래서 어떻게 한 거야, 로또 번호를 알아낸 건?"

윤진익은 맥주캔을 두 손으로 잡고 홀짝홀짝 들이켰다.

"신의 뇌파에 그 전파를 보냈지. 신도 보통 인간하고 똑같이 생겼다고 하잖아? 그러면 당연히 신에게도 이 장치가 먹혀들 테니까."

신의 뇌파라.

진짜인가?

"뻥이야."

내가 너무 진지하게 윤진익을 본 모양이었다. 윤진익은 씩 웃으며 코밑을 문질렀다.

"2단계 계획이 있다고 했잖아. 로또 번호 만드는 컴퓨터 중앙 제어 장치를 해킹했어. 그 공들이 무작위로 튀어나가는 것처럼 보여도, 이미 입력된 바코드와 일치하는 공만 튀어나가는 거라서. 물론 그 바코드를 랜덤 추출하는 거라서 바로 직전에 조작해야 들키지 않으니까 그 부분은 고생 좀 했지."

"하아."

"왜, 신의 뇌파를 해킹했다는 게 더 그럴듯해?"

글쎄.

윤진익이라면 어쩐지 그런 동화 같은 이야기가 더 어울린달까. 이건 뭐랄까, 좀 속물적이잖아.

하지만 따지고 보면 대한민국 남한 전 인류의 꿈속에 접속해 메시지를 보내는 것과 로또 프로그램 해킹 중 무엇이 더 쉽겠는가.

그나저나, 2백만 원이라. 처음으로 월급을 받았을 때 2백만 원을 간신히 넘겼던 게 생각났다. 그렇게 보면 2백만 원은 모두가 행복하기에 딱 적당한 금액일지도 모르겠다. 나는 진익이의 뒤통수를 슥슥 쓰다듬었다.

"잘했어."

"정말로?"

"어. 착해."

비록 윤진익이 쏘아보낸 건 숫자 여덟 자리지만, 그동안 들인 노력과 초조함은 우주왕복선을 조종하는 사람들에 비교해도 뒤지지 않을 테니까. 나는 이번 한 번 정도는 이 불쌍하고 멍청한 천재를 칭찬해주기로 했다. 거대한 안테나 앞에서 우리는 맥주를 계속 마셨고, 오징어와 땅콩을 씹었다. 그리고 계속 말했다. 잘했어. 잘했어.

✳

자정을 넘긴 시간이었다. 새벽 공기는 서늘하게 식어 가고 있었다. 나는 기지개를 켰다.

"이제 그 2백만 원 가지고 그 아가씨 있는 병원으로 가려고?"

"그래야지. 그동안 비워 둔 집 청소도 좀 할 거고."

멍청한 놈. 숫자 여덟 개를 사람들 꿈에 무작위로 심을 수 있는 도구라면 사겠다고 줄을 설 사람이 얼마나 많은지 진익이 놈은 상상도 못 할 거다. 온갖 광고의 도구가 될 거고, 원한다면 자신을 신이라 믿게 하는 종교 하나를 세울 수도 있는 무기. 그런 걸 가지고 고작 2백만 원을 벌려고 했다는 건… 역시 신의 스탯 분배가 공정하다는 증거다.

"병원비 내면 넌 뭐 먹고 사냐? 텃밭 잡초로 전 부쳐 먹게?"

"음… 그건 잘 모르겠다. 일단 그 잡초들 먹을 수 있는 건지도 모르겠고."

역시 윤진익.

"배고프면 연락해라. 밥 사줄게."

"응. 근데 나 아마 차비도 없을지도 몰라."

걱정하지 마라. 이 형님, 여섯 개 조합으로 열 장 샀다고 했잖니. 너한테는 말 안 했지만. 그리고 그중에 당첨된 건 두 장이란다.

백만 원 정도는 네 행복에 투자해주마.

그러니까 부디 행복해라. 응?

✦ 2018년 《사랑의 입자》(문학동네) 수록

비가 내리기 시작한 하늘은 잿빛이었다. 하늘은 잿빛이었지만 소년에게는 수십 가지 색이었다. 그러나 그 색깔들을 소리 내어 말할 수는 없었다. 소년은 고아여서 언제, 어떻게 말을 잃게 되었는지 알려준 사람이 없었다. 기억하는 처음부터 소년의 세계에는 언어가 없었다. 아니, 이제 문자는 존재하는 세계가 되었지만….

아직 빳빳한 천공 카드 한 묶음과 '와인드업'의 부품이 가득한 가방을 들고 소년은 기차를 탔다. 와인드업. 사람의 목소리를 들으면 받아쓰는 기계. 정확히는 사람의 목소리를 들으면 기계에 삽입된 천공 카드의 단어들로 인식하고, 손가락 끝의 펜촉으로 써내는 기계. 다양한 필적과 세련된 어휘를 가진 와인드업은 사회적 지위의 상징 같은 존재다. 그러나 천공 카드가 삽입되지 않은 기계는 그저 사람과 닮은 인형일 뿐, 실제로 기계를 움직이는 것은 천공 카드에 있는 단어들이었다. 오직 기계만이 해독할 수 있는 구멍 뚫린 카드. 그리고 그 카드를 만드는 사람, 매그넘. 소년에게 일자리를 소개시켜준 사람. 문자를 알면 안 된다고 한 사람. 문자를 알고 일자리를 잃어버린 지금, 아마 새 일자리 또한 소개시켜줄 사람.

소년이 매그넘을 찾아가자 매그넘은 소년에게 물었다. 무엇이 가장 두렵냐고. 소년은 펜을 움직여 '배고픔'이라고 썼다. 매그넘은 잠시 그 단어를 내려다보다가 소년에게 질문했다. 악몽을 꾼 적 있니? 유령이 무서워? 귀신이 나오는 집은? 소년은 악몽을 꾸었냐는 질문에만 고개를 끄덕이고 나머지 질문에는 고개를 저었다.

귀신도 유령도 괴물도 무섭지 않았다. 고아인 소년에게는 배고픔이 가장 무서웠다. 매그넘은 소년의 눈을 지그시 들여다보았다.

"와인드업의 수리와 천공 카드 관리를 같이 해줄 사람을 찾는 노부인이 있다. 분명 너를 환영할 거다."

소년의 진짜 재능은 와인드업을 다루는 것이 아니었다. 보통의 사람에게는 한 가지로 보이는 색깔을 소년은 수백 가지로 나눌 수 있었다. 저 빨강은 오전 2시 빅벤 꼭대기에 걸린 빨강, 저 빨강은 넘어진 무릎에서 갓 배어 나온 빨강. 하지만 그런 재능이 반드시 일자리를 보장해주는 것은 아니었다. 소년은 매그넘의 제안을 받아들였다.

"이 잡지들을 읽어. 나는 소개장을 쓸 테니. 시간이 좀 걸릴 거다. 그동안 위층 창고에서 지내라."

매그넘은 방 안을 뒤져 소년에게 싸구려 잡지 여러 권을 건네주었다. 짧은 주기로 발행되는 잡지는 활자체로 인쇄되어 있었다.

편지의 필기체와는 다른 활자체에 익숙해지기 위해 소년은 잡지들을 읽고 또 읽었다. 싸구려 잡지 중에서는 그나마 잘 팔리는 편이라는 잡지.

소년은 매그넘이 지시한 대로 노부인 '미스 캣토닉'의 글을 계속 읽었다. 기괴한 공포 소설이었다. 지금까지 흔히 접한 단어와는 다른 단어들이 그 안에서 물결쳤다. 길거리에서 듣지 못한 단어. 편지에도 등장하지 않던 단어. 이를테면 그 이야기 안이기에 존재할 수 있는 단어들이었다. 허황되고 절대 일어날 것 같지 않은 사건을 말하는 단어들. 소년은 매그넘의 사환이 부르면 식사를 하고 나머지 시간은 비가 추적추적 내리는 것을 보거나 책을 읽었다.

2주가 지난 어느 날 아침, 매그넘은 식탁에서 소년에게 편지를 내밀었다. 펜촉이 많이 닳았는지 글씨는 들쭉날쭉했고 보기 드물게도 활자체로 적힌 편지였다. 편지에는 소년이 빨리 왔으면 좋겠으며, 편지는 손으로 써야 하지만 본인의 건강이 좋지 않아 '알렉스'에게 쓰게 한다는 내용이 적혀 있었다. 소년이 '알렉스'라는 글자를 손으로 짚자 매그넘은 어깨를 으쓱했다.

"그 사람 와인드업의 이름인가 보다."

내 이름은 뭘까. 소년은 짐을 싸며 생각했다. 그러나 곧 생각을 포기했다. 누군가 이름을 붙여주면 그것이 바로 소년의 이름이 되었으니까. 공장에서 일했을 때와 저택에서 일을 했을 때의 이름이 달랐고 길에서 생활할 때는 이름이 없었다. 누군가 지어서 붙여주어도 그 사람과의 관계가 끝나면 사라지는 것이 소년의 이름이었다.

소년은 기차에서 내렸다. 걸어가기엔 먼 거리였지만 걷기로 했다. 숲 하나를 지나며 소년은 미스 캣토닉의 글에 나오던 단어들을 떠올렸다. 이제 소년의 고용주가 될 사람이 쓴, 미끌거리고 어둑어둑하고 습기 찬 단어들.

깊은 숲을 지나, 사람이 살지 않을 것처럼 황량한 길을 걷다 보니 목적지에 도착했다. 주변에 아무도 살지 않는 듯 텅 빈 들판에 세워진 저택이었다. 스산한 바람이 불었다. 정원에는 가지치기를 한 지 오래된 것 같은 나무들이 들쭉날쭉 서 있었다. 하지만 정문에서 현관에 이르는 길만은 그날 아침에 손을 본 듯 깔끔했다. 소년은 저택의 현관문을 두드렸다.

빨간 머리를 단발로 자른 소녀가 문을 열었다. 에이프런을 걸치고 있는 것을 보면 하녀인가? 보통 이렇게 어린애가 손님을 맞던가? 손님을 맞는 것은 보통 나이 지긋한 남자 집사의 일이었기에 소년은 머뭇거렸다. 빨간 머리 소녀는 소년을 위아래로 훑어보더니 노골적으로 싫은 표정을 지었다.

"너, 뭐야?"

소년은 허둥지둥 소개장을 꺼냈다. 소녀는 소개장을 낚아채듯 가져가고 팔짱을 꼈다.

"난 긴 글 읽을 줄 몰라. 넌 뭐야? 벙어리야?"

마지막 질문이 자신을 가리키는 말이었기 때문에 소년은 고개를 끄덕였다. 소녀는 얼굴을 찡그리더니 조그만 소리로 욕설을 내뱉었다. 소년이 움찔 놀라자 소녀는 한심하다는 듯 문을 열고 턱짓으로 안쪽을 가리켰다.

"마님한테 들었어. 말 못하는 애가 온다고. 그게 너인가 보네."

"에이프릴. 손님이 왔니?"

위층에서 늙은 여자의 목소리가 들리자 소녀의 얼굴이 환하게 밝아졌다. 에이프릴이 쟤 이름인가 보네. 소년은 무거운 가방을 내려놓고 옷에 앉은 먼지를 떨었다. 곧 에이프릴의 부축을 받으며 노부인이 계단을 내려왔다.

"만나서 반갑다. 네가 새 식구로구나."

식구. 고용주가 고용인에게 쓰기에는 낯선 단어였다. 소년은 깊이 고개를 숙였다.

그날 밤 작은 식탁에서 소년과 노부인, 에이프릴 사이에 몇 가지 규칙이 빠르게 정해졌다. 보통 하인이라면 엄두도 못 낼 일이지만 소년은 주인인 노부인 앞에서 고개를 끄덕이거나 젓는 것으로 대답을 대신할 수 있었다. 에이프릴은 짧은 단어 정도만 읽을 줄 안다고 했다. 소년은 에이프릴과 대화하기 위해 물, 마님, 찾는다, 바깥 등의 단어가 적힌 단어장을 만들었다.

"그럼 이 애의 이름은 네가 지어주렴, 에이프릴."

"네?"

"새 식구니까."

에이프릴이 소년을 한번 노려보더니 말했다.

"도미닉."

"그래. 그러면 너는 도미닉, 이쪽은 에이프릴. 그리고 나는… 미스 캣토닉, 마님, 어느 쪽으로 불러도 좋아. 식구가 되었으니 잘 지내보자."

노부인은 일을 해야 한다며 다시 계단을 올라갔다. 둘만 남게 되자 에이프릴이 소년에게 낮지만 명확하게 쏘아붙였다.

"식구로 받아들였다고 착각하지 마. 도미닉이라는 이름이 '벙어리(dumb)'하고 비슷해서 고른 거니까."

경계하는 걸까.

"너, 저 기계를 고치러 온 사람이지? 마님 방에 있는 기분 나쁜 기계. 끼익끼익 덜컥덜컥. 글자 쓰는 기계."

와인드업 말이구나. 소년은 고개를 끄덕였다.

"마님은 왜 굳이 저런 흉한 걸 집에 들이셨을까. 워런도, 마샤도, 브라운도 도망쳤으면 그냥 나한테 시키면 되는데. 흉한 물건을 들이니까 덩달아 너 같은 골칫덩이까지…."

"에이프릴, 차 좀 가져다줄래?"

위에서 들려온 온화한 목소리에 에이프릴은 "네!"라고 밝게 대답하고 총총 부엌으로 사라져버렸다. 소년은 자신의 방으로 배정된 공간에 짐을 풀었다. 서너 명이 같이 쓰던 공간 같았지만 지금은 소년 혼자였다. 저택의 규모를 보면 집사나 시종장은 없더라도 허드렛일을 할 하인과 정원사, 조리사 정도는 있어야 관리할 수 있는 크기였다.

소년은 계단 난간을 손으로 쓸었다. 잘 닦여 있지만 구석에는 먼지가 남아 있었다. 아주 큰 저택은 아니지만 저 애 혼자 돌보기에는 너무 넓은데. 그러다 소년은 고개를 저었다.

호기심은 필요 없어. 나는 이곳에, 배고프지 않으려고 온 거야.

다음 날 점심까지 미스 캣토닉은 소년을 부르지 않았다. 소년은 에이프릴에게 '마님', '부르다', '않다' 등의 단어로 말을 걸었지만 에이프릴은 '저녁에나 부르실 거야. 할 일 없으면 청소 좀 도와.'라며 퉁명스럽게 대답했다. 졸지에 갈퀴와 장갑을 들고 정원으로 내쫓긴 소년은 떨어진 잎을 한곳으로 모으고 나뭇가지를 한쪽에 쌓아놓았다. 때마침 석탄을 배달하는 사람이 와 석탄도 받아놓았다.

석탄 배달부는 '귀신의 집에 들어온 벙어리'라며 낄낄대다 사라져버렸다. 소년은 왜 이곳이 귀신의 집인지 묻지 않았다. 말을 할 수 없었으니까. 에이프릴에게도 묻지 않았다. 호기심은 좋은 고용인의 덕목이 아니니까.

배달받은 석탄은 두세 명이 쓰기엔 넉넉해 보였지만 저택 전체를 데우기에는 턱없이 적었다. 에이프릴은 소년이 두리번거리자 불쾌한 표정을 지었다.

"원래는 하인이 많았어. 그런데 다 도망쳐버렸어. 마님이 얼마나 잘해주셨는데. 악몽을 꿨다, 귀신을 봤다 호들갑 떨며 다 나가버렸어."

'귀신'이라고 소년이 쓰자 에이프릴은 입술 한쪽을 비웃듯 올리고 부엌으로 들어가버렸다.

소년은 에이프릴의 말을 이해할 수 없었다. 하인이 필요하면 인력소개소에 연락을 하면 되지 않나? 소년은 에이프릴이 시키는 대로 힘쓰는 일을 마친 후, 방에 들어가 와인드업의 부품들을 꺼내 기름칠하고 닦았다. 똑똑똑, 두드리는 소리가 들려 문을 열어보니 에이프릴이 위층을 턱짓했다.

"마님이 널 부르셔."

소년은 한 손에는 부품 가방을, 다른 한 손에는 천공 카드 뭉치를 들고 2층 응접실로 올라갔다. 에이프릴이 노려보는 것이 느껴졌다.

응접실에는 안락의자 하나와 와인드업 하나, 평범한 나무 의자 하나가 있었다. 미스 캣토닉은 눈을 감고 있다가 소년이 인기척을 내자 눈을 떴다. 소년은 먼저 노트를 펴서 글을 썼다.

'기계에 문제가 있나요?'

기계가 아니라 알렉스에게, 라고 썼어야 하나. 소년은 노트를 든 채 머뭇거렸다. 미스 캣토닉은 안경을 쓰고 노트의 글자를 읽더니 손가락으로 와인드업을 가리켰다.

"펜촉이 많이 낡았어. 펜촉을 갈아주고, 잉크를 채워주렴. 새 천공 카드도 넣어주고."

화려한 색의 잉크로 그림 같은 편지를 쓰는 것이 유행인 시대였다. 소년은 잉크 배합을 궁리하며 와인드업의 뚜껑을 열었다. 분해한 부위를 닦아내고 다시 조립하다가 소년은 잠시 동작을 멈췄다. 자신이 봐 온 기계들과는 다른 펜촉을 사용하고 있었다. 와인드업의 손가락 관절도 소년이 보던 것과는 미묘하게 달랐다.

미스 캣토닉의 와인드업은 글씨체가 아니라 활자체를 쓰도록 디자인된 모델이었다.

'잉크는 무슨 색으로 할까요?'

소년의 질문에 미스 캣토닉이 대답했다.

"검은색으로 부탁해."

어떠한 검은색도 아닌 그저 까만색.

밤하늘의 검은색도, 그림자의 검은색도 아닌 까만색. 시중에서 파는 평범한 잉크를 와인드업에 가득 채운 소년은 방을 나가려 했다. 예전처럼 글을 모른다면 상관없겠지만 이제 소년은 들은 말들을 문자로 쓸 수 있으니까. 그리고 그렇게 말이 새어 나가 소문이 되게 하는 것은 아랫사람의 몫이 아니니까. 그것이 오로지 까만색으로 이루어진 글이든, 화려한 색의 잉크와 유려한 말들로 가득 찬 글이든. 소년이 문을 향해 뒷걸음질하자 미스 캣토닉의 눈이 깜박였다.

"어딜 가니?"

소년은 제자리에 선 채 멍하니 입을 벌렸다. 미스 캣토닉은 쓸쓸한 얼굴로 고개를 저었다.

"앉으렴, 도미닉."

도미닉. 내 이름.

"매그넘이 편지에 썼다. 너는 배고픈 것 빼곤 무서워하는 게 없는 아이라고 하더구나. 네가 어떻게 자랐는지도 간략하게 들었고. 귀신이나 악몽을 두려워하는 아이가 아니라고 했어. 그 말이 맞니?"

소년은 고개를 끄덕였다. 악몽이나 귀신은 무섭지 않았다. 그러자 미스 캣토닉은 소년에게 다시 의자에 앉으라고 손짓했다.

"너도 대충 알겠지만, 나는 공포 소설을 쓴단다. 그래서 활자체를 쓰는 거야. 내가 알렉스에게 받아쓰게 하는 말은 대부분 공포 소설이야. 무서운 이야기 말이지. 만약 도미닉, 네가… 내가 말하는 이야기들이 무섭다면 나가도 좋아. 하지만 괜찮다면 그 자리에 있어주면 좋겠구나. 알렉스의 잉크가 떨어지거나 펜촉을 갈아야 할 때마다 너를 부르는 건 힘든 일이거든."

소년은 고개를 끄덕였다. 미스 캣토닉이 와인드업을 향해 혀 차는 소리를 두 번 냈고 와인드업의 청각 감지기가 작동한다는 신호로 푸른 전등이 켜졌다.

이야기가 시작되었다.

"그리고 난파선에서 끊임없이 수많은 손들이 빠져나왔다."

깊고 깊은 바닷속. 인간의 손이 닿지 않은 곳. 해구, 바다 안에 뚫린 수많은 동굴, 촉수로 먹이를 낚아채는 자들, 돌아온 죽은 자, 문 앞에 남겨진 소금기 가득한 발자국, 문을 두드리던 손이 아닌 빨판들, 비명, 죽음, 깨어남, 다시 비명, 찾아감, 돌아감, 거부당함, 바다, 소금, 물, 인어도 사람도 물고기도 아닌 존재들, 웅크리고 있는 거대한 괴물, 돌아오고, 돌아오고, 돌아오고, 거부당하고, 비명, 물에 젖은 채 불타는 집들, 도전하고 돌아오지 않는 자들, 끌려간 자들, 아무도 반기지 않는 귀환, 문을 열어준 사람들마저 사라지게 하는 심해, 어두움, 어두움, 어두움, 어두움.

어두움.

멈추고, 이어지고, 멈추고, 이어지는 이야기가 미스 캣토닉의 입에서 흘러나왔다. 볼 수 없던 존재와 마주친 뱃사람들의 욕설과 사람들의 탄식을 와인드업이 받아썼다. 소년은 펜촉을 갈아 끼우고, 잉크를 보충했다. 꿈속처럼 움직이던 소년이 정신을 차렸을 때는 2시간이 지나 있었다.

창밖에서 들이치던 따스한 노을이 검은 밤으로 바뀌어 있었다. 큰 나뭇가지가 달빛에 긴 그림자를 방 안으로 드리웠다. 소년은 자신도 모르게 진저리를 쳤다.

"무섭니?"

소년은 고개를 젓지도 끄덕이지도 않았다. 대신 펜을 들어 노트에 썼다.

'모르겠어요.'

미스 캣토닉의 목소리로 전해진 이야기. 활자체로 읽은 것과는 다른 느낌. 잡지로 접할 때는 만들어낸 이야기라고 생각할 수 있었다. 하지만 창밖 나무의 긴 그림자와 밤의 어둠 속에서 휩쓸리고 온 기묘한 감각은 어떤 단어로도 잘라 이야기하기 어려웠다.

미스 캣토닉은 쓰게 웃었다. 와인드업은 벌써 꺼져 있었다. 펜촉은 종이 위에 가만히 멈춰 있었다.

"만약 오늘 악몽을 꾼다면 꼭 내게 말해주렴. 에이프릴에게 말해도 좋아."

저녁을 먹지 못했다는 게 떠올랐다. 하지만 피곤함이 배고픔을 눌러 소년은 에이프릴을 찾지 않았다. 남자 하인방에는 침대가 여러 개 있었지만 모두 비어 있었다. 자리에 눕기 전, 소년은 자기 침대 옆에 빵 조각과 물 한 컵이 있는 것을 발견했다. 그 애가 가져다놨겠구나. 소년은 입 안에 먹을 것을 집어넣고 물을 마셨다.

그리고 깊은 잠에 빠졌다.

잠들어 있는 도중, 누군가가 소년을 내려다보는 것 같았다.

"왜 너야?"

꿈결 같아서, 소년은 대답하지 않았다. 꿈이 아니었더라도 마찬가지였겠지만.

그렇게 소년은 저택의 사람이 되었다. 아침을 먹고 나면 에이프릴이 부엌에서 설거지를 했다. 소년은 갈퀴와 삽을 들고 나가 마당을 치웠다. 마른 나뭇잎들을 고철 양동이 안에 넣고 석탄을 가져와 태웠다. 연기가 멀리, 높게 올라갔다.

에이프릴과 소년 사이에는 많은 이야기가 오가지 않았다.

빵과 물을 매번 침실에 가져다놓는 사람은 에이프릴이었고 아침에 빈 컵과 접시를 에이프릴에게 건네며 고개를 숙이는 사람은 소년이었다. 소소한 집안일을 함께하며 때때로 에이프릴은 노래를 불렀다. 노래를 부를 수 없는 소년은 그저 듣기만 했다. 시간이 지나며 에이프릴은 가끔 소년에게 감자나 볶은 콩 같은 자잘한 간식거리를 주기도 했다. 에이프릴은 소년에게 딱히 상냥하진 않았지만 소년을 미워하지도 않는 것 같았다.

하지만 미스 캣토닉 앞에 서면 에이프릴은 소년에게 퉁명스러워졌다. 그동안의 친절이 모두 없던 일인 것처럼, 미스 캣토닉이 짐짓 '사이좋게 지내라.'라고 주의를 주어도, 새빨간 얼굴로 '네.'라고 할 뿐 소년 쪽을 보는 일은 없었다. 붉어진 에이프릴의 손을 미스 캣토닉이 잡자 에이프릴의 얼굴색이 달라졌다. 짜증과 슬픔의 빨강이 아니라, 부끄러움과 원망의 빨강.

빨간 머리, 빨간 얼굴. 아무리 단정하게 빗어도 끝이 뻗치는 붉은 머리카락은 낙엽을 닮은 빨강. 미스 캣토닉을 보며 꼭 쥔 에이프릴의 두 손등의 빨강.

그런 날들이 반복되었다. 아침과 점심에는 하인들이 할 법한 잡일을 하고, 여유가 있으면 미스 캣토닉의 허락을 받아 서재에 가서 책을 읽었다. 두껍고 어려운 책들이었다. 미스 캣토닉의 글이 실린 잡지는 없었다. 에이프릴에게 물어보니, 미스 캣토닉은 잡지가 오면 한 번 훑어보고 바로 태워버린다고 했다. 그래서 서재에 잡지는 한 권도 없었구나. 소년은 고개를 끄덕였다. 에이프릴이 퉁명스럽게 물었다.

"왜 끄덕이는 건데?"

소년은 머뭇거리다 '서재'라고 썼다. 에이프릴은 그 단어가 낯선 듯 오래 들여다보다가 소년에게 낮은 목소리로 물었다.

"너는… 서재에 들어가도 돼?"

소년은 고개를 끄덕였다. 에이프릴의 얼굴에 쓸쓸함 같은 빛깔이 내려앉았다.

미스 캣토닉이 글을 쓰지 않는 날도 있었다. 이야기가 떠오르지 않는다며 미스 캣토닉은 소년을 불러놓고 어릴 적 이야기를 들려주었다. 미스 캣토닉의 이야기 속에는 오빠들이 자주 등장했다. 소년은 미스 캣토닉이 기침을 하는 동안 천장을 올려다보았다.

왜 저죠. 왜 저에게 이런 이야기를 들려주시는 거죠.

에이프릴이 있는데.

서재에는 왜 그렇게 먼지가 많죠.

에이프릴은 서재를 청소하지 않나요.

아니면.

*

궁금한 게 있는 얼굴이구나. 미스 캣토닉의 말에 소년은 떠오른 많은 질문 대신 단어 하나를 적었다. '오빠.' 마님과 놀아주던, 이야기를 들려주던, 돈으로 배를 채워 돌아오겠다던

오빠들은 어디로 갔나요? 미스 캣토닉이 한숨을 쉬었다. 이
야기가 이어졌다.

"어머니 아버지는 오빠들을 변호사나 사업가로 키우고 싶
어 하셨어. 하지만 오빠들은 뭔가에 홀린 듯 전부 바다로 나
갔어. 무역을 하겠다는 말에 아버지와 어머니는 말릴 수도
없었지. 그리고 모두 돌아오지 않았어. 배가 해적의 습격을
받았다는 편지가 오기도 했고, 선상 반란이 일어나 오빠가 죽
었다는 편지도 왔지. 막내 오빠는 편지도 아무것도 없이 40년
이 넘도록 연락을 하지 않고 있어.

나는 오빠들이 아직도 바다에 있다는 생각을 해. 어릴 때
는 오빠들이 돌아오는 꿈을 자주 꿨단다. 상상 속의 오빠는
언제나 떠날 때 젊은 모습 그대로였지. 내 이름을 부르며 나
를 끌어안고 빙글빙글 돌았어. 하지만 시간이 가면서 내 안의
오빠는 점점 물에 젖고 지친 모습이 되었고, 이제는 내 꿈에
도 돌아오지 않아.

하루하루 아무 일도 없이 살아가는 평범한 삶을 누릴 수도
있었어. 하지만 오빠들이, 정확히는 오빠들을 홀린 바다가 자
꾸만 나를 불렀어. 그래서 이야기를 쓰기 시작했단다.

기괴한 이야기였어. 손으로 쓰다가 팔이 너무 아파 하인을
불러 받아쓰게 했지. 하인들의 귀에 내 이야기가 고스란히 흘
러 들어갔어. 모두 악몽에 시달린다며 이 집을 떠났지. 에이
프릴만이 남았단다. 나는 와인드업이 나왔다는 소식을 듣고
바로 집에 들였어."

악몽이라. 이 이야기들이 꿈속에 나타났다는 걸까. 소년은
바다를 본 적이 없었다. 미스 캣토닉도 마찬가지라고 했다.
하인들은 바다를 본 적이 있을까? 소년은 바다가 어떤지 묘
사할 수 없었다. 이 집에 오기 전까지 소년이 들은 바다는 귀
족들에게 아늑한 부를 가져다주는 푸른 물의 덩어리였다. 그
물에서 짠맛이 나고, 배가 들어오면 사람들이 우르르 몰려든
다는 것은 알 수 있었다. 하지만 파도가 어떤 색인지, 바다의
깊은 곳이 어떤 색인지 본 적이 없는 소년은 알지 못했다.

바다는 깊은 물일까. 미스 캣토닉의 이야기 속, 난파선에
갇힌 보물들은 어떻게 될까. 스르륵스르륵, 미스 캣토닉의 이
야기에서처럼 손이 되어 기어 나올까.

소년밖에 쓰지 않는 큰 하인방에서 소년은 자신의 손을 내
려다보았다. 씻어도 씻어도 매일 검은 잉크 얼룩이 소년의 손
에 남아 있었다. 그 손을 쥐었다 펴면서 소년은 미스 캣토닉
에게 에이프릴에 대해 묻지 못한 것을 생각했다. 먼지가 쌓인
서재. 두꺼운 책들. 사람의 손이 닿지 않은 지 오래된 듯한 바
닥. 소년은 두 손에 남은 잉크 얼룩을 보며 스스로 답을 찾아
냈다. 에이프릴은 서재에 들어갈 수 없었다. 미스 캣토닉이
그렇게 정했을 테니까.

소년의 꿈에 수많은 손들이 나와 소년을 쓰다듬었다. 본
적이 있는 손도 있고 처음 보는 손도 있었다. 손들은 소년을
만지며 검은색 단어들을 흘리고 갔다. 깨어나서 소년은 그 수
많은 손들에 대해 생각했다. 거리에서 거지로 지내던 자신을

밀쳐 내던 손. 인쇄소에서 일하다 손가락이 잘린 아이의 손. 하얗고 부드러운 귀족들의 손. 종종 비누 냄새가 나던 귀족 저택 하인들의 손. 여기 와서 만난 미스 캣토닉의 주름진 손.

저녁 접시를 치우는 에이프릴의 손이 빨갛게 부풀어 있었다.

"에이프릴, 손을 다쳤니?"

미스 캣토닉이 묻자 에이프릴의 얼굴이 손보다 빨갛게 물들었다.

"요, 요리를 하다가 조금 데었어요."

"잘 치료하렴. 아프겠구나."

소년은 미스 캣토닉의 얼굴이 걱정으로 어두워지는 것과 에이프릴의 얼굴에 수치심 비슷한 푸른 감정이 스쳐 지나가는 것을 보았다.

에이프릴이 미스 캣토닉에게 거짓말을 하는 일은 없었다. 소년에게 다정하게 대해주다가 미스 캣토닉 앞에서는 쌀쌀맞게 구는 일은 있어도, 그건 거짓말은 아니었다. 늘 미스 캣토닉을 밝게 비쳐 드는 아침 햇살 같은 빛으로 마주하는 에이프릴. 소년에 대한 친절이 잠시 거두어지는 것은 빛에 따르는 그림자 같은 것이라고 소년은 생각했다. 하지만 이 푸른 감정은 무언가를 감추는 거짓말의 빛. 소년이 이 저택에 오고 처음 보는 표정이었다.

미스 캣토닉이 지팡이를 짚고 위로 올라간 후, 소년은 에이프릴의 팔을 잡았다. 무례한 행동이었지만 소년은 소리 내어 에이프릴을 부를 수 없었으니까. 그리고 에이프릴의 치마에 붙은 그것을 보았으니까. 에이프릴의 얼굴에 분노가 가득했다. 공포가 섞인 분노는 검붉고도 떨리는 색. 폭로당할 것을 두려워하는 색. 에이프릴이 소년의 손을 거칠게 뿌리쳤다.

"뭐 하는 거야!"

소년은 무릎을 꿇고 에이프릴의 치마에 붙어 있는 타다 만 종이를 떼냈다.

불에 그을리긴 했지만 미스 캣토닉의 글이 실리는 잡지 특유의 종이 색을 소년은 분간할 수 있었다. 어제 자신이 쓰레기와 잡지를 함께 태우다 잠시 자리를 비운 사이, 타다 만 잡지가 사라진 일이 있었다는 것을 소년은 기억해냈다.

'책.'

소년은 그렇게 썼다.

에이프릴의 손이 소년에게서 그을린 종이를 낚아챘다. 이미 탄 부분은 바삭바삭 가루로 부스러졌고, 덜 탄 부분은 몇 글자가 남은 채 에이프릴의 손에 매달렸다. 에이프릴은 손으로 치마를 털어 종잇조각을 떼어 내고 발로 밟았다. 발로 밟아도 그것들은 사라지지 않았다. 소년은 종잇조각들을 손바닥으로 쓸어 조용히 자신의 주머니에 넣었다. 타지 않은 단어들이 소년의 눈에 들어 왔다. 날리는 재 부스러기에 눈이 아파, 소년의 눈에 살짝 눈물이 맺혔다. 소년은 다른 손으로 눈을 비볐다.

"왜 너야?"

에이프릴의 목소리. 첫날 밤에 꿈결처럼 들렸던 그 목소리.

소년은 멍하니 에이프릴의 손을 보았다. 주먹 쥔 손. 재가 묻은 손. 빨갛게 피가 몰리고 화상을 입은 손. 아플 텐데. 아픈 빨강.

그러게. 왜 나일까.

미스 캣토닉이 기침을 할 때마다 드러나는 얼굴의 빨강. 늙고 아픈 빨강. 핏기를 잃어 가는 빨강. 그 빨강을 이해하고 미스 캣토닉의 곁에 있어주는 사람은 에이프릴, 너여야 할 텐데.

왜 너냐고 묻지만, 사실은 왜 내가 아니냐고 묻는 말. 말에도 색깔이 있다면 저 말도 빨강. 에이프릴의 눈이 약간이지만 붉게 물들어 있었다. 울고 난 빨강. 그리고 다시 에이프릴의 눈꼬리 끝에 맺히는 빨강. 빨강을 따라 눈물이 흘렀다. 에이프릴은 그것이 더러운 무엇이라도 되는 양 거칠게 닦았다.

"너 같은 거, 정말 짜증 나."

저 말도 빨강. 분노와 슬픔이 섞인 빨강. 잡지가 양철통 안에서 타들어 갈 때의 빨강과 닮았다. 자신을 지우지 말라고, 사라지고 싶지 않다고 말하는 것 같은 빨강. 어쩌면 에이프릴의 빨강은 미스 캣토닉이 자신을 원하지 않는다고 생각하는 빨강. 미스 캣토닉이 소년이 아니라 자신을 곁에 두기를 바라는 빨강.

"저 멍청한 기계가 아니라, 내가 글을 쓸 줄 알았으면…. 너 따위."

안타까움의 빨강. 망막 안에 수많은 붉은빛이 휘몰아쳐 소년은 눈을 꼭 감았다. 눈을 떴을 때는 주방으로 가는 에이프릴의 뒷모습이 보였다. 미안해. 말을 할 수 있었다면 아마 그렇게 말했을 것이다. 소년은 단둘만의 정원에 발을 들인 침입자가 된 것 같았다. 소년은 자신의 가슴께를 천천히 쓸어내렸다.

✳

에이프릴이 부르지 않으니 시간이 비었다. 작은 침대에 몸을 누이고 소년은 생각했다.

하인들이 나가고, 와인드업이 들어오고, 내가 이 저택에 들어오고. 에이프릴은 나에게 화를 내고. 일렁이는 조각들을 이어 맞추다 소년은 의아해했다. 와인드업이 없었다면 소년은 이 집에 발을 들이지 않았을 것이다. 와인드업이 이 집에 온 이유는 글을 받아쓸 하인이 없기 때문이었다. 에이프릴의 말대로, 그 애가 글을 쓸 줄 알았다면 와인드업이 이 집에 올 필요는 없었을 텐데. 왜 에이프릴은 미스 캣토닉에게 글을 배우게 해달라고 하지 않았지?

글을 문법에 맞게 쓰기까지는 오랜 시간이 걸린다. 과거형, 의문문, 가정법, 예의 바른 말투. 그런 것들을 익히려면 수많은 책을 들여다보고 단어를 끼워 맞춰야 한다. 어쩌다 글을 깨쳐버렸지만 아직도 문장을 쓰는 것은 어려웠다. 에이프릴과의 대화처럼 단어와 단어로 말하는 것이 훨씬 쉽고 편리했다. 하지만 이미 조합된 단어들을 받아쓰는 건, 단어를 조합해내는 것만큼 어렵지는 않았다.

공립학교는 싸다. 에이프릴이 집을 비우는 것이 문제가 된다면 사람을 더 고용하면 된다. 이 집에는 적어도 두세 명의 하인이 더 필요했다. 에이프릴이 공립학교에 다녀 글을 배우고 서재의 책을 읽는다면 시간은 좀 걸려도 미스 캣토닉의 글을 받아쓸 수 있을 것이다. 그것이 미스 캣토닉이 원하는 일이라면 에이프릴은 밤을 새워서도 공부를 할 것이다.

에이프릴의 나이는 고작 열둘. 아직도 늦지 않았다. 3년, 아니 에이프릴의 열정이라면 1년으로도 충분할 터였다. 하인이 하는 일은 소년이 하고, 하녀를 두어 명 더 고용하면 된다. 미스 캣토닉이 인력소개소에 편지 한 통만 보내면 끝날 일이었다.

그런데 왜 그렇게 하지 않았을까. 미스 캣토닉이 에이프릴을 대할 때의 얼굴은 상냥한 빨강. 그러나 두려워하는 빨강. 미스 캣토닉은 무엇을 두려워하는 걸까. 그렇게, 생생하게 살아 움직이는 괴물들을 이야기로 만드는 사람도 두려운 게 있을까.

*

날씨가 추워지고, 미스 캣토닉의 몸은 점점 쇠약해져 갔다. 영국 사상 최고로 추운 겨울이 될 거래. 집배원이 소년에게 말했다. 습하고 추운 날씨였다. 미스 캣토닉의 기침 때문에 원고에는 몇 번이나 기침 소리가 섞여 들어갔다. 에이프릴이 미스 캣토닉에게 따뜻한 차를 내가면서 제발 좀 쉬시라고 울먹이며 부탁하는 소리가 들렸다. 하지만 매일 밤 소년이 지켜보는 동안, 미스 캣토닉은 점점 더 많은 양의 이야기를 쏟아 냈다. 와인드업의 관절 하나가 완전히 어긋나도록.

'부품을 주문해야 합니다. 며칠 걸립니다.'

소년의 글씨를 읽고 미스 캣토닉은 긴 한숨을 내쉬었다. 밤이 조금씩 빠르게 다가오고 있었다. 밤이면 언제나 긴 가지의 그림자가 창 안으로 드리워졌다.

"그래. 며칠간 네가 쉬겠구나."

소년이 희미하게 웃자 미스 캣토닉이 말했다.

"여행이라도 다녀올래?"

소년은 고개를 저었다.

'에이프릴을 도와야 해요.'

미스 캣토닉의 눈에 주저하는 빛이 스쳐 지나갔다.

"혹시 그 애가, 글을 가르쳐달라고 하니?"

또 두려움의 빨강. 소년은 고개를 저었다.

에이프릴은 한 번도 소년에게 부탁하지 않았다. 사과하지 않았던 것처럼, 부탁도 하지 않았다. 이거 해, 저거 해. 명령하는 말. 밥 먹을 시간이야. 마님이 널 찾으셔. 알려주는 말. 에이프릴은 늘 말을 하고, 소년은 그 말을 들었다.

"그 애는 너에게도 부탁하지 않는구나."

미스 캣토닉은 쓸쓸하게 웃었다.

"걸어서 갈 수 있는 거리에 공립학교가 생긴다더구나. 여러 해 전부터 돌던 말이야."

왜 갑자기 이런 말을 하는 걸까.

"앞으로 3년, 4년… 후면 에이프릴은 열여섯 살이 될 거야."

미스 캣토닉이 몸을 앞으로 내밀고, 소년에게 물었다.

"열여섯에 글을 배워도, 너무 늦지 않겠지?"

왜 지금이 아닌가요. 왜 하필 그런, 구체적인 미래인가요.

"의사가 말했어. 와인드업으로 계속 글을 쓰면 말을 많이 해야 한다고. 그러면 남은 날이 점점 줄어들 거라고. 늦어도 내년 봄부터는 글을 쓰지 말라고 하더구나. 그러면 너도… 다른 직업을 찾아야 하겠지."

미스 캣토닉의 눈빛이 아득해졌다.

"너와 함께 있는 에이프릴을 창문 밖으로 종종 본단다. 즐거워 보이더구나. 에이프릴이 혼자 있는 게 나는 늘 걱정이었지. 그러니 나는 네가 내 집에 좀 더 있어줬으면 해. 도미닉. 적어도 내가…."

자신의 앞날을 말하다 불길함에 생략해버린 말들. 그러나 반드시 찾아올 일들. 미스 캣토닉은 잠시 말을 멈췄다. 소년은 기다렸다.

"부탁이 있어. 그때까지는, 에이프릴에게 글을 가르치지 마라."

침묵이 방 안에 낮게 퍼져 흘렀다. 차가운 공기 안에서 불안한 열기를 내뿜는 침묵. 소년은 종이를 꺼내서 글을 썼다.

'왜 글을 가르치면 안 되나요?'

주인에게 뭔가를 묻는 것은 버릇없는 일이었다. 그것이 주인의 사생활과 관계된 것이라면 더더욱. 그러나 소년은 머릿속에서 맴도는 질문들을 떨쳐낼 수 없었다. 서재에 대해서도, 하인을 구하지 않는 이유도 궁금했다. 이제 미스 캣토닉이 화를 내고 자신을 쫓아낸다 해도 어쩔 수 없다고 소년은 생각했다. 그러나 미스 캣토닉은 한숨을 쉴 뿐 화를 내지 않았다. 그리고 에이프릴이 처음 이 저택에 왔을 때 이야기를 들려주었다.

착하고 싹싹한 애라고, 미스 캣토닉은 에이프릴을 그렇게 표현했다. 꽃을 팔던 어린애를 견습 하녀로 데려왔을 때부터 유독 자신을 따랐다고. 4월 봄날에 데려와서 이름은 에이프릴. 어쩐지 하인들과 자주 다투고 결국엔 혼자 남아버렸지만 그래도 계속 웃는 얼굴을 보여준 애라고.

"모두들, 일을 그만두고 나가기 전에 말했지. 에이프릴에게 글을 가르치라고. 나를 가장 잘 따르는 애를 왜 가르쳐서 돕게 하지 않느냐고. 그 애라면 내가 시키는 일은 뭐든 할 거라고."

그렇겠죠. 불에 손이 데는 것도 아랑곳하지 않고 마님의 글을 읽어보려고 애쓰는 아이라면.

"하지만 날 돕던 하인들은 하나같이 악몽을 꾸었다고 말했지. 에이프릴은 내가 시키면 아주 빠르게 글을 익힐 거야. 하지만 그 애가 글을 배워서 나를 돕게 되면, 내 이야기를 듣게 되면… 그렇게 되면… 그 애도 악몽을 꾸게 되지 않을까?"

아.

알 것 같았다.

공포는 감기처럼 전염된다. 잠든 사이 머릿속을 헤집고 간다.

미스 캣토닉의 떨리는 입술 색은, 두려움의 빨강. 그러나 악몽이 두렵지 않은 소년은 그것이 자신의 질문에 대한 답이라고 생각하지 않았다. 에이프릴이 악몽을 꾸는 게 두려운가요? 에이프릴은 강한 아이예요.

"자신의 주인이 이런 이야기를 쓰는 사람이라는 걸 알면, 에이프릴은 나를 어떻게 생각할까?"

수많은 하인들이 주인의 뒷소문을 쑥덕이지만 그것을 주인 앞에서 내보이지는 않잖아요.

"그 애가, 나를… 싫어하게 되면 어떻게 해야 하지?"

그렇군요.

그게 두려웠군요.

에이프릴은 당신과 자신의 세계에 내가 끼어드는 것을 싫어해요. 내가 자신의 자리를 빼앗아 갈까 봐 두려워해요. 그것이 에이프릴만의 두려움은 아니었군요. 당신의 세계에서도 에이프릴은 봄날 같은 존재였군요. 어둡고 깊은 심해의 공포를 이야기하는 당신에게도 그 애는 봄이었군요.

글을 가르치지 않아서, 돕게 하지 않아서 듣는 원망도 두렵지만. 더 두려운 것은 에이프릴의 잠에 찾아들 악몽. 미스 캣토닉의 입에서 나오는 무서운 이야기들을 듣고 겁에 질릴 에이프릴의 눈빛. 그것이 반복되다 못해 언젠가는 미스 캣토닉의 눈과 에이프릴의 눈이 마주치지 않는 일. 따스한 봄날의 빛이 자신을 비추지 않는 일.

"나는 그 애를 잃고 싶지 않단다."

소년은 잠시 침묵을 지키다 방을 나왔다.

하인이 남들에게 주인의 험담을 함부로 하지 않는 것처럼, 주인의 실수를 모른 척하는 것처럼. 안의 이야기는 밖으로 새어 나가지 않게.

대문 밖 사람들의 수군거림을 굳이 미스 캣토닉에게 전하지 않듯이, 미스 캣토닉이 자신의 글이 실린 잡지를 집 안에 남겨두지 않듯이. 밖의 이야기는 안으로 넘어오지 않게.

그러니 소년은 생각한다. 미스 캣토닉의 두려움이 에이프릴에게 닿을 수 없게, 에이프릴이 두려워하는 것도 미스 캣토닉에겐 닿지 않게.

＊

나무엔 이파리도 몇 남지 않았다. 초겨울 정원을 쓸고 돌아온 소년에게 에이프릴이 불쑥 다가와 삶은 감자 한 알을 건넸다. 자기 몫의 간식이었을 텐데. 하지만 소년은 감자를 받아 한 입 베어 물었다.

"모두 마님이 미쳤다고 했어."

바닥을 보며 에이프릴이 작게 말했다.

"떠난 하인들은 모두 마님이 미쳤다고 했어. 매일 밤 이상한 괴물 이야기를 하고, 그걸 받아 적게 해서 자기들을 괴롭힌다고 했어. 마님은 사실 무시무시한 마녀일 거라고, 나무 그림자에 홀려서 헛소리를 하는 거라고, 주인이 아니면 당장 정신병원에 연락해버릴 거라고 했어. 그리고 나만 남았어.

언제부터인가, 마님은 하인을 구한다는 말을 소개소에 전하지도 않았어. 마님이 점점 아파서 힘들어하고 있다는 것도 알아. 그런데도 사람을 구하지 않는다는 게, 어떤 뜻인지도 나는 알아….

나만 여기 남게 될 거라는 걸 알아. 마님이 나를 여기 남겨두고 싶어 한다는 걸 알아. 마님이 왜 나를 서재에 들이지 않는지, 나도 알아. 마님을 돕고 싶어. 마님이 쓰는 이야기를 전부 읽고, 쓰는 걸 돕고 싶어. 나는 너와 달라. 악몽을 꾸는 게 무서워. 하지만 악몽보다 더 무서운 게 있어. 나는 마님을 두려워하게 되는 게, 두려워."

끝내 떨어진 투명한 눈물. 모든 물감을 섞으면 검은색이 된다. 그렇다면 모든 빛을 섞으면 투명한 색이 되지 않을까. 소년은 찬장에서 화상 연고를 찾아왔다.

"네가 부러워."

소년은 에이프릴의 손에 연고를 발라주었다.

"네가 미워."

연고를 다 바르자 에이프릴이 손을 뺐다.

에이프릴이 두 손으로 얼굴을 가렸다. 연고가 에이프릴의 얼굴에 묻었다.

"마님에겐 말하지 마."

찰나의 틈을 두고 에이프릴이 덧붙였다.

"부탁이야, 도미닉."

…빨강. 이렇게 여러 가지 색이 섞인 빨강. 붉은 말이, 붉은 표정이, 흉터가 남은 붉은 손이 보는 것만으로도 어지러워서, 소년은 고개를 끄덕였다.

✳

미스 캣토닉은 기침 끝에 말했다.

"내가 아주… 아주 아름다운 글을 쓸 수 있는 사람이라면, 에이프릴에게 내 이야기를 읽게 할 수 있었을 텐데. 도미닉, 내가 에이프릴을 행복하게 만들 글을 쓸 수 있다면 얼마나 좋을까. 하지만 나는 머릿속에 괴물만 가득한 사람이니, 어쩌다 이렇게 되어버린 건지, 나도 모르겠구나."

✳

소년은 저택 현관을 살짝 열고, 밖으로 나왔다. 밤하늘을 구름이 가려 하늘은 탁했지만, 그 안에도 약간의 푸름과 약간의 빛과 달과 별이 지나가는 길이 있었다. 적어도 소년은 그것을 분간할 수 있었다.

두려움의 구름이 흡수하는 빛.

구름을 벗어나야 볼 수 있는 빛.

아주 아름다운 색깔일 텐데.

서로 사랑하는 두 사람이 한 지붕 아래 잠든 겨울 밤하늘. 먹구름 안으로 소년에게만 보이는 빛이 흘러가고 있었다.

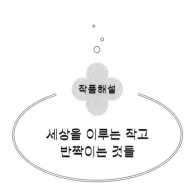

세상을 이루는 작고
반짝이는 것들

어릴 적 '소설'이라는 글자에 관해 처음 썰을 풀어줬던 선생님은 소설(小說)이 작은 이야기라고 했었다. 사회적이고 정치적인, 혹은 과학적이고 물리적인 큰 이야기가 아니라 작고 사소한 사람들이 살아가는 별것 아닌 이야기를 소설이라고 한다며. 그 말을 들은 나는 궁금했다. 세상은 소설가가 굉장한 사람인 것처럼 대하고, 선생님, 선생님, 하며 칭하는데 왜 소설은 그토록 작은 이야기인지.

인간이란 무릇 큰 이야기보단 작은 이야기를 좋아하는 법이다. 사람을 제일 들뜨게 만드는 건 보통 가십이고, 거대하고 장구한 역사의 흐름보다는 그 뒷면에 있다는 사실인지 아닌지도 잘 모를 야사들이 재미있다. 작은 이야기들이 이토록 흥미로운 이유는, 삶의 특수성이나 핍진성이란 죄다 작은 이야기 안에 모여 있기 때문이다. 제아무리 대단한 역사라고 해도 조그마한 이야기들의 군집이고, 제아무리 굉장한 행성이라고 해도 자잘한 원자들의 집합체다. 허구한 날 인용되는 그놈의 칼 세이건은 여하간 위안이 되는 구석이 있다. 우리라는 지질한 인간들조차 별을 구성하는 물질들로 구성되어 있다는 거.

물론 작은 걸 모아놓은 게 죄다 큰 이야기를 내포하고 있는 건 아니다. 작은 이야기 속에는 눈뜨고 못 봐줄 꼴도 허다하다. 하지만 이 눈뜨고 못 봐줄 꼴들이야말로 말하자면 '찐'이다. 인간의 삼라만상과 불쾌 혹은 유쾌는 모두 이 작은 이야기들 속에 자리 잡고 있다.

전삼혜가 꼭 작은 이야기만 잘 쓰는 작가는 아니다. 2021년 출간되었던 전삼혜의 옴니버스 장편소설《궤도의 밖에서, 나의 룸메이트에게》는 꼭 작은 이야기라고만은 할 수 없다. 소설은 섬처럼 떨어져 있는 룸메이트들로 구성된 광막한 세계관을 가지고 있다. 하지만 여기서 중요한 점은 바로 '섬'이다. 아무리 거대하고 광활한 이야기를 쓴다고 하더라도, 결국 우주에 외따로 떨어진 작은 섬의 이야기가 된다. 전삼혜의 시선은 소설가의 것이고, 소설가는 작은 섬들이 촘촘히 모여서 만들어지는 우주를 지켜보는 '작은 이야기의 사람'이기 때문이다. 전삼혜의 소설은 바로 그 점에서 사랑스럽다.

전삼혜의 소설들은 하나같이 별일 아닌 (아니, 때때로 큰일일 때도 있지만, 이 점은 뒤에서 설명하도록 하자) 작은 일들을 다루고 있다. 이런 것을 전삼혜와 내가 전공한 문단문학에서는

'소품(小品)'이라고 부르는데, 소품이라는 말 속에는 '별거 아닌 내용'이라는 뉘앙스가 은연중에 끼어들어 있다. 작고 평범한 사람들의 작고 평범한 얘기는 별거 아니라는 소리다. 소품이 아닌 대작, 뭐…《태백산맥》이나《토지》같은 역사적 의의를 가지고 통시적으로 세상을 가로지르는 작품을 써야 대작이라는 얘기의 다른 말이기도 하다. 그리고 이는 제인 오스틴과 같은 여성작가들이 항상 마주해야 했던 고통스러운 이름이었다. 여성들이 자신의 주변에서 볼 수 있는 이야기들은 작고 일상적이기 때문에 별 거 아니고 쓸모없다는 식의 폄하.

전삼혜의 소설은 그런 폄하에 정면으로 들이댈 수 있을 놀라운 '소품'이다.

〈안드로이드 고양이 소동〉은 전형적으로 소품이라고 불릴 법한 귀여운 이야기다. 내가 알지 못하는 누군가의 안드로이드에 죽은 고양이가 등장한다는 꿈과 같은 설정은, 모르는 이들을 한 자리에 모아 각자가 사랑했던 고양이의 이름을 애타게 부르게 만든다. 다른 이야기들 중에서도 엄청나게 거대한 이야기는 많지 않다. 표제작인 〈토끼와 해파리〉는 사람들이 애를 하도 안 낳아서 말도 안 되게 줄어든 세대에 태어난 청소년들의 귀여운 우정을 다루고 있다. 장소조차 경기도 정도의 지방 소도시로 추정되는 어느 공간을 벗어나지 않는다.

더욱 재미있는 점은 장편소설《궤도의 끝에서, 나의 룸메이트에게》와 같이 거대한 이야기들도 작은 이야기로 놀라울 정도로 신기하게 수렴한다는 것이다. 작은 이야기가 모여서 큰 이야기를 구성하기도 하지만, 전삼혜의 소설은 우리가 모르는 거대한 이야기의 이면을 작고 재미있는 에피소드 안에 신기하게 욱여넣는다.

제7회 SF 어워드 중·단편소설 부문 우수상에 빛나는 〈고래고래 통신〉은 자기가 외계인이라고 우기는 시각장애인 청소년 이야기(근데, 이제 그게 진짜인)다. 하늘을 날아다니고 초음파로 안전걸쇠를 잘라버릴 수 있는 외계인이 우리 주변에 있다면 그야말로 사회문제가 될 법한데 전삼혜의 소설 속에서 이 외계인은 그 굉장한 능력을 이제 막 생긴 자신의 청소년 친구를 구하는 데 사용한다. 〈성심당 사거리 메타버스 결투에 관하여〉는 어떤가. '고대로부터 이어져 온 천사와 악마가 펼치는 세기의 대결!'은 대전이라는 지방 소도시의 빵을 사기 위해서, 심지어는 메타버스 속에서 벌어진다. 아무도 이 세기의 대결이 벌어졌다는 사실을 알지 못할 뿐더러, 매번 발생하는 굉장한 능력들(성경 구절을 그대로 재현하고, 시간을 뒤로 돌리는 등)은 서로의 것끼리 맞부딪혀서 상쇄되어버린다. 결국 이들은 마치 아무 일도 없었던 것처럼 서로의 연대감만 확인하며 흩어지고 만다. 그나마 타자라는 거대공동체에게 세계적으로 영향을 미치는 소설이 〈퍼펙트 페이스〉일 텐데, 모든 한국인들이 위인의 얼굴을 따라 성형을 하게 만든 이들의 작은 욕망은 그냥 회사에서 잘리지 않는 것이었다.

전삼혜의 소설 속 인물들은 잘 안 쓰이는 학술적 용어로 말하자면, '핍진'하다. 찐이라는 소리다. 그들의 욕망은 세상을 바꾸거나 거대 악 같은 외형을 띠고 있거나 진영에 귀속되어 있지 않다. 작고 소박하며 일상적이다. 그렇기에 이 작은 이야기들 속에서 우리는 우리 삶에 나타나는 '진실한 감정들'을 모두 찾아낼 수 있다. 그중에서도 가장 두드러지는 건 바로 연대감이다. 평범한 사람들이 일상에서 만날 수 있는 가장 아름다우며 본질적인, 그러나 만나기가 그리 쉽지는 않은 귀한 것. 전삼혜의 소설 속에 등장하는 이들은 각자의 세계 속에서 고군분투하다가, 타인과의 연대감을 통해 세상과 자신의 삶을 아주 조금, 정말 아주 조금 바꾼다. 어떤 사람들에게는 눈에도 잘 띄지 않을 만큼 자그마한 한 걸음이다.

〈고래고래 통신〉, 〈토끼와 해파리〉, 〈지정석 크리티컬 슈퍼스타〉에는 전삼혜의 전매특허라고 할 만한 플롯과 인물들이 등장한다. 내가 유명한 문학평론가라면 이런 주인공과 플롯을 피카레스크식 구성처럼 '전삼혜식' 구성이라고 이름 지어서 다른 소설을 평하는 데에도 써먹을 것이다. 소설 속의 청소년들은 각자의 작은 욕망에 솔직하고, 타인의 작은 욕망에 예민하다. 그들이 꿈꾸는 건 세계에서 서로를 온전하게 지켜내는 것이며, 사소하고 우스운 연대의 힘으로 그들은 서로를 단단하게 묶어서 거친 세상에서 연대감을 확인하고 서로를 지켜내는 데에 성공한다. 상대는 사회적 시선(〈토끼와 해파리〉)일 때도 있고, 못된 또래 집단(〈고래고래 통신〉, 〈지정석 크리티컬 슈퍼스타〉)일 때도 있지만 악도 그렇게 강력하고 끔찍하진 않다. 악에도 악이 될 만한 안쓰러운 이유가 있다. 전삼혜의 연대감은 〈고래고래 통신〉 속 강솔의 한마디로 묶어낼 수 있을 것이다. "왜 불쌍하다는 감정이 역겹게 느껴질까." 이들은 모두 어딘가 나사가 좀 빠져버린 사람들이지만 서로를 가엾게 여기지 않는다. 누구도 위에서부터 타인을 내려다보지 않고, 정면으로 서로를 바라보는 힘을 가지고 있다.

한편, SF 작가로서의 전삼혜의 장점은 자신이 그리는 인물들의 성향과 퍽 닮아 있다. 〈성심당 사거리 메타버스 결투에 관하여〉가 보여주는 SF적 상상력이 전형적이다.

"상상 가능한 것은 뭐든지. 단, 이곳은 논리의 세계예요. 논리가 불완전하면 뭔가를 만들 수 없어요. 제가 아까 바늘을 만들어낸 이유를 설명했듯이."

전삼혜의 SF는 일종의 코드 짜기 게임 같은 것이다. 일정한 논리가 적용되는 세계를 구축하고, 그 안에서 그 세계의 규칙에 한계점들을 부여한다. 그 한계점 안에서 인물들은 싸워야 한다. 일정한 중력이 부여된 격투게임 전장과도 같다. 슈퍼히어로지만 높은 데 올라갔다가 떨어지면 다리몽둥이가 분질러지는 〈지정석 크리티컬 슈퍼스타〉의 주인공 지정석처럼, 외계인이지만 허언증 환자 취급이나 받고 사는 〈고래고래 통신〉의 이원처럼. 거대한 이야기건 자그마한 이야기건 하나의 논리를 구축해서 그 안에서 이야기를 쌓아나가는 건 마치 어느 프로그램의 코드를 성심성의껏 짜고 있는 개발자의 뒷모습을 보는 느낌이다. 전삼혜가 만들어낸 텍스트 게임

속에는 숨어 있는 아기자기한 이스터에그도 많고, 에피소드의 뒷얘기를 볼 수 있는 소스들도 많다. 무엇보다 그는, 형식과 내용은 분리되지 않는다는 걸 여실히 보여준다.

전삼혜의 소설이 이토록 크면서도 작을 수 있는 이유는, 모든 인간이 사실은 작고 소박하다는 사실을 작가가 잘 이해하고 있기 때문이다. 전삼혜의 소설 속에서는 악당도 거대하지 않고, 선인도 거대하지 않다. 심지어 커다란 문제를 일으킨 악당조차도 그 욕망은 어이가 없을만큼 소박하다(〈퍼펙트 페이스〉). 우리는 모두 일상을 살아간다. 일상 속에서 우리는 모두 작고 사소한 실수를 회복하기 위해서, 작고 사소한 일들을 벌이는 평범한 사람들이다. 전삼혜 작가가 청소년 소설을 오래 쓸 수 있었던 가장 큰 이유는 이 빛나는 사소함에 있을 것이다. 청소년 시기가 가장 빛나는 이유는 사소한 이야기들을 축적해서 빛나는 자기 세상을 구축해나가는 시기이기 때문이다.

그래 봤자 인간의 마음은 열여섯 살에서 성장하지 않는다. 더 자랐건 덜 자랐건 간에 매일의 일상과 격투해서 세상에 돌 하나 더 없는 게 평범한 인간의 삶이다. 우리의 작은 일상이 세상을 구축해낸다면, 그게 세상이 돌아가는 원리라면, 전삼혜의 소설은 칼 세이건이 말한 그 인간의 본질과 가장 닮아 있는 서사가 아닐까. 우리는 모두 별을 이루는 물질로 구성되어 있다. 전삼혜의 소설이 작고 반짝이는 이야기로 구성되어 있듯이.

— 이서영, 소설가

작가의

말

2015년부터 쓴 글을 모았으니 총 8년간의 글이 모였습니다. 이 책은 8년 만에 나오는 제 단편집이기도 합니다. 출판사 측에서 뭘 고르셨나 들여다보니 세상에나, '네가 뭘 좋아할지 몰라서 있는 대로 다 묶어봤어!'의 종합선물세트가 되었군요. 다양한 글을 썼지만 '나는 네가 외롭지 않길 바랄게'라는 일관된 주제가 깔려 있는 것이 마음에 듭니다. 원체가 외로운 사람이라 그런 글이 나왔나 봅니다.

'사이다'에는 영 적성이 없습니다. 단편 내에서 치고받고 거대한 정의의 철퇴를 내리는 것에는 서툽니다. 그래서 결말이 좀 허무하더라도, 그것은 제가 아직 이 땅에 발 딛고 살고 있기 때문이라고 참작해주시면 좋겠습니다. 등장인물들은 할 수 있는 최대의 복수를 합니다. 그게 나약하고 보잘것없더라도요.

그사이 많은 일이 있었습니다. 안드로이드의 가장 최신 OS 내부명은 '티라미수'가 되었다지요. 시간의 흐름이 많이 느껴지는 글들이 되었습니다. 전국장애인차별철폐연대의 시위, 길고양이 학대, 알 수 없는 사회이슈의 연속 속에서 글을 하나하나 들여다보니 많은 감정이 듭니다. 그리고 예전에 '언젠가는 사라질 것'이라고 생각하며 쓴 폭력의 장면들이 여전히 유효하다는 것에 씁쓸함을 느끼기도 합니다.

다른 사람들의 반려동물, 길 위 털친구들의 도움을 많이 받았습니다. 사람 따위 나 몰라라 하거나 사람 너무 좋아를 시전하며 폴짝폴짝 뛰는, 인간보다 순수한 지성체들의 존재가 없었다면 나오지 못했을 글들입니다. 우주를 비롯한 저에게 많은 도움을 준 털친구들의 안녕과 건강을 빕니다.

종횡무진하는 이야기를 읽어주셔서 감사합니다.

2022년 가을
전삼혜

초판 1쇄 발행 2022년 11월 11일
초판 2쇄 발행 2023년 7월 11일

지은이   전삼혜
펴낸이   박은주
편집   설재인
일러스트   사이
디자인   김선예, 이수정
마케팅   박동준

발행처   (주)아작
등록   2015년 9월 9일 (제2023-000057호)
주소   07236 서울특별시 영등포구 의사당대로 38 102동 1309호
전화   02.324.3945-6   **팩스** 02.324.3947
이메일   arzaklivres@gmail.com
홈페이지   www.arzak.co.kr

ISBN   979-11-6668-700-6 03810